À ma fille, Marie-Noëlle

> «Quelle cruelle épreuve pour un père que de voir disparaître son fils à l'âge d'homme dans d'aussi pénibles circonstances, je compatis à votre douleur et vous exprime toute ma tristesse. [...]
>
> «Dieu merci! la vie ne comporte pas que des ombres puisque vous avez eu la consolation d'être fait, par Sa Majesté, chevalier de l'ordre de Saint-Louis», etc.

La lettre, échappée d'une liasse de vieux papiers, était datée de 1830 et provenait du consulat de France à Civitavecchia. Elle était adressée au baron Rousseau, consul de France à Tripoli de Barbarie et était signée Henri Beyle.

Sans doute était-elle parvenue dans la régence après le départ de son destinataire et attendait-elle depuis plus de cent quarante ans qu'une main secourable la recueillît.

L'événement auquel il était fait allusion et cette curieuse correspondance de Stendhal m'intriguèrent. Je voulus en savoir davantage...

La chance aidant, la piste fut retrouvée dans les documents du temps.

Quelques feuillets manuscrits d'un journal personnel anonyme qui dormait au fond d'un vieux coffre ont servi de fil conducteur à cette tragique histoire du charmant Alexandre et de la tendre et mystérieuse Emma, victimes d'un amour insensé.

Il y avait exactement cinq jours en ce 30 juillet 1825 que la *Victorieuse* avait quitté Toulon pour les côtes d'Afrique.

Les grands frais de nord-est, qui en ce milieu d'été balayaient les côtes de Provence, avaient fait place, par le travers de la Sardaigne, à de violents orages de suroît.

Pendant deux jours, sur une mer rageuse, la corvette avait dû naviguer à la cape. Malgré la violence des éléments, le bâtiment s'était comporté à merveille, sans autre dommage qu'un caillebotis des grands porte-haubans enlevé par une lame.

Le beau temps était heureusement revenu dans le canal de Sicile, et le navire, toutes voiles dehors, labourait la coupe ronde de la mer qui brillait comme un lapis sous le soleil enfin retrouvé.

De petites vagues crêtées d'écume couraient vers le sud-ouest et imprimaient à la coque un mouvement d'encensoir monotone qui incommodait les passagers.

Dans une modeste cabine, sous le gaillard d'avant, un jeune homme était penché sur une écritoire. Un mouvement de roulis fit glisser son encrier et interrompit la page d'écriture ; il rattrapa le flacon de justesse et referma le registre où il semblait tenir son journal personnel. Il déposa les deux objets dans un coffret noir posé sur une étagère du bordage ; il rabattit doucement le couvercle, fit jouer la serrure, et remit une clé minuscule dans son gousset. Il s'étira, tapota les pans de son habit et se dirigea vers la porte du carré. La flaque de soleil qui inondait le pont du navire cerna brutalement sa silhouette et éclaboussa son visage. C'était un robuste garçon d'une vingtaine d'années, à la taille élancée mais bien prise, et vêtu avec une élégance recherchée. Il avait le teint mat, le front haut et des lèvres gourmandes bien ourlées. L'arc de ses sourcils particulièrement fournis et ses yeux de velours trahissaient quelque origine orientale. Il ressemblait, avec sa chevelure sombre qui bouclait sur ses oreilles, à ces gravures de dandy romantique que les lithographies d'Achille Devéria commençaient à populariser. Il portait une jaquette bleu roi et un pantalon de nankin chamois clair à sous-pieds qui accentuait la finesse de la jambe. Sa cravate de batiste, nouée avec une savante négligence, bouffait sur un gilet de piqué crème à la mode de Paris. Ses bottines, un peu défraîchies, étaient cirées avec soin. Il émanait de toute sa personne une curieuse impression de fantaisie et de sérieux, d'indépendance juvénile et de parti pris de respectabilité qui ne laissait pas indifférent.

Il parcourut d'un pas souple la coursive de bâbord et s'engagea sur l'échelle de dunette. Ses chaussures arrachèrent quelques gémissements aux marches humides, puis il déboucha sur le pont et reçut en plein visage une gifle de vent qui le fit frissonner.

Sur le banc de quart, le capitaine de frégate Martin d'Auteuil était appuyé au bastingage et observait l'horizon. Au glissement furtif des pas, il se retourna et, reconnaissant le jeune homme, l'invita d'un geste de la main à venir près de lui.

«Excusez-moi, commandant, dit celui-ci, je ne voulais pas vous déranger, je cherchais seulement à mieux voir la mer.

— Alors ne perdez pas de temps, répondit l'officier, car la terre sera bientôt en vue.

— L'horizon est bien vide, poursuivit le garçon, on ne voit pas la moindre voile, et pourtant on m'avait affirmé que nous serions attaqués par les corsaires. Mon père nous a même conté vos exploits et assuré que vous aviez gagné plusieurs batailles contre les Barbaresques.»

Martin d'Auteuil rit de bon cœur et s'amusa de cette légende.

«Bataille est un bien grand mot, jeune homme! Pour des coquins de cette espèce, disons plutôt opérations de police ou vigoureux coups de balai. Il est vrai qu'il a fallu y mettre le prix, ajouta-t-il avec un geste ample pour montrer l'artillerie du bord, mais aujourd'hui le calme est revenu – enfin, il faut rester vigilant car ce sont des marins endurcis et des pillards sans vergogne.

— Alors vous ne leur faites plus la guerre, reprit le garçon désappointé, et vous ne coulez plus leurs navires? J'aurais tellement aimé que vous me racontiez vos campagnes.»

L'officier était d'un naturel peu bavard mais il ne voulait pas décevoir ce jeune homme sympathique.

«Vous savez, dit-il, il n'y a pas si longtemps que j'étais dans ces parages, quelques années à peine. C'était en 1819, l'Empire venait de disparaître et les pays d'Europe commençaient à revivre, les grandes voies du large s'ouvraient à peine que les pirates infestaient de plus belle toute la Méditerranée. Les gouvernements devaient prendre de grandes précautions pour acheminer leur courrier, leur personnel et leurs marchandises. Le congrès d'Aix-la-Chapelle décida d'en finir avec cette plaie et envoya une flotte franco-anglaise, une fois n'est pas coutume, pour nettoyer les côtes de Barbarie. Je faisais partie de l'expédition comme enseigne sur la *Béarnaise*. Nous arrivâmes le 26 octobre devant Tripoli. Nos bâtiments s'embossèrent devant la rade et ouvrirent le feu sur la ville. Le pacha se rendit sans combattre et le drapeau blanc flotta bientôt à la corne du château. Quand nous entrâmes dans le port, la place était vide, seuls deux ou trois lougres et quelques tartanes se balançaient le long des quais. Il était clair que la flotte de la régence avait pris le large avant l'arrivée de l'escadre et que Youssouf Karamanli allait s'en tirer, une fois de plus, au meilleur compte, en faisant des serments sans lendemain.

— Alors vous avez pillé la ville et fait le pacha prisonnier ?

— Oh non ! ce n'était pas l'objet de notre mission. Mais nous avons profité d'un spectacle extraordinaire que j'ai pour toujours gravé dans ma mémoire, dit Martin d'Auteuil. »

Il évoqua alors les nomades du désert sous leurs voiles bleus, les grands nègres balafrés du Fezzan et la foule enturbannée, vêtue de djellabas brunes et d'étoffes multicolores, qui se pressait sur les murailles du fort pour crier sa haine aux infidèles.

Le jeune homme l'écoutait avec une attention gourmande et le suivait pas à pas dans les souks à l'odeur de poivre, de suint et de suie, dans la pénombre des ruelles, parmi la cohue du petit peuple et les cris des marchands. Enfant des Échelles du Levant, il aimait la vie grouillante des cités et s'enthousiasmait de retrouver tant d'échos familiers sur la terre d'Afrique.

Le matelot de vigie rompit brusquement le charme en annonçant que la côte était en vue. Le capitaine se retourna vivement vers l'horizon, déplia sa lunette d'un geste sec comme s'il était rappelé à son devoir.

« Nous sommes à dix milles, il est temps de serrer les voiles hautes, dit-il. De toute façon, nous devons rester au large car les Barbaresques tendent des chaînes en travers du port dès le coucher du soleil. »

La brise était encore forte et la ligne de terre se rapprochait rapidement.

Un coup de sifflet venant de la première batterie déclencha le branle-bas. Une volée de matelots s'abattit sur le pont, le maître d'équipage, posté au pied du grand mât, aboya quelques ordres, toutes les voiles s'affaissèrent en même temps à l'exception des focs de misaine, et la frégate se mit à courir doucement sur son erre. Les deux ancres quittèrent ensemble leurs bossoirs et plongèrent bruyamment dans la mer.

La *Victorieuse* s'immobilisa et on n'entendit plus que le crissement des haubans et le clapotis de la houle sur la carène bordée de cuivre. Le jeune homme s'accouda au bastingage pour mieux se repaître du spectacle. À moins d'un mille par bâbord avant, Tripoli s'offrait aux yeux des voyageurs dans un éclaboussement de lumières. La voûte du ciel sur la cité était lisse et bleue comme un bol de faïence. Le disque du soleil s'enfonçait lentement à l'horizon dans une brume de mauve et de cyclamen. Ses rayons obliques saupoudraient d'or les minarets de la ville. Tapie comme un fauve à l'affût, la vieille cité des corsaires semblait guetter quelque proie sur la mer. Derrière les hautes murailles qui ceinturaient la ville, s'entassaient une profusion de façades à balcon, d'argamasses en gradins, de voûtes, de coupoles et de décrochements dont les ombres du soir accusaient le relief.

Au-dessus de cet amoncellement de toits et de terrasses, les silhouettes graciles des minarets de Gurgi et de Karamanli se profilaient comme des mâts de navire. Du côté du levant, le château du pacha, bâti autrefois par les chevaliers de Malte, dressait la masse sombre de ses bastions. Un chapelet d'embrasures couronnait le sommet des remparts. Une sorte de barbacane défendait l'entrée de la rade. Sur la gauche du château fort, le rivage décrivait une courbe bordée de sable clair qui se terminait par un promontoire rocheux portant une villa blanche entourée d'arbres.

Entre la ville et le bosquet, l'oasis de la Meshia s'étirait comme une coulée de lave verte. Quelques gourbis chaulés et les coupoles de deux koubbas en bordure de mer accrochaient encore les feux du couchant.

« Voilà un lever de rideau somptueux », dit une voix grave derrière le commandant et le jeune homme.

Discret à son habitude, le chevalier Rousseau, nouveau consul de France à Tripoli, venait de se glisser sur la dunette sans attirer l'attention.

« Père, dit le jeune homme, si vous étiez monté auprès de nous, vous auriez mieux vu le spectacle.

— Je l'ai très bien vu, mon cher Alexandre, et je lui ai même trouvé bon visage. Je ne sais pas ce que le fruit recèle, mais la pelure est belle. L'arrivée par la mer ne ressemble pas du tout à notre cher Levant, c'est à la fois plus cru, plus rustique et plus mystérieux peut-être. »

Il parlait d'une voix lente et appliquée en fronçant légèrement ses épais sourcils. Son visage replet, encadré de favoris grisonnants, exprimait une lassitude que la vivacité de l'œil démentait. À quarante-cinq ans, le consul faisait plus que son âge, mais les griffures de la vie ajoutaient à sa dignité.

Il arborait une large casquette grise à coiffe molle qui écrasait sa taille médiocre. Sa jaquette de shantung noir et son pantalon de toile étaient sans élégance, mais peut-être avaient-ils l'excuse d'être de simples habits de voyage.

« L'Afrique est toujours inquiétante parce que largement inconnue, dit Martin d'Auteuil, mais elle fascine tout le monde et tout particulièrement messieurs les Anglais. Vous allez en savoir quelque chose, monsieur le consul.

— C'est probable, fit M. Rousseau, on dit qu'ils veulent emprunter les grandes voies des caravanes sahariennes pour atteindre la fameuse Tombouctou. J'ai même lu, dans le dernier bulletin de la Société de géographie de Londres, qu'un certain Gordon Laing, d'Édimbourg, était sur le point de quitter Tripoli pour le Sahara et les pays du Niger.

— L'Anglais est toujours partout, sur terre et sur mer, grogna l'officier, il est insatiable de conquêtes, de gloire et de profits. Nous autres, marins, connaissons bien ses dents longues. Il est bien dommage qu'une nation si vaillante soit aussi arrogante et perfide.

— Ce n'est malheureusement pas la mort de l'Empereur qui va la rendre plus modeste, ajouta M. Rousseau. L'Angleterre dominait déjà l'Amérique et une partie de l'Asie, maintenant grâce à la prise de Malte et à son bastion de Gibraltar, elle tient sous sa coupe la Méditerranée occidentale, demain ce sera peut-être l'Égypte et le Proche-Orient, la faiblesse de la France lui en ouvre les portes.

— La faiblesse de la France ? fit le jeune homme qui, jusque-là, avait écouté en silence, mais nous avons conquis toute l'Europe et nous irons s'il le faut nous battre au bout du monde, n'est-ce pas, commandant ?

— Eh bien, bravo ! dit M. Rousseau avec un large sourire, vous voyez qu'Alexandre, comme l'Angleterre, rêve de batailles et de gloire. »

La nuit était maintenant tombée, et bien qu'une clarté diffuse régnât encore sur le pont, les silhouettes des trois hommes s'estompaient sous la lumière du fanal qu'on venait d'allumer.

Là-bas, sur la terre, quelques lueurs scintillaient de-ci de-là dans la masse opaque de la cité, une flamme brûlait sur le bastion est du château. Une lueur phosphorescente palpitait toujours au ponant et des grappes d'étoiles fusaient dans le ciel sombre. Un souffle d'air brûlant venant de la terre enveloppa la *Victorieuse* qui se balança doucement.

« Excellence ? dit le commandant, nous allons laisser passer l'heure du dîner, on ne se lasse jamais de ces soirs d'Afrique. »

Comme pour faire écho à ces paroles, une risée apporta de la côte une rumeur de chants très lointains et le rythme étouffé d'un tambour qui battait quelque part, comme un pouls dans la nuit.

Les trois ombres quittèrent presque à regret la dunette et s'enfoncèrent dans les profondeurs du navire. Les lampes à huile à monture de cuivre brillaient déjà dans les coursives. Alexandre se dirigea vers le quartier des aspirants où il était hébergé avec son frère Antoine depuis le début de la traversée, il avala son repas en silence et remonta sur le pont. Il resta longtemps dans les ténèbres à écouter la respiration de la mer et à humer le vent du désert qui jouait dans sa chevelure.

Indifférent par nature aux changements fréquents de maison, de cadre de vie, de compagnons de jeu ou d'études, il éprouvait pour la première fois une sorte d'angoisse devant les portes de ce nouveau monde, un univers de peuplades mystérieuses et barbares. Comment allait-il s'accommoder de ces terres de sable, de rocs, d'épines et de vipères? Il laissait derrière lui, à Marseille et à Alep, en Syrie, où sa famille avait résidé à plusieurs reprises dans l'attente d'un nouveau poste, des amis très chers, filles et garçons, pleins de chaleur et de fantaisie. Il connaissait suffisamment la société islamique pour savoir qu'un chrétien ne pourrait y trouver place pour ses élans de cœur et d'esprit. Il y avait enfin son destin personnel, son entrée dans la vie des hommes, qui, depuis quelque temps, le tourmentait. Il rêvait à la fois d'action, d'amour, d'aventures, de drames, en même temps que de vie quiète dans quelque jardin féerique de son Orient natal dont son père lui parlait si souvent. Vaincu par le sommeil, il regagna finalement son hamac et s'endormit, la tête lourde de songes incohérents.

Quand il se réveilla, le navire n'avait toujours pas quitté son mouillage et se balançait mollement sur ses ancres. Il jeta un coup d'œil inquiet par le hublot et se sentit rassuré : un soleil rutilant, à un empan dans le ciel, dessinait sur la mer une avenue de pourpre qui s'étirait jusqu'à l'horizon. Il fit une toilette rapide dans la bâche à eau qui occupait le centre d'une flaque à l'angle de la cambuse et se rappela que le débarquement aurait lieu dans quelques heures.

«Je veux voir tout mon monde en tenue numéro un, devant les gens du pacha», avait prescrit le consul, et Alexandre, qui était très soucieux d'élégance, de beaux habits et de belles manières, se sentit tout à coup d'excellente humeur à la pensée de présenter à ces Barbaresques l'art de se vêtir chez les chrétiens. Il enfila avec précaution une chemise de voile, s'assura que le col et les poignets étaient encore présentables, noua sa cravate, ajusta son gilet et vérifia le brillant de ses chaussures. Il endossa sa jaquette après en avoir brossé les pans du revers de la main. Il plia soigneusement sa literie et s'en fut aux nouvelles.

Dans la batterie, les canonniers s'affairaient autour de deux pièces qui allaient tirer les salves d'honneur pour entrer dans le port.

Sur le pont, l'équipage de manœuvre avait rejoint ses postes. La *Victorieuse* était déjà sous les basses voiles, et la brise matinale gonflait paresseusement les deux focs de misaine. La frégate vira doucement, contourna deux récifs et mit le cap sur la passe d'entrée. Quand elle fut à hauteur du musoir, un flocon blanc suivi d'une détonation apparut sur le chemin de ronde du château; c'était la première salve que le pacha faisait tirer en l'honneur du vaisseau de France. Il y eut ainsi vingt-sept coups de canon que le visiteur rendit coup pour coup.

L'onde sonore déferla en vagues successives au ras de la mer jusqu'aux fortifications de la cité.

*

Penché sur les parterres fleuris de son «jardin anglais», le colonel George Hanmer Warrington, agent de Sa Majesté britannique et consul général dans la régence de Tripoli de l'ouest et dans toutes ses dépendances, s'apprêtait à tailler ses rosiers, opération délicate dont il ne laissait le soin à personne. En entendant le bruit de la canonnade qui résonnait vers le port, il redressa sa haute taille, abandonna son vaste chapeau de paille et son sécateur au serviteur noir qui l'accompagnait toujours à distance respectueuse et se lança précipitamment dans l'allée de gravillons qui conduisait à sa villa. Il traversa en coup de vent le salon d'entrée et s'engouffra dans l'escalier qui menait aux terrasses. Il saisit au passage le fourreau de cuir d'une lunette marine et déboucha sur le toit aveuglant de lumière qui dominait la rade. Deux de ses grands enfants l'avaient devancé et scrutaient l'horizon, les mains en visière sur les yeux.

«Que se passe-t-il ? Que signifie ce tintamarre, leur demanda-t-il en déployant sa lunette, qu'il appuya sur un pied métallique établi à cet effet.

— Je crois qu'il s'agit d'un bateau de guerre français qui entre dans le port, répondit le garçon.

— Un bateau de guerre français ! Et que diable vient-il faire ici ?

— Ce doit être le nouveau consul de France qui nous arrive, dit la jeune fille. Vattier de Bourville, le chargé d'affaires, m'a déjà annoncé la nouvelle.»

Le colonel procéda à quelques réglages optiques et confirma que ce navire avait toute l'apparence d'une frégate française. «Il ne manquait plus que ceux-là, mon cher Frederick, pour que nos affaires se compliquent, grogna-t-il entre ses dents. L'ancien consul, Mr Murre – il prononçait Mioure –, était devenu inoffensif avec l'âge, celui-ci sera peut-être plus combatif. Enfin, espérons qu'il saura rester à sa place et jouera au moins aux cartes.

— Moi, je trouve les Français très gentils, dit la jeune fille. Vattier de Bourville est si sympathique et amusant !

— Vous ne perdez jamais l'occasion de dire une sottise, ma pauvre Jenny, vous devriez savoir qu'il faut toujours se méfier des Français. Ils sont à la fois entreprenants, batailleurs, vaniteux, légers, mais tenaces et d'autant plus dangereux qu'ils aiment à séduire. La France vient de recevoir une sévère correction, mais ne vous y fiez pas, elle ne rêve que de nous contrarier et, quand elle le peut, de nous combattre. »

Installé à Tripoli depuis 1814, le colonel Warrington était un personnage haut en couleur, dont les foucades, les improvisations et les extravagances avaient souvent défrayé la chronique. Il faisait fonction de doyen du corps consulaire et son influence, dans la régence, était considérable. Grand sabreur autrefois et toujours solide buveur, il avait guerroyé en Espagne, sous Wellington, contre le maréchal Soult, durant les campagnes napoléoniennes. Il en avait rapporté une solide acrimonie à l'égard des Français et une foi sans limites dans la grandeur de l'Angleterre. Dégagé du service militaire en 1812, il avait végété pendant deux ans dans un emploi obscur à Gibraltar et connu de sérieux ennuis d'argent, mais grâce à la protection du duc d'York et de sir Henry Wellesley, ambassadeur de Grande-Bretagne en Espagne, il avait obtenu le poste de consul général d'Angleterre à Tripoli de Barbarie. Servi par les circonstances, l'abaissement momentané de la France et la présence de la flotte anglaise à Malte, il avait été reçu avec magnificence dans la régence et était entré rapidement dans la faveur du prince.

Son amitié avec le pacha avait été à certains moments si étroite et son influence si incontestable qu'on l'appelait fréquemment le « pacha de Tripoli » et que lui-même aimait se vanter de ne rien faire et de tout faire dans le pays. Sa femme, née Jane Eliza Pryce, fille naturelle, disait-on, du régent George IV et d'une actrice de Covent Garden, lui avait donné dix enfants dont six garçons et trois filles encore vivants. Quelques biens venus par héritage et une rente d'origine mal définie permettaient à cette épouse vertueuse, recrue de maternités, de soutenir avec peine un ménage constamment menacé par la prodigalité d'un mari fantasque, intempérant et joueur.

George Hanmer Warrington aimait les cartes et les joyeuses beuveries où, dans le brouhaha des conversations, il pouvait donner libre cours à son imagination fanfaronne. Sa passion des tripots lui avait pourtant joué bien des tours. N'avait-il pas perdu dans sa jeunesse, au cours d'un nuit fameuse, quarante mille livres au profit du régent en personne. En d'autres circonstances, des emprunts inconsidérés pour se tirer d'un mauvais pas lui avaient aliéné ses meilleurs amis, et quelques dettes trop criardes lui interdisaient encore de retourner au pays natal.

À Tripoli, les partenaires possibles étaient rares et peu argentés, aussi privilégiait-il la bouteille. Il aimait à rassembler autour de sa table des voyageurs de passage, des visiteurs étrangers ou des personnages moins fréquentables comme ce Peter Lyle, aventurier écossais et renégat, qui, sous le nom de Mourad Raïs, commandait le port de Tripoli. Friand de gloire pour lui-même et pour son pays, il se lançait impulsivement dans toutes sortes d'entreprises qui le conduisaient souvent à deux doigts de sa perte. Il s'en tirait par une pirouette en disant : «Je suis Anglais, n'est-ce pas ?»

Ce goût du faste, associé à une passion très britannique pour l'horticulture, l'avait conduit à édifier une résidence luxueuse, sur un promontoire dominant la baie, à quelques lieues de Tripoli. Une gondole, conduite par des bateliers chamarrés et un service spécial de voitures, assurait plusieurs fois par jour les liaisons entre le vieux consulat resté dans la ville bruyante et la nouvelle villa où il goûtait la paix des champs. Du haut de sa terrasse, il aimait à surveiller la rade, et pas un corsaire, flanqué ou non du fruit de ses rapines, ne pouvait entrer dans le port sans être identifié par lui. Il lui était même arrivé, un jour, une mésaventure si cocasse qu'elle avait fait le tour de la Méditerranée. Alors qu'il observait les évolutions d'un petit corsaire tripolitain qui entrait dans la rade avec une capture, il avait cru reconnaître à la corne de la prise, le pavillon d'Angleterre. Il avait bondi au château, forcé la porte du pacha et exigé une punition exemplaire pour le pirate, sous peine d'appeler la flotte anglaise stationnée à Malte. Le prince n'avait guère le choix. Un quart d'heure plus tard, le malheureux corsaire se balançait à la plus haute vergue de son navire. On s'aperçut alors que le pavillon incriminé n'était pas l'emblème de la Grande-Bretagne, mais celui d'une petite république hanséatique.

Récemment encore, George Hanmer Warrington avait éprouvé quelques déboires qui l'ulcéraient, et s'il ne pouvait les imputer à la malice des Français, il n'incluait pas moins toute leur nation dans sa mauvaise humeur. Le château l'accusait, entre autres, d'entretenir des relations suspectes avec certains opposants notoires dans l'oasis ou chez des tribus irrédentistes du djebel. Des représentants étrangers le soupçonnaient également d'avoir, pour un motif futile, fait bastonner un des leurs par ses hommes de main. Il y avait également les tribulations du major Alexander Gordon Laing, ce voyageur écossais qui devait tenter de joindre Tombouctou par la voie saharienne et qui s'était exagérément attardé à Tripoli en provoquant des drames jusqu'au sein de sa famille. Non seulement, il avait séduit sa fille Emma, mais il lui avait valu un important courrier de remontrances de Londres. On lui reprochait les sommes excessives qu'il avait promises au pacha pour organiser le périple de l'explorateur : mille livres sterling jusqu'à Ghadamès, cinq cents à l'arrivée au Touat et mille autres au retour de Tombouctou.

« Vos derniers décomptes, lui disait-on, font apparaître un large dépassement de la subvention accordée pour la mission Tombouctou-Niger. De tels errements ne sont pas admissibles de la part d'un agent aussi expérimenté que vous. Vous voudrez bien également rappeler au capitaine Laing qu'il doit être plus ménager des deniers de l'État.»

Ces remarques désagréables l'avaient d'autant plus indigné qu'il s'agissait maintenant de son gendre et de la gloire de l'Angleterre. Enfin, après quinze ans ininterrompus de séjour dans ce nid de corsaire, il se sentait plus vulnérable que jadis, plus impatient et plus irritable devant les incidents journaliers de la vie, et son moral s'en ressentait. La venue d'un nouveau consul de France, que lui confirmaient ses enfants, lui laissait présager des conflits d'influence inévitables. On savait par les voyageurs que les «Frenchies» s'intéressaient à l'Algérie et l'histoire fabuleuse de Napoléon en Égypte, le «cheikh Bonaberdi», dont on parlait toujours avec révérence au palais, était dans toutes les mémoires. George Hanmer Warrington régla à nouveau sa jumelle et quand il fut convaincu qu'une telle canonnade ne pouvait annoncer que l'arrivée d'un très haut personnage, il dit à sa fille :

«Il est temps que j'aille accueillir votre consul, ma chère. Jenny, à vous entendre, tout le pays en est informé à l'exception de votre père.»

Il replia son instrument et s'esquiva, hautain et renfrogné, sans voir le haussement d'épaules de Frederick et les yeux au ciel de Jenny. Quand il réapparut sur le perron de la résidence, il avait revêtu son grand uniforme; un étrange costume qu'il s'était composé lui-même : un dolman rouge avec des épaulettes d'or, une sorte de tricorne orné de grandes plumes blanches et un gros sabre de cavalerie qui battait son pantalon immaculé. Il monta solennellement dans sa voiture d'apparat aux armes de l'Angleterre et prit le chemin de la cité.

Quand il atteignit la rue des Français où se trouvait le consulat de France, un passage étroit bordé de hautes maisons dont les façades étaient étayées par des arcs-boutants qui enjambaient la chaussée, le cortège consulaire venait d'arriver du port et avait franchi le porche d'entrée. Le personnel tirait des boîtes à mitraille en guise de bienvenue et poussait des vivats. Le consul d'Espagne, M. Gomez Herrador, et ses confrères de Hollande, de Suède, d'Amérique et de Naples ainsi que les deux aumôniers italiens du poste étaient rassemblés au pied du grand escalier orné de céramiques de la cour intérieure. La haute silhouette empanachée du colonel Warrington fendit la foule des invités et des curieux comme un vaisseau de haut bord et s'immobilisa avec une inclinaison du buste devant le chevalier Rousseau. Celui-ci, qui s'entretenait en arabe avec le Premier ministre et deux officiers de la cour envoyés par le pacha, s'interrompit pour recevoir les congratulations protocolaires du représentant de la puissante Angleterre. Après avoir répondu en français, il tourna un rapide compliment en langue anglaise qui répandit un effluve de satisfaction sur le visage austère et dominateur de son interlocuteur. Les visiteurs s'attardèrent jusqu'à une heure avancée de l'après-midi, et Alexandre, qui se tenait à côté de son père, nota que le groupe des Français, échauffé par les libations, était le plus bruyant et le moins disposé à quitter les lieux.

«Ne vous étonnez pas, dit Vattier de Bourville, la plupart d'entre eux sont des employés du pacha ou des agents de batellerie pour qui les boissons, dont ils sont privés habituellement, sont le symbole de leur attachement au royaume.»

Le chargé d'affaire du consulat n'avait pas besoin d'alcool pour être volubile et impertinent. Il était de petite taille avec un visage marqué de taches de rousseur, une chevelure et des favoris flamboyants, une moustache maigre et blonde qui s'affaissait curieusement aux commissures des lèvres et des yeux malicieux d'un bleu turquin. En poste depuis cinq ans à Tripoli, célibataire et toujours disponible, il était très populaire chez les Européens, qui l'invitaient pour se distraire, et chez les Maures, dont il parlait la langue et qui l'appelaient facétieusement Hamra, «Le Rouge». Il connaissait tous les potins de la ville et n'avait pas son pareil pour tenir la chronique mondaine. Il avait déjà jugé son nouveau consul comme un «turban redoutable» et donné toute sa faveur au bel Alexandre qu'il trouvait cordial et distingué. Il le prit donc par le bras pour lui faire l'honneur des lieux.

Les appartements et les bureaux étaient disposés sur deux étages, autour d'une cour carrée décorée de faïences et pourvue, en son centre, d'une fontaine jaillissante au clapotis rafraîchissant. Un escalier de marbre blanc, aux marches raides, conduisait aux galeries supérieures à balcons de bois. Une vaste terrasse ceinturée d'une grille ouvragée couronnait le bâtiment et dominait la ville et le port. Le bâtiment principal et les annexes – chapelle, lazaret, hôpital et logements de la garde et des serviteurs – étaient dans un état déplorable, les fuites d'eau avaient pourri les plâtres et souillé les murs.

«Il faudra une fortune, dit négligemment Bourville, pour réparer plusieurs siècles de laisser-aller. Sachez que depuis 1630, date à laquelle M. Dumolens loua cette maison, le ministère des Affaires étrangères n'a eu, de budget en budget, que des économies draconiennes à faire étant donné les circonstances.

— Et comment se présente la résidence anglaise, demanda Alexandre, est-elle aussi misérable?

— Elle est très près d'ici, derrière le minaret de Gurgi, à l'angle de la Sciara Hara, et ressemble à la nôtre mais elle est parfaitement entretenue et bien meublée. Quant au "jardin anglais" que le colonel Warrington a fait construire sur une éminence au bout de l'oasis, c'est un palais des Mille et Une Nuits. D'ailleurs, vous ne tarderez pas à le connaître, car les Warrington ont une grande réputation d'hospitalité et le consul général met un point d'honneur à inviter le premier tous les nouveaux arrivants. Vous ferez également la connaissance de ses nombreux enfants, poursuivit Bourville, il en a sept ou huit qui s'échelonnent sur un quart de siècle.

— C'est au moins un point commun que nous aurons avec lui, remarqua Alexandre, puisque de notre côté, nous sommes six depuis la mort de notre pauvre Isabelle, ma sœur aînée.

— Tout cela peut faire une joyeuse compagnie, dit le chargé d'affaires, d'autant plus que les demoiselles Warrington sont charmantes et que l'aîné des garçons, Frederick, est aussi simple et avenant que son auguste père est rustre et prétentieux.

Une invitation aux armes de l'Angleterre parvint effectivement chez les Rousseau, quinze jours après leur arrivée à Tripoli. Le consul général de Sa Majesté le roi George IV, le colonel George Hanmer Warrington, et Lady Jane Eliza, son épouse, sollicitaient l'honneur de recevoir le chevalier Joseph Rousseau, sa femme Élisabeth et leurs grands enfants, à une garden-party dans leur résidence de campagne de la Meshia, au lieu-dit le «Jardin anglais». La gondole du consulat d'Angleterre, sous grand pavois, attendrait, à l'embarcadère de Bab-el-Bahr, le bon vouloir des invités.

À dix heures, le cortège des Rousseau, précédé par trois chaouchs et suivi de deux servantes noires, se mit en route vers le port. Selon l'usage de Tripoli, les gardes poussaient de grands cris pour écarter la foule qui, à cette heure du jour, encombrait les ruelles et les porches ombreux.

L'embarquement se fit sans encombre, un tapis de Mesurade avait été déroulé devant la passerelle pour honorer les visiteurs. L'embarcation, emportée par six rameurs, fila bientôt à travers la rade assoupie, vers les bosquets du jardin anglais, dont on apercevait les frondaisons sur le dos de la falaise, au bout de la palmeraie.

Au pied du promontoire, une estacade de planches marquait l'entrée du domaine. Deux serviteurs, en culottes turques serrées au mollet et en tunique écarlate abondamment galonnée d'or, attendaient les passagers à la coupée. Un sentier à forte pente, taillé dans le rocher, donnait accès aux terrasses inférieures de la villa. Celle-ci, bâtie sur le plateau qui dominait la baie, occupait l'extrémité droite d'un vaste quadrilatère délimité par de hautes murailles de terre blanchies à la chaux. Sur les quatre côtés de cette enceinte étaient plantés des rangées d'amandiers, d'orangers, de citronniers, de grenadiers et quelques palmiers dattiers qui lançaient vers le ciel leurs pinceaux de feuillage retroussés par le vent du large. Le long de l'allée centrale qui conduisait à la villa, des bouquets de laurier-rose, de jasmin et de bougainvillée alternaient avec des fûts de colonnes et des statues de déesses provenant des ruines romaines de Leptis Magna. La bâtisse, de style mauresque, avec terrasses et fenêtres à colonnettes, comprenait un corps central se terminant en rotonde du côté de la mer et deux ailes latérales étroitement accolées au bâtiment médian. Une sorte d'auvent, recouvert de tuiles vertes vernissées, courait le long des façades à la hauteur du rez-de-chaussée pour atténuer la lumière dans les pièces de séjour. Des encadrements de mosaïques et de marbres de couleurs rehaussaient toutes les embrasures et des ferronneries protégeaient les baies inférieures. Une impression de raffinement et de confort se dégageait de l'ensemble. On sentait qu'un architecte attentif avait veillé sur tous les détails et que les maîtres de maison n'avaient rien négligé depuis pour en accroître encore le faste et l'harmonie.

Sur le perron de marbre de la villa se détachaient les silhouettes du consul, de sa femme, de deux jeunes filles et de quelques garçons. Les invités hâtèrent le pas et quand ils furent parvenus au pied de l'escalier, le colonel Warrington, en pantalon blanc à sous-pieds, jaquette de shantung bleu et chapeau de planteur à larges bords, descendit majestueusement les marches et s'inclina en se découvrant devant Mme Rousseau. Se tournant ensuite vers son collègue, il lui souhaita la bienvenue, dans un français hésitant, et, le prenant par le bras, le tira gaillardement vers la porte d'entrée.

Jane Eliza, la maîtresse de maison, souriante sous une vaste capeline de paille d'Italie, aux ailes rabattues par un foulard noué sous le menton, s'avança à pas menus vers les arrivants. Elle était grande et mince et portait une robe de mousseline rose qui rehaussait son teint pâle d'Anglaise. Deux torsades de cheveux blonds, encadrant un visage aux traits fins et des yeux clairs un peu fripés, donnaient à son expression une touche de douceur et de mélancolie qui contrastait avec la robustesse virile et colorée de son époux.

Derrière elle se tenaient deux de ses filles. L'aînée, prénommée Jenny, était une grande et forte créature aux cheveux roux qui devait aller sur ses vingt ans. Sa santé resplendissante et son allure hommasse provenaient, de toute évidence, d'emprunts inconsidérés à la souche paternelle. La plus jeune, Louisa, une brunette à la frimousse rieuse, n'était pas encore sortie de l'adolescence dont elle gardait les formes ingrates et les gaucheries. Il y en avait encore une troisième, la cadette, qui était momentanément absente parce que très fatiguée, dit Jane Eliza, mais qui ne manquerait pas de venir saluer les invités en cours de réception.

Les deux garçons, Henry et Frederick, étaient de robustes adolescents, blonds aux yeux clairs, qui étaient un peu plus jeunes que les aînés des Rousseau. Ils avaient des visages sympathiques qui plurent d'emblée à Alexandre et à son frère.

Comme pour la plupart des familles de diplomates d'origine européenne de cette époque, il n'existait pratiquement pas de barrière linguistique. Tout le monde pratiquait suffisamment le français et l'anglais pour les échanges courants. Ceux qui avaient séjourné longtemps dans le bassin méditerranéen connaissaient en outre «*la lingua franca*», un curieux mélange de tous les parlers riverains, ou, comme le chevalier Rousseau, savaient l'arabe, le turc et le persan.

Les présentations furent donc rapidement menées; il y avait le consul de Hollande et Mme Kork Van Breughel, le consul d'Espagne et Mme Gomez Herrador, un commerçant levantin qui semblait familier des lieux, et quelques visages inconnus.

Les jeunes gens, à l'exception d'Alexandre, s'éclipsèrent en direction des écuries de la villa où le colonel élevait quelques chevaux de prix. Le reste des invités se rendirent dans le grand salon aux mosaïques italiennes où avaient été dressés de vastes plateaux de cuivre, chargés de boissons rafraîchissantes et de pâtisseries.

Une armée de domestiques noirs, en longues blouses blanches barrées d'une ceinture écarlate, glissaient sur le sol de marbre.

Jane Eliza dénoua son foulard et se débarrassa de son encombrante coiffure, les usages étaient saufs. Elle pouvait maintenant prendre ses aises et étaler, sans choquer, sa longue chevelure. Les épouses des consuls prirent place sur les gros coussins de cuir rouge égrenés autour des tables. Seule Mme Rousseau, dont la corpulence s'accommodait mal des positions accroupies, choisit le canapé de la pièce en poussant des soupirs. Elle se plaignit de la chaleur d'été, du vent de sable et de l'humidité de Tripoli. Mme Gomez Herrador prétendit que la traversée de la rade lui avait donné une forte migraine; la maîtresse de maison lui proposa des sels et les filles pouffèrent discrètement de rire en s'appliquant à passer les sorbets.

Le colonel Warrington attira, d'un geste sans réplique, les hommes vers la baie vitrée en rotonde qui dominait la mer, et, prenant possession du paysage, déclara que si sa maison était bien modeste, le coup d'œil était exceptionnel et, à coup sûr, le meilleur du pays. «J'ai choisi cet emplacement, dit-il, pour servir d'amer aux vaisseaux d'Angleterre, mais aussi parce que l'air y est plus sain qu'à Tripoli. Avec ces épidémies de peste et ces humeurs que colportent les pèlerins, la ville est un cloaque où un chrétien ne peut laisser les siens. Enfin, j'ai tout loisir ici de cultiver mes fleurs et mes arbres, ajouta-t-il, je suis anglais, n'est-ce pas, et jardinier comme il se doit.»

L'assistance se récria sur la beauté du lieu, sur le luxe de la demeure, la perfection des marbres et la finesse du décor. «Je l'ai bâtie pour mille huit cent livres, et le jardin, qui fait six acres, est un cadeau du pacha», affirma le colonel.

«On dit que vous êtes devenu le chef du sof de la Meshia, insinua le Levantin, en quelque sorte l'opposition de Sa Majesté pour le pacha.

— Que dites-vous là, mon cher Amir! s'exclama le colonel. Je suis le meilleur ami du prince, qui m'honore, Dieu merci, de sa confiance. Il est vrai que dans l'oasis, il y a beaucoup de gens qui détestent le Karamanli, ils ont foi en moi et viennent me voir. Que voulez-vous, j'ai des amis un peu partout et je n'ignore presque rien de ce qui se complote entre ici et le cœur de l'Afrique. C'est le privilège de l'ancienneté et du renom de l'Angleterre, n'est-ce pas?»

Un gong résonna à l'extérieur et le colonel battit des mains pour annoncer que le lunch était servi sous les tonnelles. Les serviteurs ouvrirent les grandes portes du salon et les invités s'écoulèrent vers le jardin. Victuailles, boissons et corbeilles de fruits étaient disposées sur des coffres mauresques abondamment cloutés et sculptés. L'odeur de deux moutons qui rôtissaient sur un lit de braises flottait en nappes lourdes sous les ramures. Les serveurs s'affairaient autour de piles d'assiettes et de verres de couleur.

C'est à ce moment précis qu'apparut, au pied de l'escalier qui montait aux étages, une blanche silhouette qui attira les regards de l'assistance. Jane Eliza se dirigea vers elle et la prit par la main.

«Je vous présente notre deuxième fille, Emma, qui a épousé, il y a quelques semaines, le major Gordon Laing. Malgré ses alarmes bien légitimes et sa migraine, elle a voulu être des nôtres pour honorer nos amis.»

Dans un murmure d'admiration, les invités s'empressèrent autour d'elle pour s'informer de sa santé et des nouvelles concernant son intrépide mari. Les Rousseau, qui étaient les nouveaux venus et ne la connaissaient pas, la saluèrent avec civilité, et Alexandre, intrigué, se contenta de l'observer à distance.

Il fut d'abord frappé par la grâce et la beauté qui rayonnaient d'elle. «Quel beau brin de fille», pensa-t-il trivialement. De taille moyenne, la jeune femme alliait, à la perfection de ses formes, un visage d'une extraordinaire finesse. Elle avait un teint très clair, des yeux d'un bleu limpide, des lèvres exquisement dessinées, un nez racé aux narines délicates et de somptueux cheveux blonds qui tombaient en cascades bouclées sur ses épaules.

Avec sa robe pastel discrètement décolletée, sa taille de nymphe et une touche de mélancolie et de passion dans le regard, elle exerçait une sorte de fascination à laquelle il était difficile d'échapper. Elle semblait songeuse et lointaine, n'accordait visiblement aux invités qu'un intérêt de commande, se contentait de sourire aimablement en hochant légèrement la tête, sans prononcer une parole ni esquisser un geste.

« Voilà bien ma chance, pensa Alexandre, pour une fois que j'aurais pu fréquenter une sylphide incarnée, elle se marie la veille de mon arrivée. Quelle idée d'ailleurs d'épouser un explorateur au cours d'une étape. » Ce major Laing lui était absolument inconnu, Vattier de Bourville avait bien évoqué ce nom à une ou deux reprises, mais il n'y avait pas prêté attention ; il gardait seulement en tête une histoire compliquée de relations amoureuses et se promit, puisqu'il avait l'héroïne sous les yeux, d'interroger plus avant le chroniqueur attitré des alcôves tripolitaines.

Malgré les ombrages et la brise de mer, la chaleur était accablante en ce milieu de mois d'août, le bruit des conversations se mêlait au tintement de la vaisselle et le grand rire du colonel Warrington, stimulé par le vin d'Italie, roulait en cascade sur la garden-party. Alexandre se dirigea vers la vasque où rafraîchissaient les boissons ; la rousse Jenny, qui avait remarqué sa taille élégante, sa mise soignée, sa chevelure d'ébène et son regard soyeux, vint l'entreprendre pour lui demander à brûle-pourpoint s'il aimait la natation, les chevauchées et la danse, seules façons, selon elle, de survivre en Barbarie. Alexandre la jugea drôle et pleine d'humour. Il rit de ses déclarations à l'emporte-pièce. Parce que rousse, elle aimait les bruns, disait-elle, et le trouvait très séduisant. En cherchant à lui retourner son compliment, le regard du jeune homme croisa par hasard celui de Mme Gordon Laing qui était posé sur eux. Ce ne fut qu'un éclair ; elle reprit aussitôt son attitude lointaine et indifférente et agita plus ostensiblement son éventail.

Le soleil commençait à faiblir quand M. Herrador donna le signal du départ. Le colonel Warrington offrit sa propre calèche à son collègue français pour rejoindre la ville à travers la Meshia et éviter à Mme Rousseau le désagrément d'un retour par la mer.

La nuit descendait insensiblement sur la palmeraie, le trot des deux chevaux rythmaient le balancement de la voiture. Malgré la souplesse de la piste sablonneuse qui traversait l'oasis, malgré les mille jardins baignés d'ombre et l'apaisement du soir, Alexandre s'étonnait de l'aigreur de ses parents. Ils se plaignaient d'avoir mal à la tête, de n'avoir pas supporté le vin qui était trop fort et les plats trop épicés.

À les entendre, la villa était d'un luxe tapageur et de mauvais goût, elle avait certainement coûté une fortune, le fruit sans doute de trafics louches avec le pacha. Cet esprit de dénigrement le scandalisait, il n'hésita pas à s'opposer abruptement à son père dont les emportements l'agaçaient. «La famille Warrington a été d'une hospitalité et d'une courtoisie exemplaire, dit-il. Antoine et moi-même avons passé une excellente journée. Frederick et Henry seront pour nous de précieux compagnons, Mme Warrington n'a eu que des paroles pleines de délicatesse à notre égard, le colonel nous a prêté sa propre calèche et les deux jeunes filles sont dynamiques et délurées.» Le chevalier Rousseau prit son visage des mauvais jours. «Libre à vous de chanter les louanges de l'Angleterre, mon pauvre Alexandre, grommela-t-il, mais vous ne m'ôterez pas de l'idée que M. Warrington est d'un orgueil insupportable, que ses fanfaronnades et son intempérance sont dangereuses et que, de surcroît, il nous déteste et nous jalouse.»

Mme Rousseau jugea prudent de changer de conversation.

«L'aînée des filles n'est pas très gâtée par la nature, avança-t-elle, mais la deuxième, la jeune Mme Laing, est d'une beauté resplendissante.

— C'est une bien jolie créature, consentit le consul, mais elle ne doit pas avoir beaucoup de santé. Je l'ai trouvée bien pâlotte et songeuse. »

Le lendemain, Vattier de Bourville, toujours friand des potins de la ville, et qui brûlait de savoir comment s'était déroulée la garden-party des Warrington, n'eut de cesse qu'il n'eût contraint Alexandre à quelques confidences.

« Ainsi, vous avez eu les honneurs du jardin anglais ? C'est l'Alhambra de Grenade et les roseraies d'Ispahan. Un palais princier à rendre jalouse la Sublime Porte.

— N'exagérons rien, dit Alexandre. C'est une luxueuse villa conçue avec goût, le parc est bien dessiné et la vue sur la rade est magnifique, le buffet était excellent et nos hôtes des plus sympathiques.

— Et comment ont accroché nos éminents consuls ? risqua le chroniqueur.

— Bah ! Ce sont des hommes à la fois semblables et différents par les habitudes et les caractères, et puis, que voulez-vous, l'un porte au plus haut le pavillon d'Angleterre et l'autre celui de la France.

— Hélas ! fit Bourville, et ici c'est un véritable panier de crabes où les occasions de conflit ne manquent pas.

— Les jeunes Warrington m'ont paru très fréquentables. Vous les connaissez bien ? demanda Alexandre.

— J'en connais cinq sur six, lui fut-il répondu. Il en reste encore au berceau. Ils ont le cœur sur la main mais le plus intéressant est Frederick, qui, à défaut de parler le français, connaît assez d'arabe pour nous témoigner en toute occasion son amitié.

— Et les demoiselles, qu'en pensez-vous ?

— Jenny, l'aînée, est une de mes confidentes ; quant à la belle Emma, celle qui vient d'épouser Gordon Laing, c'est une exaltée, une Galloise un peu folle, si vous préférez. À propos, était-elle présente à votre réception ?

— Oui ! Elle était souffrante, mais elle est apparue en plein milieu de la garden-party. Quelle grâce et quelle élégance, mon cher !

— Pour être belle, je vous l'accorde, mais quel étrange caractère ! Comment a-t-elle pu, en deux mois, précipiter le bel oiseau d'Édimbourg dans les rets du mariage ?

— Les Anglais sont toujours très expéditifs, vous savez ! fit Alexandre.

— Sans doute, mais parcourir en si peu de temps la carte du Tendre est un exploit aussi mémorable que de découvrir Tombouctou, vous ne trouvez pas ? Arrivé le 13 avril à Tripoli, fiancé le 13 juin, marié le 13 juillet, et avec ça pas la moindre superstition.

— Mon cher Bourville, vous devriez me raconter cette aventure, rien ne me semble banal dans cette histoire.

— C'est en effet une curieuse histoire, je vous la conterai volontiers ce soir sur la terrasse, si vous y consentez. »

À l'heure où la quatrième prière tombait des minarets et où les chants des muezzins, portés par le vent, se répétaient jusqu'au-delà de la ville et de l'oasis, Bourville s'assit auprès d'Alexandre, devant le panorama grandiose de la mer, et commença son récit.

« Voyons, où en étions-nous… Au mariage d'Emma, évidemment.

« Vous savez que l'Angleterre cherche à atteindre par tous les moyens le centre de l'Afrique. C'est pourquoi, au printemps dernier, elle a ordonné au major Alexander Gordon Laing d'atteindre Tombouctou par la route de Ghadamès et d'In-Salah. Ce parcours est des plus difficiles à cause de l'aridité du désert et de bandes de pillards touaregs qui harcèlent les pistes. Pour conduire une telle expédition, il fallait un homme robuste et courageux. L'Écossais, qui avait à son palmarès plusieurs explorations en Afrique de l'Ouest, et toutes les vertus requises, fut choisi sans hésitation.

«Il débarqua à Tripoli au début d'avril, il y a un peu plus de trois mois; le colonel Warrington, qui se vante d'inspirer la politique anglaise jusqu'aux royaumes des Nègres, l'accueillit avec enthousiasme et l'installa dans sa résidence, au jardin anglais. Je fis la connaissance du personnage quelques jours plus tard, au cours d'une réception chez M. Rizzo, le vice-consul d'Espagne, et je fus comme tout le monde frappé par sa prestance et sa conversation. Grand, blond, athlétique, la chevelure épaisse et le visage ouvert, l'Écossais ne tarda pas à charmer la maisonnée. Le consul général ne tarissait plus d'éloges sur ses qualités, et Jane Eliza, son épouse, se remémorait, en pensant à lui, quelques vers de *Childe Harold*.

«La chute de ce météore dans le phalanstère des Warrington provoqua une révolution; les filles s'entichèrent de lui, les garçons se le disputèrent pour leurs courses à cheval dans la Djefara. Il était brillant cavalier, hardi nageur, danseur infatigable, et tellement séduisant que ce qui devait arriver se produisit : la jeune Emma tomba amoureuse de lui. On ne les vit plus que chevauchant ensemble dans la palmeraie, déambulant main dans la main sur le rivage de la mer ou parcourant le souk voisin du consulat.

«Emma est, comme je vous l'ai dit, une fille excentrique, passionnée et un peu folâtre; elle se jeta sur l'Écossais comme une lionne sur sa proie, et lui ne tarda pas à s'empêtrer dans ses filets.

«Bien qu'habitué à la vie militaire et à la sauvagerie de l'Afrique, ce Celte, pétri de brumes, sombra corps et âme dans les eaux bleues d'un regard transparent et se livra sans défense à cette Mélusine qu'il avait croisée sur son chemin. Dans les premiers jours de juillet, il se présenta en grand uniforme devant le colonel Warrington et lui demanda la main de sa fille.

«Le consul général, tout à ses querelles et à ses complots, ne se doutait de rien. Il faut savoir que la plus grande liberté règne à la Meshia, et, qu'en dehors de la sainte Bible dont on respecte la lecture quotidienne, chacun fait à peu près ce qu'il veut.

«Dans sa superbe paternelle, les amours de ses filles ne lui avaient jamais effleuré l'esprit; il reçut donc la requête avec étonnement. Le mariage était chose grave, le capitaine débarquait à peine à Tripoli, Emma était encore une adolescente. Et puis, l'officier de Sa Majesté était chargé d'une exploration de première importance pour les intérêts de l'Angleterre. Il fallait d'abord songer à accomplir la mission. Après, on verrait!

«Au fond, le colonel n'était pas hostile à ce projet, et il envisageait certainement sans déplaisir d'avoir un jour pour gendre un homme de cette trempe. Mais le moment était mal choisi car un message venait d'arriver le matin même de Londres, s'étonnant d'une si longue halte du voyageur dans la régence. Le temps n'était pas au marivaudage, il fallait partir. Gordon Laing, rappelé à ses devoirs, ne put que s'incliner et faire part à sa bien-aimée de l'insuccès de sa démarche.

«Emma réagit avec une violence que l'on n'aurait pas soupçonnée chez un être aussi délicat. Elle décida de passer outre aux objections paternelles et d'arracher le consentement nécessaire à leur mariage immédiat. Malgré l'ardeur amoureuse de sa fille, le major ne savait que faire, il était déchiré entre sa passion et son devoir d'officier, sa déférence à l'égard du consul et l'appel de l'aventure. Emma eut conscience de ce conflit et s'arcbouta sur ses projets. Elle voulait son beau capitaine sur-le-champ et pour toujours. Peut-être redoutait-elle que l'Afrique ne le lui prît à jamais. Je précise, ajouta Bourville, que le vieux marabout de la Meshia, qui est toujours couvert d'amulettes et lit dans les astres, aurait découvert dans le destin d'Emma un signe de mauvais augure. Elle entreprit son père de la façon la plus véhémente, hurla, supplia, pleura, se fit tendre et cajoleuse. Le *dragon guard* de Wellington se montra intraitable quant à une union précipitée mais consentit, de guerre lasse, à ce que les deux amoureux se fiancent avant le départ de l'expédition. Le mariage serait célébré en Angleterre, au retour heureux de la mission.

«Emma s'enferma alors dans sa chambre et s'alita. Elle fut prise peu après de spasmes si violents que toute la famille s'alarma. Le Dr Dickson, médecin du pacha, mandé à la hâte, trouva le pouls si capricieux et la respiration si courte qu'il réserva son diagnostic. Au cours de la nuit, les contractions douloureuses se succédèrent et malgré les compresses brûlantes qu'on lui administrait, on crut que son cœur allait lâcher. Au petit jour, une légère accalmie s'étant produite, on l'interrogea sur cette crise incompréhensible. Pressée de questions, elle finit par avouer qu'elle s'était empoisonnée avec une potion mystérieuse découverte dans la pharmacie familiale. Le médecin alla aussitôt chercher un vomitif chez un apothicaire juif de Bab-Hazoun, mais, quand il revint, Emma, de nouveau en crise, refusa de prendre la médication. Bouleversé, son père la supplia de l'écouter et lui promit finalement tout ce qu'elle désirait. Elle se dressa alors sur sa couche et dit d'une voix froide et déterminée :

"Je veux épouser mon bien-aimé Laing."

«Vaincu, le consul accepta. Emma avala l'émétique, expectora d'abondance et s'endormit. À son réveil, alors que son visage portait encore les marques de la douloureuse épreuve, on fit appeler le major désemparé, les membres de la famille et quelques amis. M. Warrington procéda alors, en sa qualité de consul général d'Angleterre, au mariage de sa fille Emma et du major Alexander Gordon Laing. Une heure plus tard, il fit jurer à son gendre de ne pas vivre maritalement avec sa fille tant que le sacrement ne serait pas bénit par un prêtre de l'Église anglicane. Estimant que son honneur était en jeu et qu'il avait tout essayé pour résister "à cet amour déchaîné, romantique et délirant", il écrivit une longue lettre à Lord Bathurst, le ministre anglais des Affaires étrangères, pour implorer son indulgence «dans une affaire aussi dramatique et éprouvante pour un père.

«Voilà, conclut Vattier de Bourville, ce qu'a raconté à tous ses amis, la distinguée commère Mme Van Breughel[1] qui fut témoin de ces événements. Gordon Laing a quitté Tripoli quatre jours plus tard, le 18 juillet, pour Beni-Oulid, et la belle Emma, convalescente, inconsolable mais triomphante, est restée, pour les bonnes âmes, aussi chaste et pure que la neige d'Écosse...»

Ce récit laissa Alexandre inexplicablement pensif et plein de sympathie pour l'héroïne. Il se moquait des états d'âme de Laing qui cheminait présentement à la tête de sa caravane, dans le désert brûlant, mais il s'apitoyait sur le destin de la belle épouse abandonnée le jour même de ses noces, et ruminant son amour et sa douleur dans sa chambre de la Meshia.

*

Le mois de septembre, avec sa canicule et les poussières sahariennes, ne laissa guère de temps à Alexandre pour les mondanités. La brutalité de l'automne libyen et les problèmes de la reprise en main du consulat, où il s'efforçait de seconder son père, excluaient toute idée d'évasion. Il n'avait pas plu depuis le début du printemps et la terre exhalait une odeur de poudre qui desséchait la gorge et les narines. Un peu de brise se levait chaque soir

1. Mme Kork Van Breughel, épouse du consul de Hollande, auteur d'un livre de souvenirs publiés tardivement, en 1875.

venant du nord-est, la Meshia bruissait alors de tous les chadoufs que les ânes et les chameaux tiraient inlassablement de l'aube au crépuscule, pour amener un peu d'eau dans les canaux des jardins. La campagne était rase et fauve comme une peau de gazelle. Les tentes blanches et noires des tribus bédouines s'étaient multipliées dans la Djefara, les troupeaux assoiffés avaient trouvé refuge autour des puits de Bengashir, de Bab-Azizia et de Tadjoura. Les montagnes lointaines du djebel Nefoussa se distinguaient à peine dans la chape de sable qui voilait l'horizon. Parfois, un souffle brûlant arrivait du désert et le ciel tournait au mauve. À l'aplomb de la terre, l'air transparent du large s'arrêtait net devant le mur incandescent de l'Afrique. Les gens somnolaient dans les ruelles et à l'ombre des arbres. La prière des muezzins, qui tombait cinq fois par jour des minarets effilés de la ville, avait des langueurs orientales et l'on sentait bien qu'Allah lui-même s'était assoupi dans le ciel. Les Européens se calfeutraient dans leurs maisons et les invitations se faisaient rares. Les Rousseau ne quittaient plus leur résidence ; le chevalier se débattait dans des problèmes matériels de première urgence et de vieilles affaires qui réapparaissaient brusquement après des années de négligence.

Le capture récente, par les corsaires de Tripoli, de deux navires pontificaux tournait à l'aigre. Malgré plusieurs demandes pressantes adressées à Sidi-Mohammed, ministre des Affaires étrangères et beau-frère du pacha, le château restait muet. M. Rousseau se faisait peu à peu à l'idée que ce silence résultait des intrigues du consul d'Angleterre. Il est vrai que celui-ci, appuyé par ses alliés nordiques, avait dû, bon gré mal gré, devant la carence de la France, prendre en main la défense des intérêts de la chrétienté et intervenir avec énergie auprès du pacha pour racheter les captifs et payer les rançons.

Au cours des dernières années, le nouveau pape, Léon XIII, s'était trouvé confronté à une crise grave qui menaçait de ruiner ses États, et il menait une véritable croisade contre le banditisme et les rapines des Barbaresques sur les côtes d'Italie. Il exigeait une protection efficace des grandes nations chrétiennes et, à défaut de l'appui traditionnel de la France, il s'accommodait de celui de l'Angleterre. Toutefois, ce rôle de gendarme de la chrétienté ne plaisait guère à Londres où l'opinion antipapiste était vigilante et prompte à s'émouvoir. Le chevalier Rousseau entrevoyait là une occasion inespérée de rétablir la France dans ses anciens privilèges résultant des capitulations signées au XVIe siècle avec l'Empire ottoman. Il avait donc engagé une action vigoureuse auprès de ses collègues et du pacha pour être saisi en priorité de tous les litiges mettant en jeu les intérêts des chrétiens. Le refus du palais de donner suite à ses demandes de règlement lui avait fait d'abord soupçonner quelque intervention occulte de Hanmer Warrington, mais celui-ci l'avait assuré très spontanément n'avoir défendu les intérêts de Rome que par solidarité de civilisation et non pour se parer du titre de gendarme pontifical. Tandis que la vie quotidienne s'enlisait dans les méandres des intrigues et des soupçons, le ciel vint heureusement secouer la torpeur ambiante. C'est ainsi qu'en ce matin du 26 septembre 1825, le bruit d'une canonnade fit sursauter la ville et poussa la population sur les terrasses d'où elle vit une flotte de huit navires battant pavillon sarde jeter l'ancre à l'entrée de la rade.

Cette escadre venait exiger du pacha réparation pour avoir fait abattre, un mois plus tôt, le pavillon du consul général de la cour de Turin. Une grande fièvre s'empara d'Alexandre et de ses amis qui étaient arrivés en renfort et s'étaient établis au point le plus élevé du toit. Vattier de Bourville commentait l'événement.

Il y eut tout d'abord une embarcation qui se détacha d'un navire et se dirigea vers le port avec un drapeau blanc. Il s'agissait sans doute de parlementaires car les canons restaient muets et l'escadre immobile. De longues heures se passèrent dans l'attente, puis une grande flamme s'éleva du port, où deux bricks du pacha et une corvette en construction étaient en feu. Le commandant de l'escadre, las du silence du château et inquiet du sort de ses négociateurs, avait envoyé deux chaloupes armées et un groupe de combat dans l'arsenal en utilisant une brèche ouverte dans les murailles. Brusquement, les forts ouvrirent le feu et une vive fusillade éclata. La flotte sarde s'ébroua à son tour, ses canons tonnèrent et un boulet vint frapper de plein fouet le rebord de la terrasse où Alexandre et Frederick étaient en vigie. La violence du choc souleva un nuage de poussière et quelques briques s'effondrèrent dans la cour.

À la tombée de la nuit, la canonnade diminua d'intensité. Alexandre et ses compagnons quittèrent à regret leur observatoire, le cœur battant de gloire et la chevelure poudrée de plâtre. On apprit, un peu plus tard, que les Sardes, surpris par la violence de la riposte et paralysés par l'obscurité, avaient profité des ténèbres pour regagner leurs navires. Aux premières lueurs de l'aube, leur vaisseau de ligne, leur frégate et les quatre bricks tirèrent encore quelques salves puis se turent. Vattier de Bourville annonça que le pacha avait, entre-temps, jugé plus sage de parlementer et de hisser le drapeau blanc sur le château. Les plénipotentiaires sardes, qui avaient passé la nuit sous l'œil féroce des janissaires, et avaient cru leur dernière heure venue, ne s'expliquèrent jamais comment une telle situation avait pu, en fin de compte, tourner à leur avantage.

La deuxième diversion fut la grande pluie d'octobre. Le temps, qui était resté serein depuis plus de six mois, se gâta brusquement. De lourds nuages d'orage apparurent dans l'ouest et la pluie s'abattit sur la ville dans une sarabande d'éclairs et un roulement continu de tonnerre. Pendant deux jours, les ruelles furent transformées en torrents boueux qui entraînaient vers la mer des monceaux d'immondices et les murailles des maisons qui s'effritaient sous les trombes d'eau. Le bey fit ouvrir les portes de l'enceinte pour libérer le flot dévastateur qui menaçait de noyer la ville.

En quelques jours, la campagne reverdit, l'air devint plus léger et les Warrington proposèrent aux Rousseau de passer une journée dans la campagne de Tripoli avec une halte repas au marabout de Zenzour.

«C'est une affaire de jeunes, dit le chevalier, j'ai passé l'âge de m'amuser à des cavalcades dans la campagne et je ne vois pas ma femme en amazone.»

Les jeunes Rousseau acceptèrent par contre avec enthousiasme et arrivèrent au jardin anglais le samedi soir, par la voiture de service, en compagnie de Frederick et de Jenny. Le colonel et Jane Eliza, fatigués par le changement de saison et découragés par le refus des Français, avaient décidé de rester dans la résidence de la cité.

«Ces chevauchées sont finalement éprouvantes, avait observé George Hanmer, et puisque nos collègues se dérobent, nous boirons tranquillement notre brandy à la maison.»

Le voyage en patache à travers l'oasis fut, pour Alexandre, une agréable expédition. Il aimait le mouvement, le renouvellement, la découverte. La vie monotone du consulat lui pesait et la traversée de la Meshia, avec ses palmiers bruissants, ses tapis de luzerne et ses vergers, réveillait toujours en lui la nostalgie et le désir inassouvi d'un paradis perdu.

Il aimait depuis sa plus tendre enfance ces havres de douceur et de paix que sont les jardins d'Orient, qui semblent préparer l'homme à retrouver un jour, dans la clarté d'un éternel matin, l'éden merveilleux de ses origines. Il était impatient de connaître le pays, et la perspective d'une longue promenade à travers les villages excitait son imagination. Enfin, il n'était pas indifférent à l'idée de retrouver cette fine silhouette blanche qui les attendait à l'entrée du jardin anglais.

Mme Laing avait passé la semaine dans la villa : l'air étouffant de Tripoli ne lui convenait pas. Elle préférait la compagnie des orangers et l'odeur d'iode des grandes algues qui s'amoncelaient au pied de la falaise. Elle était toujours pâle et fiévreuse, mais sa joie était grande de retrouver des compagnons d'âge. Elle avait préparé, en guettant la voiture, un plateau de rafraîchissements pour les accueillir.

Jenny la prit dans ses bras et lui dit sans plus attendre : «*Darling*, nous avons reçu des nouvelles de Ghadamès où Laing est arrivé le 13 septembre.

— Ah ! dit-elle, sans émotion apparente. Comment s'est passé son voyage ? A-t-il envoyé au moins quelque chose pour moi ?

— Tout a bien marché, dit Jenny. Il était le 1er août à Beni-Oulid où il est resté jusqu'au 15. Il est reparti sans encombre et au bout de vingt-huit jours, il a atteint Ghadamès. Il a aussi envoyé cette lettre que nous avons reçue hier et qui est destinée à "ma bien-aimée Emma".» Elle sortit de son corsage une large enveloppe blanche aux coins fripés et la remit avec une courbette cérémonieuse à sa destinataire.

Emma prit le pli avec un geste vif, hésita visiblement à l'ouvrir, le tourna dans sa main et l'enfouit dans une poche de sa jupe.

«Mais pourquoi tu ne la lis pas ? demanda Jenny d'un air offusqué.

— C'est mon affaire, fit Emma, j'ai besoin d'être seule pour la lire à mon aise.

— Mais oui, Jenny, fit Alexandre, c'est dans la solitude qu'on entend le mieux battre son cœur et qu'on peut ordonner, comme il convient, ses pensées et ses sentiments. »

Il se reprocha aussitôt d'avoir fait cette remarque et eut l'impression d'avoir manqué de discrétion. Il avait appris tant de choses sur cette Emma, depuis sa première visite à la Meshia, qu'il en était intimidé, et en tout cas, mal à l'aise.

Le dîner se termina autour d'un grand feu que Marabout, l'homme à tout faire de la maison, avait allumé devant la villa. Il avait invité un groupe de musiciens noirs de la Meshia qui égrenèrent longtemps, sur leurs flûtes et leurs tambourins, des mélopées de leur pays et des rythmes syncopés qui parlaient d'une Afrique à la fois présente et lointaine. Deux petites mulâtresses, revêtues d'étoffes aux couleurs vives et portant des bracelets d'argent, dansèrent en battant des mains. La nuit était fraîche et douce. L'humidité de la mer commençait à monter et un engourdissement heureux s'emparait peu à peu de l'assistance. À la lueur changeante des flammes, Alexandre Timoléon chercha, dans le groupe des filles blotties dans la pénombre, le visage d'Emma qui l'émouvait.

Le lendemain, ils sortirent du jardin anglais au lever du jour. Le soleil étirait les ombres devant les pas de leurs chevaux. Des volées d'oiseaux quittaient leurs abris nocturnes dans un piaillement strident et continu. L'oasis s'éveillait à peine et de lentes fumées bleues suintaient des gourbis tassés sous le feuillage. La route de Zenzour traversait en écharpe la palmeraie, entre deux rangées de murailles de terre. La colonne était silencieuse, chacun se désembuant du sommeil lourd de l'aube. Alexandre marchait en tête à côté de Frederick, les filles chevauchaient en arrière-garde et Mme Laing s'était jointe à elles en prétextant qu'une journée de grand air calmerait ses maux de tête.

Au carrefour de Sakkara-Lez, Frederick prit, à gauche, une piste qui courait vers la mer dans un paysage légèrement ondulé. Quelques tentes de Bédouins, aux rayures noires, gardées par des chiens faméliques, se dissimulaient dans le creux des vallons. Le sentier serpentait ensuite à la limite d'un plateau qui tombait dans la mer. En contrebas se découpaient de grands rochers à demi-immergés qu'entouraient des plages minuscules de sable clair.

Après les orages qui venaient de laver l'atmosphère des poussières de l'été, l'air était d'une transparence de cristal et le soleil commençait à brûler les visages. Une torpeur de bien-être gagnait la colonne qui s'étirait insensiblement et la mer lapait avec volupté le pied de la falaise. Alexandre se demandait quel dieu barbu au trident couvert d'algues allait surgir des flots. Ce qu'il avait si laborieusement traduit du grec au cours de ses années d'études lui apparaissait sous un jour nouveau : les tyrans de l'Olympe et les nymphes aux guirlandes de vigne étaient sortis tout simplement, un jour d'été, de l'écume de ces vagues et non de l'imagination fertile d'un vieux sage au teint de marbre et à l'œil sans regard. Il revoyait tout à coup les voiles de l'Hellade sur l'horizon plus fin qu'un fil de soie et le marin de profil comme un dessin de vase posant le pied sur les sables de l'Hespérie.

Il songeait aux galères, aux troupes de soldats, aux marchands, aux esclaves qui se pressèrent sur ces rives, puis la vision s'effaçait comme cette fumée pâle qui flottait là-bas sur Zenzour. Il éprouvait l'étrange sentiment que sa vie et sa destinée étaient comme l'oiseau qui se pose un instant sur la branche et qu'il faut capturer sur-le-champ avant qu'il ne s'envole. Le spectacle étonnant du monde lui donnait toujours l'angoisse de sa fragilité mais ne lui inspirait aucune tristesse. Ce matin, dans cet univers de vent, de tiédeur et de lumière, il se sentait à la fois léger et vigoureux, ardent et alangui, son sang battait dans ses artères et il serra si fortement les flancs de son cheval que l'animal se cabra et prit le trot.

Frederick remonta à sa hauteur et le tira de ses pensées. À l'entendre, il ne restait plus qu'une petite demi-heure de course pour atteindre le marabout de Zenzour, le plus bel endroit du pays, prétendait-il. Il y avait auprès du tombeau une source où les chevaux pourraient boire.

Au bas de la colline, les bêtes attaquèrent la pente et en quelques coups de reins atteignirent la crête.

Toute la troupe mit pied à terre à l'ombre d'un figuier qui ombrageait le mausolée. Louisa grimpa aussitôt sur les branches basses de l'énorme tronc et avec une tige de roseau, fit tomber les fruits mûrs.

Les serviteurs déployèrent un grand tapis et étalèrent les provisions. Tout le monde s'assit en rond, les jambes croisées à la mode arabe et dévora le repas avec un appétit aiguisé par l'air vif et la chevauchée.

À la fin du déjeuner, Alexandre s'éloigna discrètement, il y avait, en contrebas du marabout, un petit promontoire d'où l'on dominait la mer. Il s'assit sur un bloc de rocher pour suivre le mouvement des vagues et ressaisir le fil de ses pensées.

Soudain, derrière lui, une voix très douce demanda : « Vous écoutez votre cœur, sans doute ? »

Il se retourna, c'était Emma, souriante et gracile dans la lumière du soleil qui moussait sur sa chevelure blonde. Elle s'assit sans façon à côté de lui en étalant sa jupe.

« Vous voyez, dit-elle, je me rappelle les paroles que vous avez prononcées hier soir pour vous moquer de moi, probablement ! Pourtant, vous aviez raison, il faut être seul pour entendre son cœur. »

Il la regarda, surpris, et balbutia quelque chose pour s'excuser.

«Non! je n'ironisais pas… Je pense très sincèrement qu'un peu de solitude est toujours nécessaire.»

Il bredouillait et ses phrases lui semblaient tout à coup misérables. Peut-être remarqua-t-elle son trouble, car elle détourna son regard et prit un air lointain.

«Vous vous plaisez à Tripoli? enchaîna-t-elle banalement au bout d'un long silence. Certains sont enthousiastes dès leurs premiers pas, mais changent bientôt d'avis, d'autres sont moroses au premier regard et s'adaptent ensuite jusqu'à la passion.

— Je suis très heureux, lui répondit-il, surtout d'être entouré d'amis comme ceux que j'ai trouvés ici… et vous?»

Elle sourit de nouveau : «Oh! moi, j'ai envie de tout et je m'ennuie de plus en plus. On m'a rapporté que vous veniez d'Orient. Comme ce doit être merveilleux l'Orient et la France! Je n'ai jamais vécu qu'ici et je rêve toujours d'ailleurs!»

Elle posa, sur sa lancée, une volée de questions sans attendre de réponses. Alexandre n'osa pas la faire parler d'elle. Après ce que Bourville lui avait dit de ses amours délirantes avec le major écossais, il sentait que la discrétion s'imposait. D'ailleurs, elle poursuivait son monologue comme si elle se parlait à elle-même. Elle dit qu'elle aimait passer de longues journées au bord de la mer et qu'elle avait trouvé un endroit idéal à deux jours de marche de Tripoli, dans un champ de ruines romaines appelé Leptis Magna.

Son père disposait d'une maison de pêcheur à Homs, un village de la côte, où elle se rendait parfois en compagnie de sa mère et de ses frères. Il y avait sur la falaise, à l'embouchure d'un oued, une vieille tour à feu qui marquait autrefois l'entrée du port. Celui-ci était maintenant enfoui dans les sables et les roseaux, mais les murailles des quais et les colonnades de marbre étaient encore intactes et le sol était parsemé de chapiteaux effondrés, de corniches sculptées et de débris de mosaïque. Elle s'asseyait à l'abri du vent parmi les senteurs fortes des lentisques et de la lavande, et contemplait le jeu des couleurs sur le rivage et le déferlement de la houle. Le mouvement incessant des vagues la lavait de ses tourments intérieurs, elle devenait, prétendait-elle, un galet vivant battu par les embruns ou un oiseau de mer ivre de vent et d'espace.

Alexandre l'écouta longtemps, bercé par la tonalité suave de la langue anglaise. Il lui avoua en retour son goût pour la nature, ses préférences, ses sentiments et son amour un peu angoissé de la vie. Il lui dit, légèrement plus que par politesse, qu'elle avait de très jolis yeux pour refléter le monde et un sourire à désarmer toutes les solitudes. Elle éclata de rire et lui répondit qu'elle se méfierait à l'avenir de ses discours charmeurs à la française. Les appels de Frederick leur firent comprendre qu'il était temps de remonter en selle, ils se levèrent d'un même élan et rejoignirent les chevaux. Ils ne se rapprochèrent plus sur le chemin du retour et n'échangèrent que quelques politesses à l'arrivée au jardin anglais. Elle était redevenue Mme Gordon Laing, une personne établie et songeuse.

*

En ce milieu d'octobre, les affaires de la France avaient du mal à se mettre en place. Le chevalier Rousseau ne parvenait pas à être reçu en audience par le pacha. Les demandes pressantes pour restituer les bateaux du pape et leurs équipages se heurtaient au mauvais vouloir du maître du port et de la camarilla du château. Il était clair que, malgré ses dénégations, Hanmer Warrington tenait tous les fils dans sa main, et, s'il se montrait courtois et sauvegardait les apparences à l'égard des Français, il leur faisait sentir qu'il restait le maître dans l'oasis et dans l'antichambre du prince.

Le 28 octobre, une nouvelle capture de trois bâtiments des États pontificaux mit en émoi le consul de France, qui fit une ultime tentative pour forcer la porte de Youssouf Karamanli, mais sans plus de succès que d'habitude.

Le fête du roi, qui était chaque année la grande affaire du consulat, se déroula sans faste, le temps fut exécrable, des giboulées de vent et de pluies empêchèrent tout travail de décoration à l'extérieur et le mauvais état des salons de la résidence ne permit pas au consul de donner à ce 3 novembre l'éclat qu'il aurait souhaité. La nation fut néanmoins rassemblée ainsi que les consuls étrangers, mais le château n'envoya que le ministre du Trésor pour le représenter, ce qui fut jugé très désinvolte et à la limite de l'affront.

Si les relations officielles entre les deux consuls étaient de plus en plus moroses, celles de leurs enfants se resserraient par contre chaque jour davantage. En toute occasion, Frederick et Henry venaient retrouver leurs amis à la maison de France et les aînés des Rousseau étaient devenus des familiers de la résidence d'Angleterre. Jenny et Louisa trouvaient plaisir à leur compagnie et Alexandre ne savait que faire pour leur être agréable. Mme Laing était invisible et passait le plus clair de son temps au jardin anglais. Elle ne faisait que de brèves apparitions dans la vieille maison de Tripoli et saisissait tous les prétextes de malaise pour se réfugier dans sa chambre. Alexandre s'informait si régulièrement de sa santé que Jenny lui disait maintenant par moquerie, dès les premières salutations : «Emma va bien, je vous remercie.»

Malgré sa grogne tenace à l'égard de son collègue français, Warrington ne désespérait pas de l'amener dans son camp. Après tout, la position de l'Angleterre en

Méditerranée lui semblait suffisamment forte pour contenir les ambitions françaises, et un peu de souplesse pourrait éviter qu'un conflit ouvert entre les deux puissances ne soit exploité par le pacha et ne l'encourage à augmenter ses intarissables prétentions. Le colonel profita donc de la fête du roi pour rendre visite à son collègue. Il protesta en grand seigneur de ses bonnes intentions et tourna un compliment habile à l'adresse de Sa Majesté, le roi Charles X. Il pria le chevalier Rousseau de passer, en toute simplicité, au consulat d'Angleterre, dans l'après-midi, pour bavarder des affaires en cours et prendre le drink de l'amitié.

Soit qu'il fût ébranlé ou simplement conscient que la meilleure façon de faire avancer ses problèmes était de composer avec son rival, le consul de France accepta l'invitation et promit d'être « d'une exactitude britannique » au « five o'clock ».

« Venez également avec votre fils aîné, mon cher ami, ajouta l'Anglais, j'ai apprécié la façon intelligente dont il vous a secondé ces temps derniers, mes enfants sont à la maison, ils passeront la soirée ensemble. »

Par principe et par tradition orientale, M. Rousseau n'aimait pas mêler ses proches et surtout ses enfants à la vie diplomatique, mais comme il connaissait la bonne entente qui régnait dans la jeunesse des consulats et qu'il songeait à la future carrière de son aîné, il accepta la proposition. En apprenant la nouvelle, Alexandre, qui astiquait des harnais dans la cour, répondit avec un enthousiasme inattendu et grimpa dans sa chambre pour se préparer.

La quatrième prière avait à peine résonné sur la ville qu'il faisait déjà les cent pas dans la cour intérieure du consulat. Les serviteurs avaient remis les meubles à leur place après la fête, à l'exception d'un grand miroir de cuivre poli qui renvoyait au pied du mur la lumière du ciel. Alexandre s'en approcha et contempla son image. Il se trouva très à son goût avec sa jaquette de cheviotte claire et son pantalon tabac. Il fit bouffer sa chevelure et disciplina ses mèches folles. Le pas de son père retentit dans l'escalier et s'arrêta sur la dernière marche.

« Alexandre, dit le consul, tu ne trouves pas que ta tenue est un peu trop élégante pour une simple tasse de thé. Ma parole ! Tu veux séduire les jeunes Anglaises ou accréditer la frivolité des Français.

— Ni l'un ni l'autre, répondit en riant le jeune homme, mais c'est si bon de se changer les idées à Tripoli. »

Les deux hommes se mirent en route sans escorte tant la distance à parcourir était courte.

Le consulat général d'Angleterre était situé à quelques centaines de mètres, et ressemblait à s'y méprendre à la maison de France. La cour était un peu plus vaste et ombragée par un ficus noueux. Le colonel Warrington y cultivait quelques fleurs pour adoucir l'austérité des lieux.

Une volée de dix marches de marbre blanc conduisait aux appartements. Un linteau arrondi, surmonté du lion britannique, et une porte à deux battants portant des marteaux de cuivre ouvragés, conféraient à cette entrée banale une certaine élégance. Le colonel Warrington attendait ses hôtes dans un salon du premier étage, près d'une table abondamment pourvue de boissons et de sorbets. Il fut expansif comme d'habitude et déclara sans préambule que le pacha avait besoin d'une bonne leçon car il devenait de plus en plus irrespectueux. « Ces gens-là doivent sentir l'étrivière, ajouta-t-il, sinon ils nous méprisent et nous traitent en esclaves. »

Il versa une bonne rasade de brandy dans le verre de son collègue, trois doigts de porto au jeune Alexandre et lui-même opta pour un whisky d'Écosse délicieusement mordoré.

«Buvons à Sa Majesté le roi d'Angleterre, dit-il en levant sa coupe, et à son cousin, le roi de France. Le Karamanli n'est qu'un buveur d'eau, qu'il aille donc coasser avec les grenouilles.» Et son rire éclata dans le silence de la pièce comme un coup de cymbale.

Le chevalier Rousseau trempa ses lèvres dans le breuvage et réprima un léger hoquet, car l'eau-de-vie était des plus raides. Décidément, se prit-il à penser, les ivrognes sont des gens détestables et le consul d'Angleterre est toujours un soudard en campagne. Le porto avait, par contre, un bouquet si capiteux qu'Alexandre ferma les yeux pour mieux le déguster. Son esprit s'évada aussitôt vers des grappes de raisin muscat qu'il disputait jadis aux abeilles, dans le jardin d'Alep. Le grain craquait délicieusement sous la dent et donnait un jus si savoureux qu'il ne parvenait jamais à discerner si la sensation qu'il éprouvait provenait de son odorat ou de ses papilles. Il avala encore une gorgée du breuvage et remonta peu à peu comme un plongeur vers la réalité qui l'entourait.

Le colonel et son invité poursuivaient une discussion sur les voyages en Afrique.

«Le major Laing vient de quitter Ghadamès pour In-Salah et ne tardera pas à atteindre Tombouctou. Ce sera un pas décisif dans la connaissance de l'Afrique», disait l'un.

«C'est un homme d'un grand courage, répliquait l'autre. J'ai entendu dire que des tribus féroces coupent les pistes et rançonnent les caravanes. Il faut beaucoup de chance pour une telle entreprise.»

«Mon gendre a pris pour guide Hattita ag-Khudden des Adjers, un chef touareg de grand renom. Je suis sûr qu'avec sa protection et sa connaissance du désert, tout ira bien. Prions le Seigneur qu'il en soit ainsi!»

Alexandre suivait attentivement ces propos et aurait voulu poser une question, mais la chaleur du porto l'étourdissait, les voix des deux hommes s'enflaient et s'estompaient, ondulant comme ces nappes d'air chaud qui dansent sur les dunes les jours d'été. Le visage coloré du consul d'Angleterre s'effaçait insensiblement et la silhouette de son père devenait une forme transparente et fantomatique.

Une main se posa sur son bras. « Vous pouvez, si vous le désirez, rejoindre mes enfants, disait la voix du colonel, ils viennent de rentrer. »

Alexandre se leva, s'inclina devant son hôte en prononçant un vague remerciement et se dirigea vers le fond de la pièce. Un clavecin égrenait, quelque part dans la maison, une sonate de Mozart.

Passé la porte du salon, Alexandre déboucha sur la véranda à arcades qui courait autour du patio. De nombreuses pièces, aux portes closes, et les premiers degrés d'un escalier qui conduisait aux niveaux supérieurs se devinaient dans la pénombre. Hormis les notes étouffées du piano, aucun bruit ne signalait la présence des jeunes Warrington, habituellement si turbulents. Alexandre suivit la galerie à rambarde de bois qui dominait la cour intérieure. Le soleil éclairait encore la façade opposée et diffusait une lumière chaude et douce le long des murailles.

Le scherzo de la sonate filtrait plus nettement et semblait provenir d'un salon d'angle vers lequel le jeune homme dirigea ses pas. La porte était entrebâillée et Alexandre hésita à déranger l'exécutant pour lui demander où se trouvaient ses amis. Quand le final laissa prévoir les dernières mesures, il poussa le vantail qui grinça faiblement.

Comme si un lien mystérieux avait relié la porte à l'instrument, la musique s'arrêta et le pianiste se retourna brusquement. Le jour qui entrait par l'embrasure éclaira le visage surpris de Mme Laing. Alexandre eut un geste de recul et resta quelques secondes indécis. Elle le reconnut aussitôt et lui fit signe d'approcher.

« Alexandre ! Mais que faites-vous là ? Vous visitez la maison ? Mais entrez donc, ne restez pas là, planté comme un cierge !

— C'est que je ne voulais pas vous déranger, je cherchais mes amis et je me suis perdu dans les couloirs.

— Vous cherchiez vos amis ? Eh bien, vous avez déjà commencé à les trouver puisque je suis là… Enfin, si tant est que vous me comptiez parmi vos amis ?

— Mais certainement, protesta Alexandre, mais je n'osais pas… Vous comprenez…

— Comprendre quoi ? Vous pensez peut-être que, parce que je porte un anneau au doigt et un médaillon autour du cou, je fais partie d'un autre monde ? J'ai dix-huit ans, vous savez, et vous ?

— Moi ? Dix-neuf », fit-il en écho.

Emma lui prit les mains et le regarda en souriant, ses yeux s'attardèrent sur sa belle jaquette, sa cravate de linon, son élégante silhouette et ses grands yeux sombres aux cils longs et soyeux.

« Vous êtes non seulement mon ami, mais mon grand frère », dit-elle. Et elle lui appliqua un baiser sonore sur la joue.

Cet élan inattendu, qui contrastait si vivement avec l'image de la jeune femme lointaine et dolente qu'il avait entrevue au jardin anglais, laissa Alexandre si surpris qu'il se laissa conduire comme un enfant sage jusqu'au divan d'angle, près du piano.

Son regard se porta alors sur le médaillon qu'Emma portait autour du cou et qui pendait au bout d'une chaînette d'or jusqu'à la naissance des seins. Elle devait avoir un autre décolleté, à la Meshia ou à Zenzour, pensa-t-il. La jeune femme nota le glissement de l'œil et sourit.

« Voilà, dit-elle, en présentant la figurine, c'est le portrait de mon mari qui traverse présentement les déserts. N'est-il pas beau ?

— Oui, fit Alexandre, il est aussi beau que courageux. Vous devez être bien triste de le savoir si loin ?

— Oh, oui ! Je tremble jour et nuit devant tous les dangers qui le menacent, il est si gentil et si amoureux. Il m'écrit quelquefois des billets enflammés qu'il joint à la correspondance officielle adressée au consulat. Je lui ai fait parvenir mon portrait miniature que le bon M. Herrador, le consul d'Espagne, a bien voulu peindre pour lui. L'image était jolie mais je ne sais pas si elle était ressemblante. En tout cas, Laing ne m'a pas reconnue. Le pauvre, il s'est fait tellement de soucis pour ma santé qu'il n'a pas osé me l'écrire, mais il s'en est ouvert dans un message adressé à mon père. »

Elle parlait avec volubilité, comme si elle avait voulu se rassurer ou se libérer.

« Il m'a trouvée pâle et mélancolique, les yeux battus et les lèvres blafardes. Il parlait même de rebrousser chemin et de se donner la mort si je venais à disparaître. »

Ces confidences inattendues agacèrent Alexandre, il entendait évoquer sans plaisir les états d'âme de Laing, et les paroles d'Emma lui semblèrent ostentatoires et dépourvues de véritable tendresse. Il répondit donc, avec un peu d'impertinence, qu'il ne croyait pas que M. Herrador fût si mauvais peintre qu'il ait pu trahir un tel modèle. Dieu merci, l'original ne semblait ni défait ni près de la tombe. Ses angoisses n'étaient probablement pas fondées et, de toute façon, il fallait accepter son destin et vivre dans l'espérance. En tout état de cause, l'aventure du major ne pouvait susciter qu'admiration et encouragement.

« Vous parlez comme mon père, dit Emma, mais que savez-vous de l'amour et qu'y comprenez-vous ? »

Elle s'était refermée brusquement. « Je crois, en effet, qu'il vaux mieux aller retrouver les autres. »

Elle fit claquer le couvercle du piano qui vibra un long moment dans la pièce déserte.

Alexandre eut le sentiment d'avoir commis une maladresse et s'en voulut d'avoir vexé cette jeune femme qui l'attirait. Il se trouvait ridicule d'avoir mis son bel habit et d'être là, en donneur de leçons pris au piège. Ce n'est qu'une coquette, pensa-t-il pour se consoler, elle joue la comédie de l'amour. Elle est gentille mais excessive et faiseuse d'histoires comme dit Vattier de Bourville. Par chance, l'arrivée de Frederick, qui venait à sa rencontre, le tira de sa déconvenue.

Il y avait d'ailleurs trop à faire au consulat pour se créer des états d'âme et des tourments sentimentaux. Alexandre décida d'espacer ses visites sur les terres anglaises et de se consacrer aux affaires délicates que lui confiait son père. Au premier rang de celles-ci figurait la restauration de la résidence. L'agent des travaux publics du pacha, M. Pelissier, un Français de Tarascon, estimait qu'il fallait plus de quatre mille piastres fortes d'Espagne pour réparer le corps de logis principal et deux mille huit cents pour la chapelle attenante et l'hospice. De telles sommes étaient difficiles à rassembler, mais le chevalier Rousseau pensait qu'une habile pétition, présentée au roi par les notabilités françaises au nom des deux mille cinq cents chrétiens de Tripoli, avait quelque chance d'aboutir. Alexandre reçut pour mission de prendre les contacts nécessaires et d'ébaucher le projet de supplique.

Parallèlement à cette enquête auprès de ses nationaux, le consul enrageait de ne pouvoir mettre à profit sa connaissance de l'arabe et de la religion musulmane pour démêler l'écheveau de l'organisation de la cour et du gouvernement du pacha. Ses difficultés présentes avec le prince, qui refusait de le recevoir, et les rebuffades des services ne lui permettaient pas de tisser un bon réseau d'informations au sein du palais. Il disposait pourtant de quelques atouts précieux qu'il désirait mettre en avant : la présence d'une équipe d'artisans provençaux attachés à la maison du prince, la solide expérience de Vattier de Bourville et l'entregent d'Alexandre qui parlait couramment la langue du Prophète.

Pendant plusieurs semaines, les agents du consul se répandirent mystérieusement dans la ville et dans le souk pour dresser un tableau satisfaisant de la société barbaresque.

Le pacha Youssouf Karamanli, descendant direct d'Ahmed le Grand, un Grec de Turquie qui, un siècle plus tôt, avait pris le pouvoir à Tripoli à la suite d'une audacieuse embuscade, approchait de la soixantaine. Il avait une famille hétéroclite de huit garçons et de six filles et un harem très varié d'une vingtaine de femmes. Trois de ses fils étaient blancs, cinq autres mulâtres. Sidi Mohamed, l'aîné, était dans l'opposition et réfugié en Égypte. Sidi Ahmed, le deuxième, occupait la place de bey de Tripoli, un poste de premier plan qui méritait attention. Sidi Ali, le troisième fils blanc, était intelligent, avenant et capable, mais sans emploi. Quant à Sidi Osman, le premier des fils mulâtres, c'était un tempérament d'artiste, doué pour les langues étrangères et la musique, mais sans rôle politique, à cause de ses origines.

Le ministre des Affaires étrangères était un personnage sans pouvoir. Il ne se faisait, disait-on, aucun scrupule de quêter les moindres choses et de recevoir les plus misérables cadeaux.

Sidi Hadj Mohsen, gouverneur de la ville, était un ancien matelot cantonné dans les basses besognes et trop impécunieux pour être fiable. Mourad Raïs et Mustapha Gurgi, les chefs du port, étaient à la solde de l'Angleterre.

Les trois caïds de la ville – le grand Shiah, l'intendant général, le douanier et les notables – étaient si dépendants de la faveur du prince qu'ils ne pouvaient penser ou agir différemment de leur maître.

Les seuls chez qui Rousseau pouvait compter des alliés étaient Mohamed Beit el Mah, le ministre des Finances, personnage redoutable et rusé, ami de toujours des Français, et Hassouna D'Gheis, le frère du Premier ministre, un jeune homme distingué qui avait été éduqué en Europe.

Alexandre prit aussitôt intérêt et plaisir à ce travail qui lui avait ouvert les portes de la société mauresque. Grâce aux introductions de Bourville, il avait maintenant accès aux salons de certains notables bien en cour et même à quelques alcôves chrétiennes où sa belle prestance était singulièrement appréciée.

Il retrouvait fréquemment Frederick et Jenny, mais il ne demandait presque plus de nouvelles de la belle Mme Laing. De façon inattendue, ce fut la petite Louisa qui lui fit reproche de ne plus venir au jardin anglais.

« Emma demande souvent pourquoi vous nous délaissez. Elle s'ennuie beaucoup, vous savez, elle est même très malheureuse, elle reçoit de moins en moins de messages de Laing et prétend que tous ses amis l'abandonnent. On lui a dit que vous ne quittiez plus les beaux salons de la ville et j'ai l'impression qu'elle en est jalouse.

— Qu'est-ce que tu racontes, lui avait lancé Jenny, elle attend le retour de son mari et ne pense à rien d'autre, un point c'est tout ! »

Alexandre ne souffla mot mais constata que les paroles de Louisa ne lui étaient pas indifférentes, pas plus d'ailleurs que la réaction trop sèche de Jenny. Il était à la fois heureux et contrarié, partagé entre une pointe de vanité masculine et un agacement sentimental en demi-teinte. Il avait également conscience qu'il reviendrait au jardin anglais mais que rien ne pressait pour l'instant. Après tout, sa mission n'était pas terminée et la situation intérieure de la régence accaparait l'attention de tous les consulats. Des tribus arabes du Fezzan remontaient vers le nord et menaçaient certaines villes de la côte appartenant au pacha. Le péril paraissait si grand au château que le prince avait envoyé à leur rencontre son armée et ses meilleurs généraux. Les troupes avaient à peine fait mouvement que des bandes de Beni-Nouir étaient descendues des montagnes pour razzier villages et troupeaux dans la Djefara. La ville, étant sans défense, pouvait être attaquée et pillée d'un moment à l'autre. Les consulats venaient de recevoir l'ordre du bey de fermer leurs portes et les gardes de janissaires avaient été doublées aux brèches des remparts. Quelques tribus fidèles de l'intérieur, appelées par le pacha pour lui prêter main-forte, tardaient à se présenter, leurs premières avant-gardes s'infiltraient à peine dans la Meshia; bref, un sentiment de panique se généralisait et chacun s'enfermait chez soi.

À la fin décembre, un bateau en provenance de Mesurade annonça que les forces du prince venaient de remporter une grande victoire sur les Quatiba du Sud. La grande peur s'évanouit subitement et les mosquées retentirent de prières et de chants de grâces.

Les tribus pillardes regagnèrent leurs sanctuaires dans les profondeurs du Nefoussa et les paysans préparèrent leurs champs pour les semailles de printemps.

Dans l'euphorie de son succès, le pacha, qui habituellement n'autorisait pas les Européens à vivre à plus de quatre à cinq milles de la ville pour des raisons de sécurité, invita quelques familles chrétiennes et les consuls à célébrer leur nouvel an dans l'une de ses résidences, située à vingt lieues de Tripoli, dans l'oasis de Zawia.

Une attention aussi exceptionnelle ne pouvait supposer de refus, et tous les invités acceptèrent, les uns par curiosité, les autres par déférence. Les familles Donadieu et Jourdan, qui appartenaient au personnel du pacha, voyagèrent dans un convoi organisé par M. Pelissier, le contremaître du palais. Les consuls et leurs maisons constituèrent une impressionnante caravane de vingt chevaux de selle, vingt-cinq mulets et trois chameaux porteurs de bassours, à laquelle le pacha joignit cinq janissaires pour assurer sa protection. Alexandre avait hésité à se rendre à Zawia, il aurait préféré fêter la nouvelle année à Tripoli, en compagnie de Bourville et de Frederick, chez le Dr John Dickson, par exemple, médecin de la cour, dont la femme Elizabeth l'entourait d'une telle affection qu'il avait succombé, dès les premiers jours, aux charmes et aux avances de cette belle Junon entreprenante dont les routines conjugales et la réclusion de Tripoli aiguisaient les appétits. Bien qu'ébloui par ses succès faciles, il était curieux de profiter de l'hospitalité du pacha, heureux de retrouver ses amis anglais et, à cette occasion, de revoir la mystérieuse Mme Laing qu'il avait un peu oubliée au cours des dernières semaines. On ne sait pourquoi, il avait le sentiment de l'avoir vexée par des réflexions impertinentes lors de l'intermède du clavecin. Après s'être discrètement assuré qu'elle serait présente, il s'incorpora à la caravane. Il l'aperçut à peine pendant le voyage, car elle avait pris place, avec sa mère, dans un des grands bassours clos ornés de rideaux et de pompons de couleurs. Ce n'est que le soir, autour de la table à trente couverts dressée pour le réveillon, qu'il se trouva placé à côté d'elle. Il la salua cérémonieusement mais sans empressement apparent. Elle s'en fit intérieurement la remarque et lui dit avec un gracieux sourire :

« On dirait que vous me reprochez quelque chose, si je vous ai blessé involontairement, il faut me pardonner, je suis toujours si seule et si malheureuse en ce moment que j'en oublie les usages.

— Mais non, mais non! répondit précipitamment Alexandre, je sais combien vous avez de soucis et je vous comprends de tout cœur. En tout cas, je bois à votre bonheur, Mme Laing et je vous souhaite une bonne année.»

Elle le regarda fixement par-dessus sa coupe avec un air si attentif que son cœur battit plus fort.

«Avez-vous de bonnes nouvelles de votre mari? lui demanda-t-il pour masquer son émoi.

— A peine, dit-elle, il est de plus en plus perdu dans les sables.»

Autour de la table, les conversations, échauffées par les vins de Grèce et de Sicile, montaient au diapason supérieur. Alexandre, qui parlait avec aisance l'anglais que ses maîtres levantins lui avaient appris, conversait avec animation avec tous ses voisins. Emma l'écoutait avec fascination, habituée au laconisme de sa mère, au verbe rugueux de son père, au jargon de ses frères et au dialecte maghrébin des serviteurs; elle s'émerveillait du timbre de sa voix et de sa facilité d'élocution. Elle pensa tout à coup que Laing parlait comme un militaire avec l'accent écossais.

Emma regagna sa chambre et ne parvint pas à s'assoupir. Elle éprouvait tout à coup un immense désarroi. En d'autres temps, elle se serait endormie heureuse d'avoir ri, dansé, dit mille sottises avec ses amis, fêté ce nouvel an qui mettait en liesse sa famille et son entourage. Aujourd'hui, elle se sentait abandonnée, presque tenue à l'écart, frustrée de sa jeunesse et de ses élans. Elle était officiellement Mme Gordon Laing, un personnage à qui l'on présentait des hommages, une épouse sans mari pour réchauffer son cœur et ses membres. Elle s'efforça, avec application, de retrouver le visage de son bien-aimé et de s'imaginer dans ses bras, mais sa pensée ne parvenait pas à le saisir dans l'univers étranger où il se mouvait désormais. Six mois s'étaient écoulés depuis son départ et elle n'avait reçu qu'une lettre de lui, expédiée de Ghadamès. Il restait inexplicablement muet. Peut-être qu'il ne pensait plus à elle – peut-être qu'il ne l'aimait plus – aussi fort qu'elle ne cessait de l'aimer.

L'aube qui filtrait par les moucharabiehs la trouva fiévreuse et les tempes endolories. Elle décida de faire une promenade dans les jardins pour profiter de l'air vif du matin. Le palais du pacha était une bâtisse imposante au milieu d'une palmeraie débordante d'arbustes, de canaux d'eau vive et de fleurs. Les allées étaient désertes à l'exception d'une silhouette qui se penchait sur un massif pour y cueillir apparemment quelques roses.

À son approche, le jardinier clandestin se retourna, surpris, et Emma le reconnut malgré le contre-jour incarnat du matin. C'était le bel Alexandre Rousseau qui se dressait devant elle, trois fleurs à peine écloses à la main. Ils éclatèrent de rire et se demandèrent d'une même voix si les vapeurs de la fête les avaient expulsés de leur lit.

«Moi, dit Alexandre en lui tendant les fleurs qu'il venait de couper, je suis un homme du soleil levant et je suis né dans les jardins de Babylone. Partout, de Bassora à Bagdad ou à Alep, les maisons de mon enfance ne s'ouvraient que sur des palmiers, des jasmins et des roses, ma première mémoire est celle d'orangers couverts de fruits, de grenadiers et de pampres de vigne. Ici, les parfums de la nuit s'évaporent aux premiers rayons du soleil, il faut les surprendre dans les demi-teintes de l'aube.

— Je ne connais que les fleurs du jardin anglais, dit Emma, mais j'ai hérité de mon père le goût du jardinage et la passion des roses.

— Mon Dieu, dit Alexandre, que faisons-nous en Afrique?»

Il la regardait avec un attendrissement qui se fondait dans son sourire et elle ne sentait plus l'étau de l'insomnie.

Quelques éclats de rire et la voix de Jenny retentirent du côté des écuries. Emma releva prestement le col de sa cape.

«Pardonnez-moi, Alexandre, dit-elle, mais je préfère que l'on ne me voie pas avec vous.»

Elle prit une allée transversale et disparut sous les feuillages.

Alexandre se dirigea, pensif, vers le palais où apparaissaient avec une lenteur mesurée les convives de la veille. Les uns voulaient poursuivre des siestes réparatrices à l'ombre des tonnelles, d'autres, quelques parties de cartes ou d'échecs. M. Pelissier, l'homme à tout faire du pacha, souhaitait profiter de l'après-midi pour dresser l'état des lieux en vue de futurs travaux. Quant aux consuls de France et d'Espagne, ils prétendaient qu'il n'y avait rien de tel qu'une bonne promenade pour fouetter le sang. Les jeune gens firent chorus à cette suggestion et proposèrent d'aller visiter les ruines de Sabratha, à quelques lieues de là. Tout le monde était déjà en selle lorsque Emma demanda à participer à cette excursion qu'elle n'avait jamais eu l'occasion de faire.

Ce que l'on appelait le champ de Sabratha était une lande parsemée de tambours de colonne et de murs en ruine. Les arcades d'un grand théâtre et des volées de gradins circulaires semblaient implorer le ciel vide. À quelque distance, une énorme muraille serpentait dans la plaine. Entre ce rempart et la mer, des fûts de marbre blanc et de porphyre signalaient, comme autant de mâts brisés, les temples engloutis dans le sable. Des monceaux de chapiteaux, de frontons sculptés, de frises de feuillage, jonchaient le sol couvert d'une herbe jaune que pâturaient les chèvres. Le long de la plage se devinaient les restes d'un port antique où flottaient des épaves et des crinières d'algues. Un énorme conglomérat de blocs de marbre et de briques noyées dans le ciment surplombait la partie abrupte de la falaise. Près de la grève subsistaient encore de curieux bassins, des tunnels surbaissés, des latrines de travertin blanc, et des lambeaux de mosaïques colorées aux dessins géométriques. Trois colonnes solitaires appelées le «Temple de Vénus» dressaient, comme des cierges, leurs silhouettes frêles sur l'horizon marin. Au centre de ce champ de ruines, désert et silencieux, entre le socle puissant d'un temple que M. Herrador attribua au Liber Pater et un autel précédé de marches escarpées, consacré, disait-il, à la déesse Isis, émergeaient les vestiges du forum et les sièges du prétoire.

«C'est là, dit le consul d'Espagne, que se tenait le fameux Apulée de Madaure, au cours du procès en sorcellerie qui lui fut intenté par des soupirants jaloux, pour avoir séduit la belle Emilia Pudentilla. Une des plus célèbres affaires d'amour des temps anciens et une des plus brillantes plaidoiries qui soit venue jusqu'à nous, laissa-t-il tomber négligemment.

— Comment ça, une histoire d'amour? s'écrièrent Jenny et Louisa. Mais il faut nous la raconter tout de suite…

— Surtout si elle finit bien, ajouta Emma.»

Le consul d'Espagne était ravi de son effet. Ce fin diseur, qui adorait les auditoires de salon et aimait tourner aux dames des compliments surannés qu'il voulait libertins, commença son récit comme un numéro bien au point.

«Apulée naquit dans l'Algérie voisine, dans une petite ville aujourd'hui disparue qui s'appelait Madaure. Sa famille était riche et le fit instruire à Carthage où il apprit l'art de bien dire et de bien penser. Ce que l'on appelait la rhétorique ouvrait alors les portes des grands emplois, mais le jeune homme se sentait plus attiré par la littérature et les jeux de l'esprit que par la politique ou l'administration.

« Comme l'Orient le fascinait et qu'il était de bon ton de faire de longs voyages, il partit pour Athènes où il s'initia à la pensée de Platon, à la mythologie, à l'art de la divination, à la science des oracles, à la magie, et que sais-je encore… À son retour en terre africaine, il s'arrêta à Tripoli, qui portait alors le nom d'Oea. La froidure des Syrtes lui avait valu une pneumonie si éprouvante qu'il dut interrompre son voyage et chercher refuge dans une maison amie. C'est un de ses anciens condisciples qui l'accueillit à bras ouverts dans sa somptueuse résidence. Cet ami s'appelait Pontianus, et était le fils d'une riche veuve particulièrement belle et savante, Emilia Pudentilla, qui possédait quelques grandes fermes dans la plaine de Tripoli et plusieurs centaines d'esclaves. Elle partageait sa vie entre sa villa d'Oea et sa maison familiale de Sabratha. Tous les riches prétendants des environs l'entouraient de prévenances pour gagner son cœur et surtout sa fortune. Pontianus, qui redoutait le pire pour son héritage, ne savait comment écarter ces barbons hypocrites. Le charmant Apulée, qui avait fait tant de ravages dans les cœurs athéniens, lui donna l'idée de le jeter dans les bras de sa mère. Celle-ci était déjà séduite par l'élégance du jeune homme et la grâce de son esprit. Lui-même n'était pas insensible à la beauté de la belle Emilia. Bref, les choses marchèrent si rondement qu'à la fin de l'hiver, le mariage fut célébré. Ce fut un grand scandale pour tous les envieux du pays. Les uns parlèrent de sorcellerie, les autres d'imposture. Apulée n'avait-il pas rapporté de ses voyages les redoutables secrets de l'Orient ? Il fallait l'exorciser, le traduire en justice et le condamner sans pitié. L'affaire fut jugée ici, à l'endroit même où nous sommes assis, mes enfants ! souligna M. Herrador. Apulée plaida sa cause avec tant d'esprit et de talent qu'il confondit ses détracteurs et démontra avec élégance que l'amour qu'il portait à sa femme venait de son cœur et non pas du vide de sa cassette. Il convainquit ses juges et fut acquitté. Dès lors, acheva le consul, il coula des jours heureux avec sa bien-aimée et acquit, par son savoir et son talent, une réputation si flatteuse que le peuple lui érigea, de son vivant, une statue sur le forum.

— Quelle belle histoire, soupira Jenny. Pourquoi n'y a-t-il plus d'Apulée de Madaure qui passent par Tripoli ?

— En tout cas, remarqua Emma, j'aurais bien aimé connaître cette Emilia Pudentilla. Elle devait avoir beaucoup de charme et d'esprit pour captiver un si beau jeune homme.

— Il n'y a qu'un filet pour capter les cœurs, dit Alexandre, c'est tout simplement l'amour et la suite de l'histoire montre qu'il s'agissait bien d'un grand amour, n'est-ce pas, monsieur le consul ? »

M. Herrador ne répondit pas et se dressa brusquement, la main en visière au-dessus de ses yeux. « Mais que se passe-t-il là-bas ? Que fait M. Rousseau à courir ainsi à toutes jambes », s'écria-t-il.

Le consul de France dévalait la pente en agitant les bras en direction des chevaux qui pâturaient près du mur byzantin. Les garçons se levèrent d'un bond et coururent vers les bêtes. Quand ils arrivèrent à hauteur des montures, le consul était déjà en selle et les pria, le souffle court, d'en faire autant. En quelques minutes, tous les cavaliers eurent rejoint le reste du groupe, qui se joignit à eux pour fuir au galop en direction de la mer. M. Rousseau donna alors quelques explications. Tandis qu'il contemplait le paysage à l'abri d'un buisson, il avait surpris la conversation de deux Arabes qui projetaient tout simplement d'attaquer les promeneurs pour enlever leurs chevaux. Quand les deux bandits se furent évanouis dans les broussailles, il s'était précipité pour donner l'alerte.

La petite troupe avançait sans bruit depuis une demi-heure lorsqu'une fusillade lointaine éclata sur la droite, les chevaux s'ébrouèrent et hâtèrent le pas.

«Nous l'avons échappé belle, firent d'une même voix les deux consuls. Des malheureux sont en train de payer à notre place.

— Est-ce qu'ils voulaient nous tuer? demanda Antoine.

— Je ne crois pas, répondit M. Herrador, ils voulaient seulement nous dépouiller, mais qui sait ce qui peut arriver avec ces pillards.»

Le cheval d'Emma commença alors à boitiller; c'était un jeune barbe au poitrail étriqué, aux antérieurs fragiles, qui, de surcroît, était sellé trop en avant et s'était laissé forcer dans le galop. Il est exténué, pensa Alexandre, il ne pourra pas tenir longtemps ce train d'enfer. Il se plaça donc à la hauteur de la cavalière et ralentit le pas.

«Nous allons laisser les autres s'envoler, lui dit-il. S'il venait à s'abattre, je vous prendrai en croupe.

— Comme à Séville pour la féria. Je serai ravie», lui répondit Emma.

De toute façon la palmeraie de Zawia était en vue et le danger avait disparu, le gros de la troupe continuait à bonne allure sans se soucier des retardataires. Seule, Jenny fit volter sa monture et vint les rejoindre.

«Je viens à votre secours, leur cria-t-elle, vous ne connaissez pas la piste, Alexandre, et ce n'est pas le moment de s'égarer.

— Avec vous deux, je veux bien me perdre», plaisanta le jeune homme.

Emma resta muette. La voilà encore amoureuse de celui-là, pensait-elle. C'est une manie, elle s'éprend de tous les garçons qu'elle rencontre, mais elle ne sait pas les retenir. Elle s'était même amourachée de Laing, cette chipie!

C'est ça ! Joue les indifférentes, se disait Jenny, toutes les occasions lui sont bonnes pour être avec Alexandre. Pourtant, elle en a fait des drames pour épouser son Écossais, elle y a réussi, alors qu'elle le garde, d'ailleurs, maintenant, c'est son devoir.

Quand elle arriva à Zawia, l'arrière-garde trouva le petit monde des invités en effervescence. Mme Van Breughel rappelait avec insistance les atrocités auxquelles se livraient les bandits. Les hommes cherchaient à expliquer la présence de ces Arabes après les récentes opérations de police du pacha et M. Rousseau jugeait que le goût du pillage était naturel et ne relevait pas de l'analyse politique.

On devait quand même apprendre, le lendemain, que des voyageurs venant de Djerba avaient été victimes des brigands, que leurs chevaux avaient été volés et que trois d'entre eux, grièvement blessés, étaient morts sur la route.

*

Au retour à Tripoli, les premières nouvelles de Laing, depuis son départ de Ghadamès, parvinrent au consulat d'Angleterre. Il avait atteint In-Salah le 3 décembre, après avoir accompli pratiquement la moitié de son voyage. La situation n'était pas brillante. Certes, il avait réussi à traverser en quatre semaines un redoutable désert de sable et de cailloux en empruntant des pistes secondaires pour échapper aux pillards, mais, à son arrivée au Touat, il trouvait des nouvelles bien alarmantes pour la suite de son voyage.

Une querelle venait d'éclater entre deux puissantes tribus du Hoggar et du Tanezrouft, et la route de Tombouctou était devenue si dangereuse que les caravanes s'en écartaient. Que devait-il faire ? Annuler son voyage ? Rebrousser chemin ou continuer seul sa mission ? Il faisait part à son beau-père de son cruel embarras et s'inquiétait de la santé d'Emma dont il ne recevait aucune réponse, malgré les nombreux billets qu'il lui envoyait. « Le temps et l'argent commencent à me manquer, écrivait-il ; j'ai déjà perdu plus d'un mois sur le calendrier que je m'étais fixé et j'ai encore plus de quarante jours de route à parcourir... »

Cette angoisse pesait maintenant sur la famille Warrington, et le colonel ne décolérait pas contre Londres, contre le pacha, contre son collègue Rousseau et contre les siens. Pour se changer les idées, il se réfugiait en toute occasion parmi ses rosiers du jardin anglais ou faisait de longues visites à ses protégés arabes de la Meshia. Emma ne savait plus à quoi se raccrocher. Brusquement, l'image de Laing l'habitait tout entière. Pourquoi ne recevait-elle aucun des messages qu'il prétendait lui envoyer et pourquoi ses propres lettres ne lui parvenaient-elles pas ? Rebrousser chemin, disait-il, ou continuer seul, de toute façon, il ne reviendrait pas avant un an et demi, à la vitesse où il marchait. Elle était indignée. S'il m'aimait vraiment, il renoncerait à cette aventure ridicule, pensait-elle, mais avec la pugnacité de son père et la gloire de l'Angleterre, elle ne se faisait plus d'illusions.

À la maison de France, et pour d'autres raisons, le ciel n'était pas plus serein.

Les bateaux romains, capturés par les corsaires, étaient toujours dans le port, leur cargaison avait été vendue ou dispersée, leurs équipages étaient enfermés au bagne des chrétiens. Youssouf Karamanli semblait narguer le chevalier Rousseau en feignant de mettre ses remparts et ses canons en état de défense.

Le consul assaillait Paris de dépêches amères qui restaient sans réponse et rêvait d'escadres vengeresses. Sa santé le préoccupait, son caractère s'aigrissait, et comme les déconvenues vont souvent par grappes, une nouvelle épreuve l'attendait aux portes de la Meshia.

Alors qu'il se promenait dans la palmeraie avec sa famille et Vattier de Bourville, un coup de fusil partit du pied d'un dattier isolé. La balle siffla aux oreilles des promeneurs mais n'atteignit personne. Alexandre et les domestiques d'escorte se précipitèrent vers l'arbre et y arrêtèrent un Noir en livrée du château. Le Nègre, qui était de forte taille, se débattit si vigoureusement qu'il parvint à s'enfuir en laissant son arme entre leurs mains.

Le consul, fort ému, fit porter la nouvelle au pacha en réclamant justice et des sanctions exemplaires. Youssouf Karamanli répondit évasivement qu'il ne connaissait pas ce Maure et qu'il s'agissait probablement d'un pauvre Bédouin de la brousse qui avait voulu s'amuser à tirer du grain.

M. Rousseau fut alors convaincu que l'ordre de l'assassiner avait été donné par le prince. Il en informa Paris et exigea du ministre de la Marine la venue des vaisseaux du roi pour venger cet affront.

Paris, qui se débattait contre l'autoritarisme du roi Charles X et dont l'opinion était accaparée par les conflits intérieurs du milliard des émigrés ou la loi contre les sacrilèges, Paris qui se relevait à peine des campagnes napoléoniennes et ne privilégiait plus les affaires extérieures et la marine, prit pourtant fait et cause pour l'honneur de son représentant à Tripoli et envoya sur-le-champ deux frégates, une goélette et une corvette pour exiger des excuses du pacha. Il faut dire que les difficultés que la France éprouvait au même instant avec le dey d'Alger l'incitait à la fermeté.

Le lieutenant de vaisseau Arnoux de Saulsays, qui commandait cette escadre, était porteur d'instructions draconiennes.

« Si votre démarche n'est suivie d'aucun effet, stipulait la lettre du comte de Chabrol, vous recevrez à bord des deux frégates le consul général et toutes les personnes qu'il vous désignera pour être embarquées avec lui. Après quoi, vous signifierez au pacha que si dans un délai très court, que vous fixerez, satisfaction ne vous est pas donnée, vous vous mettrez en demeure d'attaquer son port, de brûler les bâtiments portant pavillon tripolitain et de faire à la ville tout le mal que les localités, le tirant d'eau des frégates et la force de leur artillerie rendront possible.»

Youssouf Karamanli, qui savait comment s'y prendre, fit saluer l'escadre par trente-trois coups de canon et non vingt-sept comme c'était l'usage. Il prépara un accueil flatteur pour complaire au consulat, et quand le lieutenant de vaisseau débarqua pour se rendre à la résidence de France, il fut précédé par une garde d'honneur formée des grenadiers de ligne du bord du pacha, des janissaires du consulat et de trois sous-officiers du château.

À l'audience solennelle qu'il accorda ensuite au chevalier Rousseau et à M. de Saulsays, le pacha se montra affable et compréhensif. Il rejeta sur l'indiscipline de ses gens les malheureuses affaires de piraterie dont on l'accusait, puis il promit de restituer sur-le-champ les bateaux capturés, de libérer les équipages, de dédommager les États du pape du préjudice qu'ils avaient subi, de rembourser les cargaisons à leurs propriétaires et d'apurer ses dettes envers la France. Enfin, dans un compliment fort bien tourné en français par le Premier ministre Mohamed D'Gheis, le maître de Tripoli fit exprimer sa déférence à l'égard de Sa Majesté le roi Charles X.

Après ce succès inespéré, le soleil reparut à la maison de France. Le consul rédigea un rapport tout à son avantage, souligna que le lustre de la nation était rétabli avec éclat, et Alexandre décida de se rendre au jardin anglais pour retrouver ses amis. L'image d'Emma n'avait cessé de le poursuivre. Il n'attendait rien de cette jeune femme qui appartenait à un autre et dont une dramatique séparation torturait le cœur, mais il aimait la voir simplement comme ses sœurs et ses frères quand elle leur faisait le plaisir de se joindre à eux.

Au jardin anglais, le printemps avait éclaté comme un de ces feux d'artifice que les frères Ruggieri tiraient à la cour de Londres. Les gerbes de mimosa fusaient en cascades flavescentes, les orangers semblaient enneigés par leurs fleurs, les arbres de Judée rougeoyaient de toutes leurs ramilles. Il y avait dans l'air comme une frénésie de vivre. Les hommes, la terre et les fleurs savaient que dans quelques semaines les feux du soleil de mai auraient épuisé les sèves et les sucs fécondants.

Alexandre trouva ses compagnons rassemblés sur la terrasse d'où l'on surplombait la mer. Jenny, Frederick et Louisa l'accueillirent avec de grandes démonstrations de joie. Emma s'avança également vers lui, souriante, et s'assit de l'air le plus naturel sur les coussins de cuir que les serviteurs avaient apportés. Elle semblait d'excellente humeur mais Alexandre ne trouvait plus ses mots pour s'adresser à elle, il la sentait en proie à des courants qui ne le concernaient pas. Il entendit Frederick parler du voyage de Laing et demanda par politesse quelles étaient les dernières nouvelles. D'un geste agacé, Emma coupa court à tous les commentaires.

«Parlons d'autre chose, j'en ai assez du désert, des chameaux et des explorations géographiques.»

Ils avaient décidé ensuite de faire une promenade sur le rivage pour chercher des coquillages entre les rochers. Ils s'égaillèrent le long des criques minuscules. Emma se rapprocha alors d'Alexandre et lui prit le bras.

«Restez avec moi, dit-elle, je voudrais que vous me parliez de vous, de votre vie, de votre famille. On m'a dit que votre grand-père était un prince persan. Vous savez, depuis onze ans que je vis à Tripoli, je n'ai jamais voyagé qu'en rêve. J'aime imaginer des pays merveilleux. Tout ce qui vient d'ailleurs me fascine. J'ai lu les *Mille et Une Nuits* et les amours de Khsoro et Chirin de Nizami. Je trouve que vous ressemblez au prince Khsoro qu'on voit sur les miniatures.»

Alexandre rit franchement et lui dit :

«Je ne crois pas ressembler à Khsoro et je ne suis malheureusement pas fils de prince. Enfin, je crois que ma petite histoire aurait endormi le roi Schahiyar et condamné la belle Schéhérazade au terme de la première nuit.

— Ça ne fait rien, dit-elle, parlez-moi. J'ai besoin qu'on me parle; on ne me raconte plus jamais rien, à moi!»

Elle s'assit sur un rocher piqueté de fientes d'oiseaux de mer et de sel, pencha le buste en avant, cala ses coudes sur ses genoux et croisa ses deux mains sous le menton. Alexandre resta un instant indécis, puis il s'accroupit à son tour sur le sable et commença un long récit qu'elle écouta comme une fillette sage, le regard brillant et attentif.

«Voilà, dit-il, si je suis effectivement l'arrière-petit-fils d'une Persane, je descends aussi d'un horloger cabinottier de Genève qui s'appelait Jacob Rousseau et qui était le petit cousin du grand philosophe Jean-Jacques Rousseau.

— Ah! celui-là, je le connais, dit-elle; j'ai lu *Les Rêveries d'un promeneur solitaire* dans une traduction que M. Rossoni m'a rapportée de Londres.

— Vous êtes plus savante que moi et je dois confesser que je ne l'ai pas lu. Donc, reprit-il, Jacob Rousseau, mon aïeul, à l'approche de la trentaine, s'ennuyait ferme au bord du lac Léman. Peut-être rêvait-il d'aventures, des *Mille et Une Nuits*, que sais-je? Sa bonne fée lui apparut un matin de l'an 1704, sous les traits d'un négociant marseillais qui lui dit : "Jacob, si tu veux quitter cette vie fastidieuse, j'ai un beau voyage en Orient à te proposer." Et le brave homme expliqua que le roi Louis XIV avait décidé d'envoyer un ambassadeur auprès du shah Soltan Hossein, à la cour de Perse. "C'est mon compatriote Jean-Baptiste Fabre qui a été choisi, ajouta le marchand et il cherche un jeune secrétaire pour l'accompagner. Si tu es d'accord, la chose est faite." Jacob accepta et quelques semaines plus tard, muni d'un coffre ferré où il avait rangé ses précieux outils et quelques hardes, il s'embarqua avec l'ambassadeur à destination de Trébizonde. Un voyage épuisant et aventureux les attendait à travers les montagnes turques entre Erzeroum et Erivan. En arrivant en vue du mont Ararat où reposent les vestiges de l'arche de Noé, l'ambassadeur prit froid, s'alita et mourut en quelques heures. La mission, décapitée, fut prise en main par sa maîtresse, que l'on appelait la Belle Brelandière, et parvint à Ispahan où se tenait la cour du shah.

En ce début du XVIIIe siècle, la cité comptait déjà parmi les plus prestigieuses de la Perse avec ses cent trente palais, mosquées et medersas. Un grand roi, shah Abbas, lui avait mérité le titre de « moitié du monde », et la dynastie des Kadjars en avait fait sa capitale. Mon arrière-grand-père décida de se fixer dans cette ville merveilleuse et ouvrit boutique près du bazar. Comme le souvenir du grand orfèvre français, Isaac de l'Estoile, était encore vivant dans toutes les mémoires, il cisela l'or et l'argent et devint l'horloger joaillier de la cour. À un âge avancé, il épousa une jeune fille de la noblesse, une belle Persane, qui lui donna plusieurs enfants. Jusqu'à sa mort, en 1753, il mérita la confiance des shahs successifs et acquit une si grande réputation que sa renommée parvint jusqu'à la Cour de France.

— Mais, dit Emma émerveillée, on dirait que vous me récitez un vrai conte, avez-vous vécu longtemps à Ispahan ?

— Non, dit Alexandre, je ne connais le palais d'Ali-Qâpou, les mosquées et le pont du Zande-Roud que par les récits de mon père. Il m'a conté tant de fois notre histoire familiale qu'il me semble avoir toujours vécu en Perse et être né moi-même à Ispahan. Mon grand-père eut un fils qu'il appela Jean-François-Xavier. Le mélange des sangs lui donna de bonne heure une vive intelligence, une grande habileté manuelle et un don des langues exceptionnel. Il parlait le persan, l'arménien, l'arabe, le turc et l'italien.

— Mon Dieu! soupira Emma. Et moi qui ne parle même pas le français.»

Elle rit et regarda le conteur avec une telle attention que celui-ci se troubla et la mit en garde.

«Ne me regardez pas ainsi, je vais perdre le fil de l'histoire.»

Le visage pâle d'Emma se colora légèrement.

«Formé dans l'atelier de son père, reprit Alexandre, il lui succéda comme chef des joailliers de la couronne, mais il avait d'autres ambitions. Il décida de se lancer dans le commerce et se rendit à Bassora où il devint chef de comptoir de la Compagnie des Indes, une grande société française de l'époque. Quelques années plus tard, sa réputation et son crédit devinrent tels qu'il fut chargé, par le roi Louis XV, des affaires de France en Perse et dans le pachalik de Bagdad. Il se dépensa tellement dans ses fonctions et rendit tant de services aux Français et aux missions chrétiennes de Bassora, de Bagdad et d'Ispahan, que le pape Clément XIV le fit chevalier de l'Éperon d'or. Le propre frère du shah de Perse, Sadak Khan, qui venait de conquérir Bagdad, remarqua ce fils d'Ispahan et le prit comme conseiller. Jean-François-Xavier profita de sa faveur pour assurer la liberté de ses compatriotes et sauva même la vie du gouverneur turc qui était sur le point d'être exécuté. Témoin impuissant de la ruine de la ville, il décida de se rendre à Paris pour plaider la cause des intérêts français, au siège de la Compagnie des Indes orientales et à la cour de Versailles. Le Tout-Paris lui fit un accueil triomphal. Jean-François-Xavier et ma grand-mère, d'origine arménienne, furent la gloire des salons à la mode. Mon père prétend que lorsque sa mère apparut à la cour en pantalon et cape de soie jaune et blanche sur un caraco pourpre brodé d'or et d'argent, les grandes dames crurent voir apparaître la princesse du *Livre des Rois*.

« Après deux années de vie parisienne, poursuivit Alexandre, mes grands-parents et mon père, qui allait sur ses trois ans, reprirent le chemin du retour. Bassora était en ruine et la Mésopotamie dévastée. Tout était à rebâtir. Six ans plus tard, Jean-François-Xavier avait refait fortune et rétabli les affaires de son pays. C'est alors que la Révolution française déferla sur l'Europe et balaya les trônes et les privilèges ; mais dans un pays oriental habitué au désordre, la nouvelle d'autres désordres ne parut pas surprenante. En 1778, quand la guerre éclata entre la France et l'Empire ottoman, mon grand-père fut emprisonné par les Turcs et gardé onze mois en captivité. Il traversa cette période avec sa fermeté de caractère habituelle, et, quand il sortit de prison, l'empereur Napoléon le nomma, en récompense, agent général et consul à Bagdad. C'était un personnage extraordinaire. Il mourut à Alep l'année de ma naissance. J'aurais bien aimé le connaître.

— C'est une belle histoire, dit Emma. Vous avez beaucoup de chance d'avoir de tels ancêtres. Moi, mon grand-père était pasteur dans le village d'Acton, près de Wrexham, au pays de Galles en Angleterre. Quant à maman, on ne connaît pas son père, mais il y a des gens qui disent qu'elle est la fille du roi. Quand papa est fâché, il l'appelle Queenie et ça la fait pleurer. Vous croyez, Alexandre, que ma mère est vraiment une princesse ?

— Certainement, dit Alexandre, surtout depuis que je vous connais.

— C'est très mal de mentir, fit-elle en relevant la malice du propos, vous feriez mieux de continuer votre joli conte et de me parler un peu plus de vous. »

Alexandre Timoléon prit plaisir à se faire prier.

« Où êtes-vous né ? demanda Emma.

— A Bassora, le 18 mars 1806 et, d'après ce qu'on m'a dit, baptisé quinze jours plus tard, pour être tout à fait précis.

— Alors, vous êtes du signe des Poissons, comme moi, observa-t-elle sur le ton le plus naturel. Vous avez l'esprit noble et ambitieux, vous êtes un ami sincère et loyal, votre amour est fort et ardent, vous avez une bonne mémoire et vous êtes magnanime envers vos ennemis.

— Êtes-vous si certaine de connaître l'astrologie ? demanda Alexandre.

— Mais oui, dit Emma, et je sais que tout ce qui nous concerne est dans les astres. J'ajouterai même que vous êtes très émotif, égocentrique et imaginatif. »

Alexandre éclata de rire. « Voilà enfin quelques faiblesses. Cette fois, je me sens prêt à vous croire.

— Vous avez vécu longtemps à Bassora ?

— Non, j'ai passé mon enfance à Alep, en Syrie, où mon père était consul général. Après, nous avons voyagé en France puis nous sommes revenus à Alep dans la maison de famille où nous sommes restés trois ans. »

Une voix s'éleva tout à coup derrière eux.

« Alors, vous préparez un complot, vous deux... »

Alexandre se retourna et aperçut Jenny qui était arrivée sans bruit et les considérait d'un air réprobateur. Une rougeur subite monta aux joues d'Emma, qui parut confuse et irritée.

« Je ne sais pas si quelqu'un prépare des complots, mais en tout cas, il y en a qui espionnent, lança-t-elle. Alexandre me parlait de sa famille et de sa vie en Orient, c'est passionnant et il est bien dommage que tu ne l'aies pas entendu, ça t'aurait instruite. »

Il y avait tant de mordant dans sa voix que Jenny battit en retraite.

« Oh ! dit-elle, de toute façon, les affaires des autres ne m'intéressent pas. » Et elle fit mine de se retirer.

Alexandre se leva prestement, et, la prenant par le bras, l'obligea à s'asseoir près de lui.

« Reste avec nous, Jenny, dit-il, je te raconterai un autre jour cette histoire, à moins que ce ne soit toi qui me contes la tienne.

— Je ne sais rien, répondit-elle, d'ailleurs, je n'intéresse personne et je me moque de vos confidences ! »

Alexandre détestait les querelles de filles. Il avait remarqué que les deux sœurs se jalousaient et s'envoyaient à l'occasion des flèches acérées.

« Eh bien, parlons d'autre chose, proposa-t-il jovialement, du temps, de la mer, du plaisir d'être ensemble et de la joie de vivre à la Meshia. »

Il prit les deux rivales par le bras et les conduisit en riant le long de la grève.

Dans le landau qui le ramenait vers la ville, lui, si curieux du spectacle de la rue, ne prêta aucune attention au mouvement de l'oasis. Il retournait dans sa tête le récit qu'il venait de faire à Emma et pensait que s'il avait parlé d'abondance de ses ancêtres, il était resté très discret sur lui-même et sur sa jeunesse. Que signifiait d'ailleurs ce manège ? Pourquoi avait-elle manifesté tant d'intérêt à sa conversation alors qu'elle aurait dû être entièrement dédiée à son bel explorateur qui reviendrait bientôt couvert de gloire ? Peut-être a-t-elle momentanément besoin de se changer les idées et de rompre l'isolement où elle se complaît, songea-t-il. Elle reste toute la semaine au jardin anglais dans une solitude éprouvante, il est bien normal qu'elle souhaite parfois que l'on s'occupe d'elle. Et la mauvaise humeur de Jenny, que fallait-il en penser ? Alexandre estimait beaucoup cette compagne pour sa vitalité et son cœur simple et droit. Elle était amusante, stimulante et toujours dévouée. Elle lui manifestait également un empressement amoureux qui l'embarrassait. Il n'éprouvait pour elle qu'une grande amitié et ne savait comment s'y prendre pour ignorer ses avances sans la vexer. Je crois, pensa-t-il, qu'elle est un peu amoureuse et jalouse de moi. Cette idée le flatta mais il la chassa d'un haussement d'épaule.

Il laissa errer son regard sur les murailles des jardins qui se succédaient de façon ininterrompue le long de la route. Le visage d'Emma apparaissait et disparaissait dans son esprit au rythme de la marche.

La beauté de la jeune femme, ses yeux bleus, son sourire et ses nattes blondes le troublaient profondément. Le nom de Laing lui revint en mémoire et il éprouva envers le major quelque chose qui ressemblait à de la jalousie. Il ressentait une timidité sournoise ramper en lui, une timidité d'adolescent devant l'homme mûr, le valeureux conquérant des sables. Il respira profondément et tenta de s'intéresser au jeu de l'avaloire et des traits en cuir sur la croupe du cheval. L'image d'Emma continuait à flotter devant ses yeux.

À peine arrivé au consulat, Alexandre fut convoqué par son père. Depuis quelque temps, le chevalier Rousseau souffrait de rhumatismes qui le clouaient dans sa chambre. Enfoncé dans un grand fauteuil à oreillettes, une couverture brune sur les genoux, il était de fort méchante humeur et accueillit son fils avec des reproches amers.

« Où étais-tu ? Au jardin anglais, sans doute. Je me demande ce que vous trouvez tous à cette villa d'opérette et à mon estimable collègue qui ne cesse de me jouer de mauvais tours. Le *Santissimo Crocifissio*, venant de Malte, a embarqué ce matin les équipages des bateaux du pape qui venaient d'être libérés et je n'en ai rien su. Il a levé l'ancre à l'aube pour Civitavecchia. Tout est par terre, le prestige qui revenait à la France enfin restaurée dans ses privilèges est remis en cause. Le pacha doit bien rire de nos querelles et MM. Warrington et Mourad Raïs peuvent hisser le grand pavois. Je dois écrire immédiatement à Paris pour mettre les choses au point.» Le chevalier était véhément. D'esprit inquiet et tatillon, il soupçonnait toujours les autres des pires machinations. Pour l'instant, il oubliait que de tous les bateaux présents dans le port de Tripoli, un seul était en partance pour l'Italie. La hâte des prisonniers pontificaux à quitter le bagne du pacha expliquait, mieux que les manœuvres du consul d'Angleterre, le choix du *Santissimo Crocifissio*.

M. Rousseau n'avait cure de ces détails.

«Ce n'est pas tout, ajouta-t-il. Deux de nos nationaux au service du pacha viennent d'être jetés dans les fers et sont sur le point d'être exécutés. J'ai envoyé Abraham Serussi aux nouvelles et j'attends son retour.»

Sachant par expérience qu'il était inutile de contredire ou de rassurer son père, Alexandre ne posa aucune question et résolut également d'attendre. Une heure plus tard, l'interprète revint du palais, le visage radieux.

«Les deux maçons du pacha ont été libérés, proclama-t-il d'entrée, c'est un vrai miracle.

— Allah est grand et Youssouf est un bon prince, fit en écho M. Rousseau. Mais, dites-moi, que s'est-il passé exactement?»

Le vieux Serussi, habituellement impassible, ne put s'empêcher de rire.

«C'est l'histoire la plus comique que je connaisse, dit-il. Le chef-maçon, Alexandre Grand, de Tarascon, un des principaux artisans du palais, avait reçu l'ordre de réparer d'urgence une coupole qui menaçait ruine dans le harem du pacha. Comme ce lieu, farouchement gardé, est en principe, inaccessible aux hommes, il s'était présenté avec un aide chez le chef des eunuques pour pénétrer dans la place. Un guide les avait conduits à travers un dédale de couloirs jusqu'à la cour centrale, au toit grillagé, sur laquelle donnent les appartements des femmes, puis les avait abandonnés. Des esclaves, des eunuques, des servantes allaient et venaient autour d'eux sans s'émouvoir de leur présence, les deux hommes étaient bien connus de tout le château. Un Nègre du Fezzan qui avait souvent travaillé avec eux vint à passer, ils lui demandèrent où était la coupole à réparer.

«"C'est tout à côté, leur dit-il, c'est l'appartement de Leila Zenobia, il est vide depuis hier soir." Les deux maçons pénétrèrent dans le logement inhabité, mais tout leur sembla en ordre, les plafonds étaient sans fissures et les coupoles intactes. Ils pensèrent qu'il y avait d'autres pièces dans cette vaste habitation et s'engagèrent dans un couloir obscur. Ils cherchèrent leur chemin à tâtons et se perdirent. Finalement, ils furent attirés par un rai de lumière qui filtrait sous une porte. C'est une sortie sur le patio intérieur, pensèrent-ils, le vantail était couvert de poussière et semblait condamné. Comme il refusait de bouger, ils lui donnèrent un irrésistible coup d'épaule et le firent voler en éclats. Emportés par leur élan, les deux hommes déboulèrent dans le hammam du harem. Les épouses du pacha prenaient leur bain dans le plus simple appareil. L'arrivée de deux intrus provoqua la panique que l'on devine. Les baigneuses poussèrent de grands cris en faisant mine de chercher quelques voiles pour dissimuler leurs charmes. Les servantes noires glapirent et les eunuques, alertés par le vacarme, firent irruption dans la salle. Ils se précipitèrent sur les deux chrétiens abasourdis et les rouèrent de coups. Assommés, ils furent jetés brutalement dans un couloir pour y être achevés ; le chef de la garde apparut providentiellement à cet instant et arrêta d'un geste le bras de ses hommes. Il reconnut les deux maçons, les fit porter dans un réduit voisin et prévint le pacha. Alors que la mort était la seule sentence pour un tel sacrilège, Youssouf Karamanli, qui appréciait le dévouement et la compétence de ses serviteurs chrétiens, différa son jugement. Il feignit une grande colère et après avoir interdit d'ébruiter l'affaire, renvoya les deux coupables dans leur logis. »

M. Rousseau se félicita d'un dénouement aussi heureux et, oubliant ses douleurs et sa mauvaise humeur, il s'amusa beaucoup de cette aventure qui lui semblait de bonne augure pour ses relations futures avec le pacha.

*

À la fin du printemps, une rumeur, colportée par des caravaniers, se répandit dans les consulats : le major Laing semblait avoir péri, avec ses guides, dans une attaque menée par les Touaregs à plus de vingt-cinq journées de marche au sud de Ghadamès. La nouvelle fit sensation, mais personne n'osa la répandre car le désert est terre de mirages et les fantasmes y vont comme le vent. De plus, les récits des chameliers se contredisaient et les preuves étaient difficiles à rassembler. Le dernier courrier parvenu au consulat général d'Angleterre faisait état du départ de Laing d'In-Salah le 10 janvier, dans une caravane de cent cinquante hommes et trois cents chameaux. D'autre part, aucun messager venant du Touat n'avait entendu parler de bataille dans le Tanezrouft. Quant au colonel Warrington, il refusait de prêter l'oreille à ces ragots et proclamait que son gendre était bien portant et sur le point d'entrer à Tombouctou.

Au jardin anglais, tout le monde se taisait pour ne pas alarmer Emma.

M. Rousseau adressa immédiatement cette information à Paris et rédigea l'oraison funèbre du voyageur « dont on devait vivement regretter la mort, si, comme tout l'annonçait, il avait péri victime de sa courageuse persévérance et de son beau dévouement ».

Alexandre, quant à lui, reçut la nouvelle avec des sentiments contradictoires. Certes, il admirait le courage de Laing et souhaitait sa réussite, mais il éprouvait au fond de son cœur un soulagement dont il n'osait s'avouer la nature.

La crise de rhumatismes du consul de France persistait et toutes les médications se révélaient impuissantes à calmer ses douleurs. Comme il se désespérait de ne pouvoir suivre les affaires avec tout le soin désirable, il décida de mettre son fils en charge comme vice-consul du roi. La fonction était flatteuse et Alexandre éprouva quelque fierté à entrer dans un corps prestigieux où s'était illustrée sa famille, mais les promenades au jardin anglais, les flâneries à travers la ville, les rêveries devant la mer étaient désormais compromises. Cette perspective le contraria et, le soir même, il écrivit dans son journal :

> Mon père veut que je sois consul. Il trouve qu'à vingt ans, je dois embrasser une carrière et il a tout naturellement pensé au consulat. Il a demandé à Paris de m'agréer comme élève vice-consul du roi; cela, m'a-t-il dit, ne doit pas faire de difficultés. Je ne connais pourtant à peu près rien aux tâches qui m'attendent, je sais seulement qu'il y a des listes de navires de passage à fournir, des renseignements sur le commerce de nos nationaux et des actes d'état civil. Maman est heureuse de mon nouvel état, il semble que les Rousseau et les Outrey naissent avec un chapeau à plume sur la tête. Mon oncle est déjà vice-consul à Trebizonde. Mon père me parle maintenant sur un ton officiel. Je devrai me lever à six heures et travailler jusqu'à deux heures de l'après-midi. Pendant ce temps, Antoine continuera à faire ses promenades, ses parties de pêche et ses chevauchées dans la plaine avec Frederick qui a un an de plus que moi et n'a rien à

> faire. Son père ne doit pas avoir de tradition familiale à respecter. Les petits-enfants de pasteur ont de la chance. Frederick m'a dit qu'il aurait voulu être militaire comme son grand frère, Charles Thornhill, qui est en Angleterre, mais M. Warrington veut qu'il soit commerçant, c'est d'autant plus comique qu'il se fait toujours voler et ne sait pas compter. »

Alexandre commença donc son travail sans grand enthousiasme, d'autant que son père veillait à ne plus lui laisser un instant de liberté.

Depuis le passage de l'escadre, les relations avec le pacha s'étaient sensiblement améliorées. Non seulement la restitution des bateaux et des équipages du Saint-Siège s'était effectuée sans trop d'ennuis, mais deux ou trois marins de Porto-Vecchio, retenus prisonniers par Mourad Raïs, avaient été remis au consulat de France sans autre dommage que la perte de leurs effets. Il semblait donc que la crise qui avait amené la France et la régence à deux doigts de la rupture fût dépassée et que désormais des relations plus chaleureuses pussent s'établir avec le château. M. Rousseau décida de frapper un grand coup le 4 novembre à l'occasion de la fête du roi.

Durant trois semaines, toutes les activités du poste furent orientées vers la préparation de cet événement. Le grand chambellan du château, discrètement interrogé, fit savoir que le pacha ferait, à cette occasion, une visite d'étiquette. Les travaux s'en trouvèrent stimulés, et chacun s'employa, avec fébrilité, à façonner un décor digne de la France et de son roi.

Trois salons furent aménagés. Dans le premier, le portrait du roi, en pied, fut placé sur une sorte d'autel. Un artiste napolitain avait calligraphié sur un panneau de toile richement encadré un éloge de Sa Majesté. Près de la porte d'entrée s'éleva un trône à trois marches, dans le goût oriental, élégamment drapé d'étoffes fleuries des

Indes et garni de coussins de brocart. Au-dessus étaient placés les drapeaux de la France et de Tripoli. Sur le dossier du trône, parsemé de croissants d'or, fut brodé le chiffre de Son Altesse, entouré d'une inscription en langue arabe que l'interprète Doublet traduisit ainsi : « Amitié et union perpétuelles entre la France et le royaume de Tripoli. Puisse le règne des Karamanli être aussi long qu'heureux ! » Des centaines de bougies furent disposées sur des candélabres pour inonder la pièce de lumière.

Dans le deuxième, appelé « salon d'Angoulême », on installa le buste du dauphin couronné de lauriers. Le chevalier Rousseau tint à placer dans cette salle de nombreux trophées composés de sabres, de haches et d'autres armes orientales provenant de ses collections personnelles.

La troisième et dernière pièce fut aménagée en cabinet de repos où les invités pourraient déguster, à leur convenance, des boissons, des mets et des fruits.

Aux deux extrémités de la rue des Français, deux arcs de verdure couronnés par les drapeaux des deux nations se parèrent de fleurs. La porte d'entrée de la maison consulaire fut surmontée d'un écusson de six pieds de haut, portant les armes royales dans un cercle lumineux formé de petits lampions à huile, sertis dans une armature de ferronnerie.

Enfin, on dressa, dans une des grandes pièces du rez-de-chaussée, une table de plus de cinquante couverts où les deux principaux ministres du pacha et les Français de la résidence devaient prendre place selon leur rang.

Le 4 novembre, à neuf heures, le consul général de France, en grand uniforme, accompagné de sa famille et de tous les Français, se rendit à l'église où étaient déjà rassemblés les consuls et vice-consuls d'Espagne et de Sardaigne. La grand-messe commença immédiatement.

À onze heures et demie, le consul retourna à la résidence et reçut un messager du pacha annonçant la visite du prince pour les deux heures de l'après-midi.

Les troupes de la garnison avaient déjà pris place sur deux rangées, le long des rues où Son Altesse royale devait passer, avec sa garde ordinaire composée de trois à quatre cents Nègres. Son enseigne flottait déjà sur les forts, et son cheval, magnifiquement caparaçonné, l'attendait devant la porte du palais qui donnait sur l'arsenal.

La populace se pressait pour assister au spectacle, les youyous des femmes commençaient à fuser. Des tambourins et des flûtes se répondaient de-ci de-là.

Alexandre et Antoine montèrent à cheval pour aller accueillir le prince. Quand ils atteignirent, non sans difficulté, la porte de Bab-Hazoun, le portail resta clos, la garde noire du prince avait disparu. Cette inertie parut suspecte et une vive inquiétude ne tarda pas à gagner les esprits.

Vers les trois heures et demie, le ministre des Affaires étrangères parut en petite compagnie et se dirigea vers la maison de France où il fut reçu par le consul. Il déclara, à la stupéfaction générale, que le pacha avait été victime d'une indisposition subite et qu'il ne pourrait pas se déplacer de l'après-midi.

En entendant ces propos, le chevalier Rousseau comprit qu'un complot avait été ourdi pour lui faire affront. Il décida sur-le-champ de se rendre au château pour s'assurer de l'indisponibilité du prince.

Arrivé au salon d'audience, le chambellan de la cour lui dit que son maître n'était pas visible. Il insista vivement pour le voir, mais, devant le refus catégorique qui lui fut opposé, il retourna immédiatement au consulat.

À peine descendu de cheval, il donna l'ordre de ramener le pavillon et d'en abattre le mât. Ce qui fut l'affaire d'un instant. La colère s'empara alors des Français qui se trouvaient dans la cour intérieure. Ils se précipitèrent dans les salons, les galeries et les cabinets de la maison et saccagèrent toutes les décorations, lacérèrent les tentures et abattirent les guirlandes.

Les consuls étrangers se retirèrent consternés. La résidence n'était plus qu'un champ de désolation et le peuple de la rue, frustré au terme d'une longue attente, se mit à blâmer la légèreté d'un prince qui allait valoir à son petit pays les représailles d'une grande nation. M. Rousseau décida de rompre son établissement et s'enquit des possibilités de quitter Tripoli, dès le lendemain, sur un des bâtiments ancrés dans le port.

Les bagages étaient déjà bouclés lorsque le pacha prit tardivement conscience de sa faute et décida de la réparer. Il envoya son ministre des Affaires étrangères pour tenter de dire au représentant de la France qu'il aurait satisfaction sur tous les points. Le chevalier refusa de l'accueillir, rejeta toutes les propositions de réconciliation et le fit renvoyer de la porte. Youssouf Karamanli décida alors d'avoir recours aux bons offices de M. Herrador, consul général d'Espagne, réputé pour sa grande sagesse.

À dix heures du soir, le négociateur se présenta à la maison de France, muni des pleins pouvoirs du prince et expressément chargé de tout mettre en œuvre pour éviter le départ du chef de mission. Après plusieurs va-et-vient nocturnes, les deux consuls finirent par arrêter les termes d'un accord qui fut porté devant le pacha.

Ces exigences étaient sévères et stipulaient :

– Que le mât du pavillon serait immédiatement redressé par les marins de l'arsenal.

– Que ledit pavillon serait salué pendant trois jours consécutifs, « le matin et le soir, de trente-trois coups de canon chaque fois, soit en tout cent quatre-vingt-dix-huit coups ».

– Que le quatrième jour du courant, le pacha viendrait, en personne, au consulat de France, pour complimenter le consul, et que le soir il enverrait son fils, le prince Sidi Osman, pour faire de même.

– Que Son Altesse accomplirait, le surlendemain, une seconde visite solennelle pour bien marquer son vrai et sincère désir de conserver l'estime et la bienveillance de Sa Majesté très chrétienne, le roi de France.

– Que le ministre des Affaires étrangères, principal instigateur de l'intrigue qui avait pour but de semer la discorde entre le royaume de France et la régence, serait destitué et exilé de Tripoli.

Ayant obtenu satisfaction sur toute la ligne et reçu les approbations de tous ses collègues, M. Rousseau décida alors de reprendre la fête.

À midi, du haut de la terrasse du consulat qui domine la partie nord de la ville et la porte de Bab-el Bahr, un ballon aérostatique fut lancé. Maintenu par deux cordages tandis qu'on le remplissait d'air chaud sur des braises de tamarin, le vaste globe, aux couleurs brillantes, fut lâché dans le ciel où il s'éleva majestueusement. Poussé par un léger vent d'ouest, il alla terminer sa course gracieuse sur une des terrasses du château, à une demi-lieue de là.

Le soir, un dîner de trente-cinq couverts fut servi dans les salles basses. Au sortir de table, les Français improvisèrent un bal dans la cour intérieure et dansèrent des rondes endiablées à la lueur des lampions.

Le 8 novembre, à une heure de l'après-midi, les consuls et vice-consuls des diverses puissances se réunirent autour du représentant de la France pour accueillir le pacha. Celui-ci arriva en grande pompe, entouré de ses principaux officiers, d'une escorte de Nègres et de sa musique militaire.

Le consul général l'accueillit à la porte de la maison et le conduisit par la main jusqu'au grand salon.

Le prince prit place sur un trône improvisé car le précédent n'avait pas survécu à la fureur du premier jour. Youssouf Karamanli approchait de la soixantaine. De taille moyenne, une barbe d'argent étalée sur sa poitrine, le regard clair et vif sous d'épais sourcils restés noirs, il émanait de lui un charme qu'il avait hérité de sa mère, une esclave géorgienne à la beauté fameuse. En voyant son air paisible et avenant, on avait quelque peine à croire les légendes qui couraient sur lui. Il aurait pas poignardé son propre frère dans les bras de sa mère, torturé des favoris et des esclaves de l'un et de l'autre sexe, fait empoisonner plusieurs de ses créanciers et même tenté d'assassiner des consuls étrangers.

Il portait un caftan de brocart fleuri d'or et d'argent, une courte jaquette sans manche sur un gilet de couleur rouge piqué de fleurettes dorées. Son turban était barré, à la mode turque, d'un châle cramoisi. Dans sa large ceinture de cuir sertie de pierres précieuses, étaient enfoncés un sabre recourbé, à la poignée et au fourreau semés de rubis et de perles, ainsi que deux pistolets aux crosses d'ivoire.

Le maître de Tripoli avait grande allure et rien sur son visage ne trahissait l'inquiétude qui l'avait conduit jusqu'ici. Le consul s'avança vers le prince et lui adressa un discours de bienvenue en arabe.

À trois heures et demie, le prince quitta la résidence et fut salué, comme à son arrivée, par dix-neuf coups de boîte à poudre. Le consul et ses deux fils l'accompagnèrent à cheval jusqu'à la porte du château. Le lendemain, le prince Osman vint au consulat avec une brillante escorte pour sceller la réconciliation. Quelques jours plus tard, le ministre des Affaires étrangères, Mohamed D'Gheis, donna sa démission. Le pacha en informa le consul, qui lui répondit que tout était désormais en ordre entre la France et la régence.

L'écho de ces événements fit instantanément le tour de la ville et George Hanmer Warrington fit savoir à son collègue qu'il approuvait sa ferme attitude, car la faiblesse ne paie jamais dans les rapports entre les nations. Alexandre fut si heureux de la paix retrouvée qu'il forma le projet d'aller au jardin anglais pour fêter sa promotion nouvelle.

À peine eut-il laissé sa monture aux mains de Marabout que Frederick et Jenny accoururent pour lui apprendre qu'un courrier, venant de Ghadamès, avait apporté un récit détaillé de l'attaque dont le major Laing avait été victime sur la route du Touat.

Au départ d'In-Salah, lui dirent-ils, la caravane de Laing s'était jointe à celle d'un commerçant qui se rendait à Tombouctou. Avec trois cents chameaux et cent cinquante hommes armés, la protection semblait assurée et, bien qu'on fût sur la route des Touaregs, personne ne s'était alarmé des fréquentes rencontres d'hommes voilés, sur des méharis blancs, qui s'évanouissaient au détour des dunes. Au bout de seize jours de marche, la caravane s'était arrêtée dans la petite oasis de Wadi-Ahenet pour abreuver les bêtes et arrimer les charges. Une vingtaine de Touaregs du Hoggar s'étaient glissés dans la palmeraie pour se joindre, sans autre explication, au convoi qui avait repris la piste du sud. La présence de cette poignée d'hommes, faiblement armés, n'avait inquiété personne. Connaissant par expérience leur fourberie et leur instinct pillard, chacun se tenait sur ses gardes et les surveillait de près, mais leur attitude n'était pas hostile. C'est donc avec la plus grande confiance que Laing avait monté sa tente le soir du 2 février et qu'il s'était couché après avoir pris un repas frugal avec ses serviteurs. Vers les trois heures du matin, les vingt Touaregs avaient encerclé sans bruit le bivouac et ouvert le feu sur la tente. Une balle avait touché Laing au côté pendant qu'il dormait, une autre avait blessé mortellement son interprète. Les assaillants s'étaient alors rués sur les frêles abris de toile et avaient coupé les cordes. Avant même que le major eût pu s'armer et réagir, il avait reçu un violent coup de sabre sur la cuisse, un deuxième sur la joue et l'oreille, puis un troisième sur le bras droit qui lui avait cassé le radius au-dessus du poignet. Il était tombé à terre et avait encore reçu sept autres blessures dont une entaille profonde à la base du cou. Convaincus d'avoir massacré tous ces maudits chrétiens, les fanatiques avaient disparu dans la nuit sans s'attaquer au reste de la caravane. Les blessures du malheureux Laing étaient effrayantes. Malgré sa douleur et ses pertes de sang, il s'était fait hisser sur sa monture et, se fiant à sa robuste constitution, avait repris la route de Tombouctou avec ses compagnons rescapés. Les plaies ouvertes de son visage et de son cuir chevelu lui donnaient d'épouvantables élancements que la marche du dromadaire rendait encore plus douloureux. Comme il ne pouvait avancer qu'avec lenteur et d'infinies précautions, le reste de la caravane avait décidé de les abandonner à leur sort. Par chance, les Touaregs, qui les croyaient morts, n'avaient plus reparu. Vers la mi-avril, sa petite troupe avait atteint un campement appartenant à un cheikh arabe de la tribu des Kunta qui l'avait recueilli et soigné. « Laing a expédié un récit détaillé de son aventure à notre père, dit Jenny, pour le rassurer sur son sort et lui faire part de son intention de poursuivre sa mission. »

Alexandre resta abasourdi : « Et Emma, balbutia-t-il, comment a-t-elle réagi devant ce drame ? C'est affreux !

— Elle ne sait encore rien, répondit Jenny, mon père lui a caché le rapport que Frederick et moi avons réussi à lire. Il nous a dit qu'il était inutile de l'inquiéter et qu'il fallait la tenir dans l'ignorance de ce fait divers, puisque Laing était en vie et qu'il accomplirait jusqu'au bout sa mission. Il faut remercier la providence d'avoir protégé si efficacement les intérêts de l'Angleterre, a-t-il ajouté, et il nous a fait jurer de garder le silence.

— C'est monstrueux, reprit Alexandre, le malheureux est grièvement blessé et je comprends qu'il est encore très loin de Tombouctou ; y parviendra-t-il jamais ? De toute façon et malgré les serments de silence, Emma va tout apprendre sans tarder. Je n'ai pas le cœur à la rencontrer et j'aime mieux revenir vous voir dans quelques jours. »

Jenny et Frederick essayèrent de le retenir, mais il persista et reprit les rênes de son cheval. Jenny l'accompagna jusqu'à l'entrée du jardin et, avant de le quitter, elle l'embrassa chaleureusement.

« Tu sais, je t'aime beaucoup, Alexandre », lui dit-elle.

Le cavalier solitaire qui traversa ce jour là la Meshia avait la tête pleine de contradictions et d'une grande mélancolie. Pourquoi suis-je angoissé par cette aventure qui ne me concerne pas ? se demandait-il. Jenny, qui est sensible et charmante et me porte une grande affection, a bien vu que je ne pense qu'à Emma. Et Emma, c'est Mme Laing, l'épouse amoureuse d'un chevalier d'Angleterre, qui attend désespérément le retour de son héros.

Le matin suivant, à la Meshia, le serment de silence s'évapora comme la rosée de l'aube.

Emma était descendue de sa chambre à la première heure pour faire un tour de jardin. Au passage, elle s'attarda quelques instants dans le grand salon où quelques papiers traînaient sur un guéridon, près d'une tasse de café que son père venait sans doute de prendre. Elle crut reconnaître la couleur et le format des feuillets et s'approcha ; d'abord, elle ne reconnut pas l'écriture qui était à la fois malhabile et appliquée. Dès les premières lignes, elle sut pourtant qu'il s'agissait d'un rapport de Laing, écrit le 10 mai 1826 et adressé au consul général. Elle le lut d'un trait, le cœur battant et le souffle court.

Son mari y exposait d'une façon très détaillée et avec sa conscience habituelle, les mésaventures que Frederick et Jenny avaient rapportées la veille à Alexandre.

Avec un grand stoïcisme, il y exprimait en conclusion qu'il était toujours convaincu de pouvoir retourner bientôt, malgré ses blessures, en Angleterre, avec une ample moisson de découvertes. Il terminait par ces mots :

«Je n'écris à personne, qu'à vous. Que Dieu vous bénisse tous. Je n'ose pas encore démêler moi-même mes sentiments. C'est la raison pour laquelle je n'ai pas adressé la moindre ligne à ma très chère Emma. Je ferai l'essai à Tombouctou et, en attendant, veuillez me rappeler à son grand amour et priez-la de ne rien penser de mon infortune car tout ira bien désormais.»

Emma resta un long moment pétrifiée devant tant de plaies horribles et de sang versé. Elle imagina son mari se traînant en gémissant sur le sable avec son oreille coupée, son visage défiguré et sa main tailladée. Une ondée de larmes lui monta aux yeux. Ainsi, on lui avait caché la vérité, le récit de son père n'était qu'un mensonge pieux. Laing avait failli mourir et ne valait peut-être pas mieux malgré ses assurances. Il fallait qu'elle trouve les mots de consolation et d'amour qui lui redonneraient espoir et courage. Elle restait étourdie avec ses papiers en main et n'entendit pas son père entrer dans le salon.

«Je vois, dit le colonel, que vous avez pris connaissance, sans mon autorisation, des malheurs de notre pauvre Laing. J'avais, croyez bien, l'intention de vous en informer progressivement, mais vous m'avez devancée. Je vous autorise d'ailleurs à prendre copie de ce document, vous me le rendrez demain, car je dois le transmettre à Londres. Maintenant, vous êtes complètement rassurée sur le sort de votre mari, j'espère. Vous devez être fière de son courage et de l'abnégation avec laquelle il remplit la mission que lui a confiée l'Angleterre. Votre devoir est de vous montrer digne de lui et de remercier Dieu. »

Mais Emma n'avait nulle envie de rendre grâces au Seigneur, elle était outrée de l'attitude de son père, de son manque de sensibilité, de ses principes. Elle était lasse de ce fameux devoir dont toute la famille était l'esclave soumise – c'est ton devoir, fais ton devoir, il a fait son devoir. L'avait-elle entendu ce refrain lancinant durant toute sa vie. Mais maintenant elle se révoltait contre l'absurdité d'un monde où le devoir conduisait à s'imposer les plus douloureux sacrifices pour des causes étrangères et incompréhensibles.

« N'y a-t-il donc, dans la vie, que la gloire de l'Angleterre pour passionner les hommes ? poursuivit-elle avec véhémence. Et le bonheur, l'amour, le plaisir de vivre tout simplement, dans ce qui est beau et agréable, qu'en faites-vous ? Je suis lasse de mourir d'angoisse, de peser les chances de sortir de cette aventure. Mais pourquoi ? Pourquoi n'a-t-il pas rebroussé chemin depuis Ghadamès ou In-Salah quand les difficultés se sont accumulées sur sa route. N'était-ce pas ce qu'il annonçait dans cette lettre que vous avez reçue au printemps dernier ? Souvenez-vous de ses termes : “Si à une journée de marche de Tombouctou, j'apprenais que mon Emma est malade, je retracerai mes pas vers Tripoli.”

« Dites-moi, mon père ! la connaissance d'une ville perdue comme Tombouctou vaut-elle tant de souffrances et de larmes ? Tombouctou la mystérieuse ! Laissez-moi rire. Elle n'est mystérieuse que pour les Européens qui n'ont jamais pu l'atteindre, mais pour tous les autres, les Maures, les Arabes, les Nègres, qui y ont vécu ou trafiqué des centaines de fois au cours de leur vie, que peut bien signifier le mot découverte ?

— Taisez-vous, Emma, interrompit le colonel sur un ton sans réplique, et faites appel à votre raison. Tombouctou est le point de départ des grandes caravanes qui viennent jusqu'à la Méditerranée. C'est une place économique, religieuse et politique considérable, un carrefour de toutes les races de l'Afrique. Qui la tient est maître du grand désert et de l'Afrique centrale. Il faut que l'Angleterre y soit présente avant que la France n'y parvienne. C'est Gordon Laing qui nous donnera Tombouctou et vous n'avez qu'à vous en réjouir !

— Me réjouir, reprit Emma, avec la même ardeur, battre des mains peut-être et entonner le *God Save the King*, parce que mon mari, si éprouvé, va entrer dans Tombouctou ? Un grand village de boue séchée comme les gourbis de Zenzour, avec ses ruelles étroites et malodorantes, ses caravansérails puants, ses Nègres et ses barbes blanches, qui, parce qu'elles s'abritent sous un turban sale, se prennent pour des descendants du Prophète ! Ah ! c'est bien la peine de perdre sa force et sa jeunesse pour aller découvrir cette pouillerie. Ah ! vraiment, tout l'or du Soudan, toutes les dents d'éléphant et les plumes d'autruche de la terre ne valent pas une heure passée dans ce jardin ou dans notre cottage de Wrexham, dans les bras d'un mari tendre et affectueux.

— Emma, arrêtez une fois pour toutes ce discours choquant. Vous délirez, ma pauvre enfant. Sachez que votre époux est en bonne santé, et cela doit vous suffire. »

Elle serra les feuillets dans sa main et s'enfuit, sans un mot et sans un regard, vers sa chambre. Elle se jeta sur son lit et resta longtemps prostrée, les yeux fixés sur les ombres mouvantes du plafond. À l'approche du soir, sa douleur intérieure s'apaisa et elle éprouva un besoin impérieux de se libérer et d'exorciser son chagrin. Elle prit une grande page et écrivit d'un trait, sous la dictée de son cœur.

Mon bien-aimé Laing,

Selon le souhait du consul, j'ai pris connaissance de la lettre que vous lui avez fait parvenir et par laquelle je m'aperçois que l'on m'avait gardée dans l'ignorance totale des horribles et cruels rapports vous concernant. Je ne sais si cette attitude a été un acte de gentillesse ou de cruauté. Pourquoi me décevoir moi-même avec mes espoirs sur votre prompt retour ? Le mois au cours duquel j'ai espéré votre retour est passé et j'ai attendu le mois suivant, déçue et malade, mais en vain et pour en arriver à une autre déception. La terrible nouvelle m'a enfin été révélée et, n'y ayant pas été préparée, celle-ci m'a porté un coup cruel. J'ai appris l'état de vos blessures, votre maladie, l'ombre de la mort a semblé planer sur moi, j'étais incapable de prononcer un seul mot, de me plaindre, incapable de verser une seule larme qui aurait desserré l'étau dans lequel mon cœur était pris. J'ai passé toute la nuit dans un état de prostration, sans comprendre ce que j'entendais. Le matin est arrivé. Le premier objet que j'ai aperçu était votre chère image que je porte autour du cou. À sa vue, mes sens me sont revenus et j'en ai pleuré jusqu'à me briser le cœur.

Oh ! mon bien-aimé, mon très cher Laing, hélas ! hélas ! à quoi vous êtes-vous exposé, à quel danger, à quelles souffrances ?

Pour vous éviter ne serait-ce qu'un coup, j'aurai versé avec joie tout ce sang qui réchauffe mon cœur. Aurais-je été auprès de vous en ce cruel moment, mes bras se seraient noués autour de vous pour vous protéger un instant contre les sabres de ces démons, et enfin, nous aurions péri percés par la même arme. Nos âmes auraient pris leur envol vers cette terre où la peine ne nous atteindrait plus jamais. Hélas, Laing, combien votre destin a été cruel et triste. Sommes-nous destinés à endurer encore plus de peine, ou bien existe-t-il une bonne providence qui, à la longue, s'apitoiera sur notre malheur et nous rendra l'un à l'autre ? Reviendrez-vous dans mes bras langoureux, mon mari adoré, viendrez-

vous vous reposer sur ma poitrine fidèle ? Rendrez-vous à mon cœur déchiré le bonheur qu'il réclame ?

Vous n'avez jamais été absent de mes pensées, mon bien-aimé Laing, vous y avez toujours été présent, que je sois éveillée ou endormie. Vous trouverez votre Emma avec le même cœur, la même âme, telle que vous l'avez serrée contre vous, la dernière fois. Que Dieu vous protège, vous qui êtes plus cher que ma vie. Puisse-t-il vous garder en bonne santé et vous guider vers des eaux sécurisantes. Puisse votre propre et chère Emma trouver le froid dans la mort si elle entend de nouveau déferler les vagues sataniques ou le malheur sur son mari adoré.

Adieu, mon bien-aimé, puisse le ciel vous ramener bientôt dans les bras de votre femme adorée et dévouée [1].

Quand elle eut terminé sa lettre, elle sortit de sa chambre pour la remettre à un porteur du consulat. Marabout et Jacob étant partis pour Ghadamès, il fallait attendre une nouvelle occasion pour la faire parvenir à son destinataire. En traversant le salon, elle aperçut son père qui était assis près de la table basse où elle avait trouvé le rapport et qui semblait l'attendre.

« J'attendais de savoir si vous étiez revenue à de meilleurs sentiments, dit-il, et si un peu de raison finissait par germer dans votre tête. Sachez qu'une femme celte doit toujours combattre aux côtés de son époux.

— Je viens de lui écrire, dit Emma, en montrant sa lettre, je suis brisée par tant de malheur, mais comment a-t-il pu survivre à toutes ses blessures ? Père ! vous pensez qu'il pourra poursuivre son voyage et me revenir bientôt ?

1. Lettre authentique datée du 10 novembre 1826, écrite par Emma Warrington à Gordon Laing, citée par Seeton Dearden. *A Nest of Corsairs*. John Murray editor, pp. 286-288.

— Certainement, dit le consul, c'est un soldat robuste et courageux. J'espère, ajouta-t-il, que vous avez su trouver les paroles apaisantes et réconfortantes à la fois qui lui permettront de conduire sa mission avec tout le zèle qui s'impose ?

— Oui, dit Emma, je lui ai écrit que je souhaitais l'accueillir le plus tôt possible dans mes bras. »

M. Warrington se leva, prit l'enveloppe que sa fille lui tendait et regagna ses appartements. Il traversa sa chambre à coucher d'un pas rapide et se dirigea vers le secrétaire à cylindre qui se trouvait près de la fenêtre. Il souleva le couvercle et saisit un grand coupe-papier. Il fendit posément l'enveloppe, déplia la lettre et la parcourut rapidement.

« Enfantillages », fit-il entre ses dents, et il glissa la missive dans une liasse de papiers qu'il avait rapportés du consulat.

Hanmer Warrington était un homme pieux et droit, mais imbu de son autorité paternelle et du devoir d'État. Pas un instant son indiscrétion ne lui semblait déshonorante, et c'est sans le moindre scrupule qu'il contrôlait la correspondance de sa fille. Il lui paraissait dangereux d'affaiblir, par des états d'âme romantiques, l'ardeur d'un gendre entreprenant mais un peu trop sentimental et exalté. Sans vergogne, il ignora ce que la passion amoureuse avait dicté à sa fille et entreprit de répondre lui-même aux impatiences affectives de Laing.

Vous pouvez m'en croire, Emma, votre chère femme, se porte bien et est heureuse comme il est de son devoir de l'être. Je suis persuadé que vous souhaitez qu'il en soit ainsi et qu'il ne vous vient pas à l'esprit qu'elle vous en aime moins pour autant. Je le lui ai représenté avec autant de force qu'il était possible et l'ai mise en garde contre tout langage qui pourrait vous conduire à nourrir un sentiment différent. Il est on ne peut plus naturel qu'elle souhaite vous voir et il est très probable qu'elle utilisera tous les arguments propres à vous faire revenir, mais pour l'amour du ciel, ne vous laissez pas emporter par les puissantes impulsions qui sont les vôtres, ce qui vous conduirait à suivre un chemin dont vous vous repentiriez pour toujours [1].

*

Quelques jours plus tard, le consul de Hollande donna une réception en l'honneur de son collègue de Suède qui venait de rentrer à Tripoli après un long congé dans son pays. Alexandre Rousseau, en sa qualité nouvelle d'élève vice-consul du roi, ainsi qu'Emma Warrington, épouse du major Gordon Laing, étaient au nombre des invités.

Quoique pâle, la jeune femme était en beauté et sa robe d'organdi rose à volants attira tout de suite l'attention d'Alexandre, qui se dirigea vers elle. Il ne savait trop comment l'aborder après toutes ces nouvelles qui avaient suscité tant de commentaires dans la ville.

Elle l'accueillit avec un aimable sourire et lui serra longuement la main. Il avait si belle allure avec son pantalon gris, sa redingote courte de velours vert olive, ornée de boutons d'argent, sa cravate jaune pâle roulée autour du cou, sa taille svelte et élégante, qu'elle le détailla du regard et lui dit malicieusement : «Comme vous êtes beau Alexandre !» Puis, baissant les yeux et la voix, elle murmura : «Vous avez évidemment appris ce qui m'arrive, mon pauvre mari a été massacré, haché à coups de sabre, estropié.

---

1. Lettre de Hanmer Warrington au major A. Gordon Laing, citée par E. W. Bovill, *Mission to the Niger, in the Hakluyt Society*, seconde série, n° CXXIII, pp. 255-256.

— Oui, je sais, fit-il, j'ai entendu tout cela, mais Dieu merci, il est toujours vivant et vous reviendra prochainement, m'a-t-on dit.

— Je ne sais plus, soupira-t-elle, tout semble se liguer contre lui. On m'a caché la vérité pendant des mois. Mon père ne pense qu'à la découverte de Tombouctou et à la gloire de l'Angleterre. Ce que je peux ressentir ou endurer ne l'intéresse pas. Il y a pourtant plus d'un an que je tremble et que je suis ballottée comme une épave. La vie coule autour de moi et je n'ai d'autre refuge que ma solitude. Je suis lasse de ruminer des sentiments et des espoirs sans suite, au point que, parfois, j'ai voulu mourir pour échapper à ces tourments. »

Elle parlait maintenant d'une façon presque inaudible et Alexandre ne trouvait pas de mots pour la consoler.

« Soyez confiante et courageuse, Emma, finit-il par articuler, l'amour ne peut pas mourir ainsi et puis, vous avez de trop jolis yeux pour pleurer. »

Elle jeta un regard autour d'elle et vint tout contre lui.

« Vous êtes adorable, fit-elle comme pour elle-même. Vous, au moins vous n'êtes ni géographe, ni explorateur, ni chevalier d'Angleterre ! »

Ils furent séparés par un flot de convives et ne se retrouvèrent qu'à la fin du repas quand les serviteurs noirs eurent apporté les aiguières, le savon, les serviettes et l'eau de fleur d'oranger pour parfumer les doigts des convives. Ils s'adossèrent au fût d'une colonne, près d'une baie du salon qui s'ouvrait sur les toits de la ville, et reprirent, à l'abri des regards, le fil de leur conversation.

« Est-ce que vous croyez aux astres ? demanda Emma.

— Oui, un peu, dit Alexandre, tous les Orientaux y croient, mais en réalité, je n'en suis pas très sûr. C'est surtout ma mère qui explique tout par le zodiaque.

— Elle a raison, affirma-t-elle, moi je sais que Laing ne reviendra plus, car Mars maléfique est sur son soleil, et ce signe ne pardonne pas.

— Laissez donc ces sinistres présages et faisons confiance à la providence, après tout c'est elle qui commande les astres, remarqua le jeune homme.

— Je voudrais bien vous croire, répondit Emma, mais j'entends, au fond de moi, une petite voix de plus en plus claire qui s'appelle le pressentiment et qui ne m'a jamais trompée. »

Alexandre posa sa main sur le bras de la jeune femme en hochant doucement la tête avec un regard plein de tendresse. Ils se turent pendant quelques instants, tout agités de sentiments divers, puis, prenant conscience que quelqu'un les observait, ils dévidèrent précipitamment des banalités comme des gens pris en faute qui veulent donner le change.

« On m'a dit que vous travailliez au consulat à présent ? dit Emma. C'est affreux, on ne vous verra plus…

— Oh ! répondit Alexandre, je viens à peine de m'asseoir devant un bureau et je suis encore moins qu'un débutant.

— Mais quel avenir devant lui ! »

C'était la voix de Vattier de Bourville qui entrait sans plus de façon dans la conversation. L'échotier de Tripoli avait décelé la présence du couple dans la discrète embrasure et venait flairer ce qui se tramait là.

« Oh ! voici notre jolie Emma et un splendide chevalier servant, fit-il en esquissant une révérence. Je suis votre serviteur admiratif et dévoué et je vous convie à me suivre pour boire un verre à nos amours et à notre santé. »

À la couleur de son teint, qui s'harmonisait avec ses favoris roux, on devinait que ses amours devaient être nombreuses et qu'il les arrosait avec magnificence.

« Merci ! répondit sèchement Emma, qui lui en voulait d'interrompre cet instant d'intimité qu'elle partageait avec Alexandre. Je n'ai pas le cœur à boire et je ferai une piètre compagnie. Il est d'ailleurs grand temps que je retrouve ma mère. Excusez-moi ! »

Malgré son ivresse, Vattier de Bourville sentit qu'il avait été maladroit et en fut contrarié. Il resta un long moment sur place à se balancer gauchement tandis que le couple s'éloignait…

Quand ils eurent atteint le centre du salon, Emma et Alexandre se séparèrent et se fondirent parmi les groupes qui allaient et venaient entre le fumoir et la petite pièce où l'on avait remisé les vins et les boissons fortes par égard pour les invités musulmans.

Le chevalier Rousseau, qui ne buvait guère, poursuivait avec Hassouna D'Gheis une conversation animée sur l'existence de vieux corans remarquablement calligraphiés, dans la région du Touat. Hassouna était le jeune frère de Mohamed D'Gheis, le ministre des Affaires étrangères qui venait d'être renvoyé après les incidents de la fête du roi.

Non seulement, il n'en voulait pas au consul d'avoir été à l'origine d'une disgrâce qui avait touché sa famille, mais il lui témoignait une amitié très fidèle et fréquentait assidûment la maison de France. Il avait été éduqué à Marseille et à Londres, parlait parfaitement le français et l'anglais et, tout en respectant les rites de l'islam, manifestait une préférence marquée pour les usages et la compagnie des chrétiens.

À l'entrée de la pièce aux alcools, le colonel Warrington avait entrepris le consul général d'Amérique et le douanier Sidi Gheni d'une inextricable affaire de cargaison appartenant à un citoyen britannique, confiée à un bateau américain qui avait été arraisonné par des pirates grecs, puis finalement récupérée par les corsaires tripolitains et vendue à leur profit, sans indemnisation pour le légitime propriétaire. Un peu plus loin, M. Graberg de Henso, qui rentrait d'un congé en Europe, confiait à la maîtresse de maison, férue de littérature, qu'il venait d'acheter à Paris le *Théâtre de Clara Gazul*.

Alexandre allait d'un groupe à l'autre, écoutant distraitement les propos car son esprit vagabondait ailleurs. Sa rencontre avec Emma et cet instant d'abandon qu'elle avait eu, l'avait plongé dans un émoi qui ne s'apaisait pas. Il n'avait éprouvé, jusqu'ici, qu'une attirance physique et une sympathie profonde pour cette créature pleine de charme. L'intérêt qu'elle lui avait porté dès le premier jour l'avait flatté mais, connaissant son drame sentimental, il avait observé une réserve pudique à son égard et compatissait, sans arrière-pensée, à sa cruelle épreuve.

Aujourd'hui, quelque chose s'était passé entre eux. Deux regards qui se rencontrent, une main qui se crispe, un corps qui se presse pendant quelques secondes avaient suffi à provoquer un trouble qui le bouleversait. Pourtant, cet élan d'Emma pouvait n'être qu'un appel à l'aide dans sa détresse du moment, la recherche d'un cœur ami pour la soutenir et la comprendre. Il se sentit tout à coup pris d'une grande tendresse pour elle et la chercha des yeux à travers la salle. Elle était assise sur un sofa, près de sa mère et de quelques dames qu'il ne connaissait pas, près du grand panneau de mosaïque bleue qui ornait le fond de la pièce. Elle se retourna à cet instant comme si elle avait perçu la chaleur de ce regard posé sur elle.

*

Par un de ces matins lumineux de janvier où les premières fleurs d'amandiers commencent à éclore dans la Meshia, Faouzia, la petite servante du jardin anglais, marchait d'un pas alerte en direction de Sakkara-Lez. Elle se rendait à la nouvelle villa que M. Rousseau venait de louer, pour échapper, disait-il, au confinement du vieux consulat.

Parvenue au bout de sa route, elle poussa le portail de fer de la demeure et pénétra dans le jardin. Un serviteur noir dirigeait un filet d'eau vers la plantation d'orangers. Elle lui demanda si son jeune maître était là. Le Nègre édenté lui indiqua une tonnelle, près de la remise.

La messagère marcha à pas prudents vers la plage d'ombre où Alexandre se balançait dans un hamac. Elle connaissait bien l'ami de Frederick qui venait si souvent au jardin anglais, aussi lui tendit-elle le pli avec un sourire complice. Alexandre prit l'enveloppe et la décacheta. Elle contenait quelques lignes de Jenny.

Mon cher Alexandre, disait celle-ci. Quand cesseras-tu de nous snober ? Nous nous ennuyons de toi à mourir, nous serions heureux de te voir aujourd'hui, si c'était possible. Vattier de Bourville m'a promis de venir nous parler du harem du pacha. Je compte sur toi et je t'embrasse !

Le garçon tourna et retourna dans sa main le papier et sauta de son hamac. Il était subitement si joyeux de cette invitation qu'il oublia de remercier la jeune fille. Il monta dans sa chambre, choisit son pantalon chamois et sa veste bleue, noua sa cravate de dentelle et courut vers l'écurie pour faire seller son cheval.

L'appel de ses amis venait à point pour l'arracher au marécage d'ennui où il s'enlisait depuis quelques jours.

Quand il franchit le seuil des Warrington, le jardin était vide et la résidence silencieuse. Osman, le dernier né de la famille, qui jouait sur le perron, lui dit que son père et sa mère étaient à Tripoli et que ses frères et sœurs ramassaient des algues sur la plage.

« Je sais où les trouver, lui répondit Alexandre. Je vais les rejoindre. »

Comme il s'apprêtait à prendre l'escalier du débarcadère, un *hello* vigoureux le salua. Il se retourna et reconnut Emma qui agitait une écharpe sur la terrasse dominant la mer. Il rebroussa chemin et elle le rejoignit.

« J'ai cru un instant que vous me fuyiez, dit-elle. Ne vous inquiétez pas, Jenny et Henry sont allés chercher du goémon sur la grève, ils vont revenir dans un instant. »

Elle avait une robe de faille sombre qui accusait son teint diaphane, mais ses yeux d'aigue-marine brillaient d'une flamme ardente.

« Je suis toujours ému de vous voir, répondit Alexandre, pardonnez-moi de n'avoir pas volé vers vous mais je ne vous avais pas vue sur la terrasse. Que se passe-t-il ? Vous me semblez très tendue ce matin. »

Elle se tourna vers l'horizon où de grandes zébrures frissonnaient sur la mer dues lignes de courants et aux risées, et parut s'intéresser à une felouque qui tirait des bordées.

« Je suis très furieuse, fit-elle enfin, j'ai toujours la tête pleine de cette affaire de Laing, mon père a beau dire qu'il a recouvré la santé et qu'il va revenir dans quelques mois, je n'y crois plus. Je sais que s'il n'est déjà mort, il va mourir dans ces déserts qu'il voulait conquérir. Comme je vous l'ai dit, il a dérangé trop de forces mauvaises, les astres l'ont condamné et les djenouns se sont vengés, ils lui ont ravi sa force et son esprit, j'en suis certaine.

— Vous savez, les djenouns..., ce sont plutôt les Touaregs et les bandits du désert qui me semblent dangereux.

— Non, non ! fit vivement Emma. Je crois à ces choses-là. Je l'ai noté dans son dernier rapport, il n'était plus lui-même et n'avait qu'une immense douleur dans la tête et avait perdu toute énergie ! »

Alexandre lui prit la main. « Voyons, Emma, quelle certitude avez-vous ? Il y a tant de bruits qui courent dans ce pays que personne ne s'y retrouve. Votre père a-t-il recueilli quelques nouvelles preuves?

— Je le crains, dit-elle, des preuves tragiques, naturellement, mais il refuse d'y croire. Il pense que c'est le pacha qui ne l'a pas protégé parce qu'il n'avait pas reçu suffisamment d'argent pour organiser son escorte. Il soupçonne aussi certains ministres, comme Hassouna D'Gheis, d'avoir partie liée avec les Touaregs du Hoggar. Il dit que si le pacha le voulait vraiment, il aurait déjà donné des ordres pour connaître la vérité, or il n'a rien fait.

— Le pacha ne commande guère les confins du grand désert, remarqua Alexandre. À voir le mal que lui donnent les tribus du Djebel et de la Djefara, je me demande de quelle influence il peut bien disposer sur les brigands du Touat et du Ténéré. S'il ne dit mot, c'est peut-être qu'il ne sait rien!

— C'est probable, convint-elle, et mon père est ridicule de le menacer de la flotte anglaise.»

Malgré sa tendresse pour Emma et son respect des convenances, Alexandre commençait à être rassasié des tribulations du voyageur anglais et s'indignait des tourments qu'il infligeait à une épouse si jolie qu'il avait détournée en quelques semaines et privée de toute tendresse depuis près de deux ans. S'il est mort, pensait-il, tant pis pour lui, l'Angleterre ne découvrira pas Tombouctou et les Français le feront à sa place.

Heureusement, des éclats de voix et des rires retentirent au pied de la falaise. Jenny et les garçons, qui revenaient de leur cueillette, changèrent en un clin d'œil l'atmosphère et chassèrent le fantôme de Laing.

Quand ils pénétrèrent dans le grand salon, la chevelure flamboyante de Bourville émergea comme un phare d'une tapissière Regency au milieu de la pièce.

« Ah ! vous voilà, s'exclama-t-il, je me demandais où vous étiez passés ! J'étais sur le point d'entamer ma quatrième prière. »

En fait d'oraison, c'était plus probablement d'un quatrième whisky qu'il s'agissait, car l'œil bleu du chargé d'affaires pétillait d'un éclat malicieux. Les serviteurs apportèrent des pâtisseries et des rafraîchissements ; Frederick et Alexandre s'accroupirent sur les tapis. Les filles s'installèrent dans les divans autour de l'invité. Vattier de Bourville n'était jamais aussi à l'aise que devant un auditoire attentif. Il savait ménager ses effets, provoquer la curiosité, se faire prier et démarrer au moment le plus favorable. C'est ainsi qu'après vingt minutes de propos décousus et d'éclats de rire, quand Jenny demanda ce qui se passait à la ville et au château, il prétendit, d'un air dégagé, qu'il n'y avait plus rien à se mettre sous la dent dans la régence, si ce n'était les intrigues et les crimes du château.

« Les crimes du château ! s'exclama-t-elle. Ces rumeurs d'assassinats que l'on entend parfois sont donc réelles ? »

Le conteur esquissa un sourire. Il savait que la jeune femme était curieuse des intrigues du sérail et que ce monde de courtisanes, de princes avides et cruels, d'esclaves et d'eunuques, enflammait son imagination.

« Je ne connais pas toute l'affaire, fit-il modestement, mais je tiens mes informations des meilleures sources.

— Alors, c'est comme si nous étions déjà dans le château, remarqua Jenny. Allez, allez ! Racontez-nous ! »

Elle était impatiente. Elle rêvait toujours de rapts et de violence, d'amours farouches et de princes jaloux. Du haut de la grande terrasse du consulat, elle contemplait souvent l'enchevêtrement de coupoles qui couronnait la citadelle. Elle se représentait la cour du pacha comme une fourmilière s'ordonnant autour du prince. Les noms des princesses et des hauts dignitaires lui étaient connus depuis qu'elle avait lu la correspondance d'une certaine miss Tully, qui venait d'être publiée à Londres. Cette personne de qualité avait vécu trente ans plus tôt à Tripoli, auprès de son beau-frère le consul anglais, et avait fréquenté assidûment le harem et les alcôves du château. Beaucoup de personnages qu'elle avait décrits étaient encore en vie, et les anecdotes croustillantes qu'elle avait recueillies constituaient autant de matériaux pour monter les décors et meubler la scène de son théâtre imaginaire.

«C'est une histoire d'amour, de jalousie et de vengeance», dit Bourville.

Il y a un peu plus d'un an, le prince Ali avait acheté à Alexandrie deux très belles esclaves, une Grecque et une Circassienne, que leur malheur commun avait rendues inséparables. À leur arrivée à Tripoli, la beauté de ces créatures fit sensation et elles furent conduites avec beaucoup d'égards au harem du château. Au bout de quelques semaines, le prince Ali épousa la jolie Circassienne et l'installa dans sa demeure où il la para des plus beaux joyaux et des plus riches soieries qu'il avait rapportées d'Égypte. Il lui réserva les meilleures servantes noires et meubla somptueusement ses appartements. La première épouse de son harem, une Mauresque noiraude et jalouse qui gardait, selon la tradition, la haute main sur la maison, fut ulcérée par cette présence et jura de provoquer la ruine de l'étrangère. Malgré les pièges les plus sournois qu'elle lui tendit, elle ne parvint qu'à accroître la colère du prince et à consolider le crédit de la jeune épousée. Elle décida alors de la faire assassiner et trouva sans difficulté les complicités nécessaires. Un jeune garçon, de la tribu des Hassounas, pénétra la nuit sous un déguisement de femme dans les appartements de la belle Circassienne et lui tira un coup de pistolet dans la poitrine. Par chance, la balle fut déviée par un pectoral et ne toucha aucun organe essentiel. La malheureuse se tira d'affaire et l'incident fut oublié. Six mois plus tard, la mégère récidiva et la pauvre princesse fut étranglée dans un couloir du harem. L'émotion fut d'autant plus grande que le pacha avait été frappé par la beauté de la victime et qu'il détestait les crimes de femme. Il chargea le chef des mamelouks de sa maison de mener l'enquête.

— Alors, dit Emma, c'est cette brute que l'on voit chevaucher en tête des défilés et qui a une si mauvaise réputation ?

— Oui, répondit Bourville, mais attendez la suite... Ce barbare avait reçu, quelques semaines auparavant, une récompense inattendue de la part de son maître, en la personne de l'esclave grecque, la compagne de chaîne de l'infortunée Circassienne. Indignée par la mort de son amie, la Grecque découvrit rapidement les dessous de l'affaire et jura de la venger. En tout cas, c'est ce qu'a conclu l'enquête, souligna-t-il.

— Je trouve cela très naturel, dit Jenny. Et comment a-t-elle fait ?

— Elle a profité de la situation pour découvrir les coupables et les châtier, reprit le conteur. Avant-hier matin, on a trouvé le cadavre de l'affreuse Leila Zenobia, la première femme du prince Ali, étranglée dans son lit, et le corps du chef des mamelouks poignardé pendant son sommeil.

— Pourquoi le chef des mamelouks ? demanda Emma.

— Probablement parce qu'il avait été payé par la mégère pour étrangler la jeune princesse, répondit Alexandre.

— Est-ce qu'on a arrêté l'esclave grecque ?

— Non, elle a disparu. On pense qu'elle a trouvé refuge à bord d'une felouque de son pays qui a appareillé avant l'aube et qu'elle s'est envolée vers le large.

— Tant mieux, conclut Emma. Je déteste ce pays où les femmes sont méprisées et réduites en esclavage. Le prince Ali ne pleurera pas longtemps sa jeune épouse, je suis sûre qu'il poursuit déjà sa route sans remords et qu'il se prépare à de nouvelles amours ! Tous les hommes sont ainsi, n'est-ce pas ?

— Je plaide pour eux non coupables », dit Alexandre avec un emportement qui fit sourire l'assistance.

Jenny se pencha vers lui et l'embrassa. Il posa son bras sur ses épaules et la serra un instant contre lui, tout en épiant les réactions d'Emma. Celle-ci feignit l'indifférence. Il y avait pourtant dans ses narines un frémissement de contrariété qui n'échappa à personne. Elle se leva et sortit du salon. Surpris, les jeunes gens entendirent le bruit de ses pas décroître dans l'escalier et le claquement d'une porte au premier étage.

« Madame est bien nerveuse et impressionnable aujourd'hui, dit Vattier de Bourville, je crains que mon histoire n'ait pas été de son goût. »

Alexandre se trouvait tout à coup très malheureux, l'émoi de la jeune femme lui donnait mauvaise conscience. Pourquoi l'avait-il provoquée ? Pourquoi ce baiser à Jenny, sinon pour lui faire mal…

« Il faut la comprendre, fit-il à voix haute. Les dernières nouvelles reçues de son mari sont inquiétantes et elle en éprouve un immense chagrin. »

Comme le jour commençait à baisser, les jeunes gens se séparèrent. Bourville et Frederick empruntèrent la voiture de service pour Tripoli. Alexandre reprit son cheval pour Sakkara-Lez. Jenny l'accompagna, selon son habitude, jusqu'au portail du jardin, elle percevait un trouble inhabituel chez le jeune homme, et ce tourment inexprimé lui donnait un si grand sentiment de frustration qu'elle l'embrassa en pleurant à chaudes larmes.

En rentrant à Sakkara-Lez, désorienté par sa visite au jardin anglais, Alexandre trouva son père dans une grande agitation. Le pacha venait de le convoquer à Bab-Azizia, sa résidence de campagne, pour l'entretenir de plusieurs affaires. Le chevalier Rousseau était toujours noué de rhumatismes et souffrait moralement de ne pouvoir se déplacer à son gré.

« Je ne pourrai aller qu'en voiture, disait-il. Je veux que le cabriolet du consulat soit ici demain à la première heure, Alexandre m'accompagnera. »

Le consul était mortifié de se présenter en infirme devant Youssouf Karamanli et ronchonnait de plus belle contre sa malchance. À Bab-Azizia, le protocole des audiences du pacha était très simplifié. Le souverain recevait dans un petit salon du rez-de-chaussée, abondamment décoré de stucs, de mosaïques et de bois doré. La cour était réduite à son porte-épée, son trésorier, quelques officiers d'État et trois mamelouks. Le consul de France et son fils furent conduits par le maître du palais jusqu'à la salle d'audience où le prince les accueillit avec une délicatesse dont on n'aurait pas cru capable un despote aussi cruel. Après les salutations redondantes de la civilité arabe, il fit asseoir le consul et son fils dans un sofa vénitien de velours cramoisi. Après les considérations traditionnelles sur la santé, le temps et les affaires, le pacha en vint aux problèmes sérieux.

Le consul de France avait-il entendu parler de ce M. Laing ? Un voyageur anglais qui voulait se rendre à Tombouctou et qui avait quitté Tripoli quelques semaines avant que Son Excellence n'arrive dans la régence ! Cet officier était très brave et très averti de nombreuses choses concernant le pays, l'Islam et ses peuples. Il était très ami et même apparenté au consul de Grande-Bretagne, M. Warrington. Ah ! M. Warrington, une vieille connaissance ! Un homme intelligent et sage, un personnage très écouté du roi d'Angleterre et très puissant, un grand ami de la régence et de lui-même, un peu intrigant et fantasque peut-être, mais Allah n'inspire-t-il pas également les originaux et les simples ? Que sa volonté soit faite, lui seul connaît le présent, l'avenir, et l'homme n'est pas digne de pénétrer ses desseins.

Donc, ce courageux voyageur avait atteint Beni-Oulid, Ghadamès puis In-Salah, au pays du Touat. Il lui avait fourni des chameaux, des provisions, des guides, ses propres soldats, et jusqu'à la *teskera* qui lui donnait libre passage dans toutes les tribus. Car le sceau de Tripoli était vénéré et respecté jusqu'aux marches les plus lointaines de l'Afrique. Cette générosité lui avait coûté beaucoup d'argent, mais que ne ferait-on pas pour un ami ? Tout s'était bien passé. Mais voilà que de pauvres Touaregs inconscients – que Dieu les prenne en pitié – s'étaient mépris sur les richesses transportées par cet infidèle et l'avaient attaqué pour le dépouiller. Il avait été cruellement blessé, mais le bon cheikh el Moktar de l'Azaouad l'avait recueilli, soigné et sauvé, comme le prescrit le très saint livre de Dieu, et il était parvenu à Tombouctou depuis plusieurs mois. Le pacha fit une pause, marmonna quelques versets du Coran, puis reprit :

«Le consul d'Angleterre m'écrit des sottises et des mensonges pour que je lui dise la vérité sur ce qu'il est advenu à son ami. Une frégate anglaise est même venue dans le port pour me menacer. Mes vassaux de Ghadamès m'ont dit que le chrétien avait séjourné plus de trois mois dans l'Azaouad avant d'atteindre la ville. J'ai demandé à un de mes hommes de confiance de me donner tous les renseignements qu'il pourrait rassembler et voici ce qu'il vient de m'écrire.»

Le pacha sortit de son caftan un mince rouleau de parchemin qu'il déroula avec précaution et, après l'avoir placé à bonne distance, commença sa lecture :

Au moment de me mettre en route, arrivèrent des gens du Touat qui m'apportaient un message d'un de mes frères. Cette lettre annonçait que le voyageur était arrivé à Tombouctou en compagnie du fils du cheikh el Moktar. Les fellahs, qui entre-temps avaient pris la ville, ne pouvaient tolérer la présence d'un chrétien dans leurs murs. Les gens de Tombouctou, qui craignaient d'être pillés, l'aidèrent à s'échapper, mais à peine eut-il pris la route de l'ouest que ses persécuteurs le rejoignirent et le tuèrent.

« Voilà toute la vérité, dit le pacha. J'ai envoyé cette lettre au consul anglais, mais il n'a pas voulu croire ce qu'elle disait. Il m'accuse au contraire d'avoir volé les marchandises et l'argent qu'il m'avait donnés pour rassembler une puissante escorte, d'avoir fait dérober les papiers et la correspondance de son gendre et d'avoir donné l'ordre de l'assassiner. Tant de mauvaise foi et d'ingratitude n'est pas supportable et je demande à Votre Excellence de m'aider à convaincre cet homme injuste et coléreux de ma bonne foi. »

Le chevalier Rousseau avait noté, sans omettre aucun détail, ce que le pacha venait de dire sur la mort de Laing. Il promit de faire de son mieux pour ramener le colonel Warrington à de meilleurs sentiments et loua le prince de sa magnanimité.

Il pensa que le souverain redoutait la vengeance de l'Angleterre et qu'il recherchait ouvertement l'aide de la France pour rétablir l'équilibre. Quand le pacha révéla qu'il voulait offrir quatre chevaux arabes et deux juments au roi de France, le consul n'eut plus de doute sur les raisons de cet entretien.

En apprenant l'assassinat de Laing, Alexandre avait blêmi, comme si un coup violent l'avait atteint à l'estomac. Son cœur s'était mis à battre plus fort et une onde d'angoisse l'avait parcouru de part en part. Ainsi, les astres, les génies et les pressentiments d'Emma avaient bien dit la vérité. Il se remémora l'éclat de son regard hier matin à la Meshia et pensa que cette fille était étrange, qu'elle était à la fois fée et magicienne.

« Père, demanda-t-il au consul quand ils eurent rejoint leur voiture, pensez-vous vraiment que Laing soit mort ?

— Il n'y a aucun doute, répondit celui-ci, d'ailleurs, je m'y attendais. Le pacha est sincère, on ne parle pas à la légère de ces choses dans l'Islam.»

Sans déceler le trouble de son fils, il entreprit de lui expliquer la portée de cet entretien et les avantages que la France pouvait en retirer. «Le major Laing, dit-il, a payé de sa vie son intrépidité, mais je ne crois pas qu'il soit nécessaire de faire tant de prouesses pour savoir ce qui se passe à Tombouctou ou dans les pays du Niger. Il existe depuis longtemps une excellente histoire de la ville sainte, dont m'a parlé Hassouna D'Gheis et qu'il a l'intention de me procurer. Enfin, en recueillant avec soin les récits des voyageurs qui ne cessent d'affluer à Ghadamès ou dans la régence, on peut rassembler sans peine une somme de renseignements tout aussi considérable. Ce qui compte, c'est moins l'exploit et la gloire qui en découle, que la connaissance effective des hommes et des choses.» Le chevalier Rousseau abordait là des idées qui lui étaient chères. Tous ces voyageurs, qui partaient à l'aventure avec leurs équipements encombrants, leurs escortes, leur mentalité conquérante et leur conviction que l'humanité allait se transformer brusquement du fait de leur passage, l'avaient toujours scandalisé. En réalité, il les soupçonnait de vouloir s'approprier le monde au détriment de ceux qui l'habitaient pour le seul intérêt de leur nation. «Certes, il faut provoquer par tous les moyens les contacts entre les hommes, ajouta-t-il, car la civilisation, c'est l'échange, mais il faut respecter son prochain quel qu'il soit et se soucier, avant tout, d'établir avec lui des relations d'amitié et de confiance. Tombouctou a un passé prestigieux, des milliers d'hommes l'ont bâtie de leurs mains et marquée de leur personnalité, des centaines de commerçants, de voyageurs y entrent et en sortent tous les jours. Que signifient alors nos prétentions de découverte!

— Il faut bien aller jusqu'à ces peuples, puisqu'ils ne viennent pas à nous, remarqua Alexandre.

— Certainement, poursuivit le consul, mais est-ce la peine de monter des expéditions si voyantes ? Peu importe que ces populations musulmanes ou païennes soient souvent fanatiques et cruelles. La seule façon de les approcher est de ne pas les provoquer, il faut se préparer longuement, apprendre leur langue, leur religion, adopter leur costume, gagner leur confiance, les apprivoiser, en quelque sorte. Nous devons apporter notre civilisation, mais ne pas l'imposer, et nous ne devons prendre chez les autres que ce qui peut profiter un jour à la communauté universelle.

— Il me semblait, reprit Alexandre, que vous approuviez toutes ces explorations et que vous souhaitiez que la France y figurât au premier rang. Je me souviens même que le capitaine Martin d'Auteuil vous y encourageait au nom de la rivalité franco-anglaise.

— Bah ! fit le consul, les marins et les militaires ont toujours rêvé de conquêtes, et si je souhaite moi-même pour notre pays la gloire et la prospérité, je me méfie de l'instinct conquérant toujours générateur de conflits et d'injustices. Les nations chrétiennes et musulmanes ont le devoir d'apporter au monde leurs hautes valeurs spirituelles et morales. Elles ont l'obligation d'ouvrir les voies de la terre pour que s'établisse un juste négoce, mais elles ne sauraient considérer leurs frères en Dieu comme une simple marchandise, et créer des chasses gardées pour assouvir leur soif de richesses. »

L'esprit humaniste et épris de liberté de son père Jean-François-Xavier, ami des encyclopédistes, et de son lointain cousin genevois était toujours vivant dans ses pensées.

Le portail d'entrée de Sakkara-Lez, ouvert à deux battants par les esclaves noirs attachés à la villa, mit un terme à cette conversation.

Le cabriolet était à peine engagé dans l'allée centrale que les deux passagers aperçurent trois chevaux, attachés près de la porte de la résidence. Un grand Touareg, portant turban et voile bleu indigo, gandoura blanche et saroual noir, les surveillait attentivement. Le consul reconnut aussitôt l'équipage de son ami Hassouna D'Gheis. Le visiteur était déjà installé au salon, en compagnie d'Antoine qui s'acquittait avec un zèle louable de son rôle de maître de maison. Les salutations et les embrassades furent des plus chaleureuses, les serviteurs apportèrent de nouvelles théières et des gâteaux au miel, et chacun s'installa autour du plateau de cuivre pour converser plus à l'aise.

«Je reviens d'une audience du pacha, dit le chevalier Rousseau. Sa Majesté m'avait convoqué à Bab-Azizia pour me parler de plusieurs affaires. Il m'a longuement entretenu de ses démêlés avec mon collègue anglais, à propos de la mort tragique de Gordon Laing. Tout le monde sait que M. Warrington est un esprit chagrin et querelleur, mais voilà qu'il accuse le pacha de félonie et de trahison pour avoir laissé massacrer son gendre.

— Le malheureux n'y peut rien, observa Hassouna D'Gheis, il ne règne que sur Tripoli, à peine sur le Djebel et pas du tout au-delà de Ghadamès. J'avais connu Laing à Tripoli, avant son départ pour le sud et lui avais rendu quelques services, sans me soucier autrement de son voyage. Ce n'est que récemment que j'ai appris sa mort à Tombouctou, par un de mes amis, Mohamed el Washi, qui tenait la nouvelle de caravaniers du Touat.

— J'ai entendu dire, remarqua M. Rousseau, que la situation est très difficile et que les combats sont nombreux dans cette région.

— Maintenant, tout le pays est sous l'influence du sultan Muhammad Bello, chef des Foulani de Sokoto, reprit Hassouna D'Gheis, mais les bandes de Touaregs continuent à rôder autour de la ville. Leur goût du pillage et leur fanatisme religieux sont tels qu'ils sont très dangereux pour les étrangers, et surtout pour les chrétiens isolés. Il n'est pas surprenant que Laing ait été découvert et massacré. Le consul d'Angleterre devrait mieux s'informer auprès des gens du désert avant de porter des accusations attentatoires à la dignité du prince. Je pense d'ailleurs que nous ne tarderons pas à recevoir des témoignages plus convaincants avec le retour des caravanes du printemps. »

La conversation dévia bientôt sur un projet de voyage en France que se proposait de faire Hassouna D'Gheis, et sur l'aide qu'il comptait obtenir du consul pour trouver une place sur un bateau confortable, entre Tripoli et Marseille.

Le jour baissait rapidement et la pénombre gagnait le salon. Le visiteur se leva et prit congé de ses hôtes, dans les effluves de la lavande dont il se parfumait. Avec ses vêtements richement brodés, son turban de mousseline blanche et le châle doré qui retombait élégamment sur sa nuque, son visage ovale et mat, ses yeux vifs, sa fine moustache et le collier de barbe noire qui encadrait son visage, Hassouna D'Gheis méritait sa réputation de séducteur et de dandy. Il donna une accolade affectueuse au consul et se dirigea vers le perron où piaffait sa monture. Il s'enveloppa dans le manteau blanc que lui tendait un serviteur et sauta en selle avec une agilité de félin. Ses deux compagnons, au visage voilé, firent cabrer leurs chevaux, et le groupe s'évanouit dans la nuit comme un vol de phalènes.

« Ainsi, dit Alexandre, comme pour lui-même, la page du major Laing est définitivement tournée ! Après tout, c'est un rival dangereux et un concurrent qui disparaît. »

Son père s'étonna de cette oraison funèbre et le regarda, intrigué.

Il avait lui-même en tête une autre nécrologie à préparer, mais dans des termes moins lapidaires et cyniques que ceux du jeune homme. Après le dîner familial, il prétexta une grande lassitude pour se retirer dans sa chambre. Il commença aussitôt à transcrire à chaud les renseignements qu'il avait recueillis dans l'après-midi sur la mort de Laing. L'événement lui semblait de grande importance, et comme il avait prématurément annoncé, au cours de l'été, la disparition du major écossais lors de l'attaque des Touaregs à Wadi-Ahenet, il ne voulait pas manquer l'occasion de rétablir la vérité et de trousser un article à sensation pour la presse parisienne. Le rédacteur en chef de *L'Étoile* venait d'ailleurs de lui écrire qu'il était preneur de toutes les informations disponibles sur «ce qui se tramait dans les immensités sahariennes». L'Algérie devient à la mode, précisait-il, et vous êtes aux premières loges.

> Le major Laing, dont on avait annoncé la fin tragique, commença-t-il, a réellement péri, victime de sa courageuse persévérance, après avoir pu néanmoins visiter la fameuse ville de Tombouctou. Le voyageur anglais, que l'on disait d'abord avoir succombé sous le fer des brigands dans le territoire du Touat, n'y avait été que blessé, de manière que, après avoir échappé à ce premier danger par les soins hospitaliers d'un marabout, il s'était enfin rendu à Tombouctou. Peu après son arrivée dans cette ville, les Fellatas, dont la horde puissante et belliqueuse règne exclusivement aujourd'hui sur les immenses déserts de l'Afrique centrale, vinrent en nombre de plus de trente mille l'y réclamer impérieusement, pour le mettre à mort et empêcher par là, disaient-ils, que les nations chrétiennes, profitant des informations qu'il pourrait leur donner sur le Soudan, ne pénétrassent quelque jour dans ces contrées éloignées pour en asservir les peuples.

Le prince qui commande Tombouctou se refusa à livrer l'étranger qu'il avait accueilli avec bienveillance et, pour le soustraire à l'animosité de ses persécuteurs dont il ne voulait pas en même temps s'attirer la vengeance, il le fit partir furtivement pour le Bambara, sous une escorte de quinze cavaliers choisis parmi sa propre garde. Mais l'infortuné fut bientôt atteint par une bande de Fellatas qui, informés de son évasion, l'avaient vivement poursuivi, et fut impitoyablement égorgé avec tous ceux qui l'accompagnaient.

Telle a été la fin tragique du voyageur intrépide, qui, le premier, a pu pénétrer dans l'enceinte de la ville mystérieuse, objet de tant de sollicitude, et dont la connaissance échappera sans doute encore longtemps aux investigations les mieux dirigées, puisque suivant toute apparence, il n'y a nul espoir de retrouver les papiers du malheureux Laing…

Informateur honnête, le chevalier Rousseau n'omît pas de citer ses sources et termina ainsi son article :

Ces derniers renseignements ont été communiqués par un cheikh de Tripoli qui a longtemps résidé à Tombouctou[1].

Il ne manquait plus que la touche personnelle, il l'apposa en ces termes :

Il existe une histoire fort intéressante de cette ville, dont on fait remonter la fondation en l'an 510 de l'hégire (1132 après J.C.) et dont l'auteur est Sidi Ahmed Baba, natif d'Arawan, bourgade

1. Article du chevalier Rousseau paru dans le journal *L'Étoile* du 2 mai 1827.

du pays des Kanté, peuplade considérable du Soudan ; on espère pouvoir se procurer cette histoire pour en faire hommage, avec les voyages du célèbre Ibn Battuta, jusqu'à présent si peu connu en Europe, à la bibliothèque du roi.

Le lendemain matin, Alexandre regagna de bonne heure le vieux consulat dans la cité, car son père avait décidé de rester quelques jours de plus à Sakkara-Lez, pour soigner son arthrite. Il s'appliquait de son mieux à assumer ses nouvelles fonctions, à plonger dans les registres maritimes et les connaissements de nos navires. Vattier de Bourville, rompu depuis longtemps à ces exercices, se réservait les démarches auprès du raïs Marsah, le maître du port, et l'arbitrage des conflits quotidiens entre les mauvais payeurs locaux et leurs créanciers marseillais. Enfin, comme Paris venait d'accorder vingt et un mille francs pour la réfection de la résidence et six mille francs pour l'église catholique, il devait veiller de près sur les travaux, bien que Louis Pelissier, l'homme du pacha, obligeamment prêté au consulat pour la circonstance, et son assistant Alexandre Grand, le rescapé du harem, soient de toute confiance. Son Excellence l'élève vice-consul du roi compulsait donc ses registres lorsque le chaouch de service conduisit dans son bureau une femme de haute taille, vêtue d'un ample barracan qui lui dissimulait le visage. Elle se tenait gauchement, comme le font les servantes ou les gens du peuple qui vont se plaindre d'un larcin ou d'un mauvais traitement chez le cadi. Alexandre la pria de s'asseoir et s'informa en arabe de son affaire. L'inconnue fit glisser son voile et éclata de rire : c'était Jenny.

«Mais que fais-tu sous ce déguisement ? s'exclama le jeune homme.

— Ne sais-tu pas que nous sommes dans le mois du ramadan, dit Jenny, et que les femmes comme il faut ne doivent pas courir les rues à visage découvert. Bien que le chemin soit court entre nos deux maisons, j'ai pensé que le barracan de Marabout serait la meilleure protection. Et puis, j'avais envie de te faire une surprise.

— C'est une bonne surprise, en effet», dit Alexandre en se levant pour embrasser sa visiteuse.

Elle prit un plaisir si évident à cette marque d'affection qu'elle l'étouffa de quelques baisers supplémentaires. Elle marqua une courte pause et ajouta avec un léger soupir :

«Je viens aussi de la part d'Emma. Elle est rentrée depuis deux jours de la Meshia et m'a demandé pourquoi tu ne venais plus au consulat. Tout le monde se désespère de ton absence et de ton dédain, mon cher Alexandre.

— Hélas, répliqua le jeune homme, je suis rivé à cette table par ma triste condition, et mon père est intraitable sur les horaires.

— Ah ! ces pères ! fit Jenny. Nous en avons un également à la maison. Je suis venue enfin, enchaîna-t-elle, pour te proposer de nous accompagner dimanche prochain au souk. Il y a de nouveaux bijoux chez Baranès et des armes rares qui font rêver Frederick.

— Ce sont peut-être les bagues et les bracelets qui te font rêver plutôt que les sabres… dit Alexandre en riant.

— Moque-toi, fit-elle, avec une grimace appuyée. J'ai bien dit "qui font rêver Frederick". Après la visite, nous sommes invités chez le Dr Dickson pour une garden-party, et surtout ne t'inquiète pas pour la visite du souk, Marabout et un chaouch du bey nous accompagneront.

— Je ne m'inquiète de rien, fit Alexandre, je suis au contraire si heureux de te voir et de t'entendre que je dis oui à tous tes projets.

— Oui à tous mes projets, soupira-t-elle, nous en reparlerons, n'est-ce pas ?»

Elle se leva, se drapa dignement dans son barracan et s'éclipsa par la sortie de la rue des Français.

Le dimanche suivant, Tripoli avait revêtu sa tenue printanière. Le soleil jouait sur la moindre façade et tout au long des rues obscures, des écharpes obliques de lumière poudreuse faisaient de chaque masure le décor d'un théâtre irréel. Alexandre marchait d'un pas rapide vers le consulat d'Angleterre. À cette heure matinale, la rue des Français et la place Agha Ali, devant la nouvelle église, étaient vides. Les Tripolitains, épuisés par les nuits blanches du ramadan, dormaient paisiblement. Seuls quelques esclaves noirs et des petites servantes bédouines, qui allaient faire les emplettes de leurs maîtres, jetaient des regards furtifs sur ce jeune chrétien qui battait le pavé d'un talon sonore. À l'angle du consulat anglais, quelques gardes du bey, qui s'étaient attardés après avoir parcouru la ville pour inviter la population à prendre un repas chaud avant le lever du soleil, lui jetèrent un regard hostile mais ne l'approchèrent pas. Le portail du consulat général était ouvert et les deux chaouchs de faction saluèrent Alexandre avec un sourire complice. Dans la cour intérieure, Frederick astiquait un lot de hautes selles arabes qu'il avait rapportées de la Meshia. En voyant son ami se profiler dans le couloir d'entrée, il abandonna ses harnachements et l'accueillit avec enthousiasme.

«Je ne t'attendais pas de si bonne heure, fit-il en l'enserrant vigoureusement dans ses bras. Puis, se reculant d'un pas, il ajouta en sifflotant : Comme tu es chic, *my Lord*! tu vas éblouir une fois de plus mes chères sœurs, qui vont encore me traiter de clochard… Allons, tant pis pour les harnais, Marabout fera le reste.»

Ils prirent l'escalier intérieur et montèrent sur la terrasse supérieure d'où l'on dominait la ville et la rade. Jenny et Emma y prenaient leur breakfast. Le premier regard d'Alexandre se porta sur Mme Laing. Elle présentait un visage si lisse qu'il s'en trouva réconforté; il s'inquiétait en effet de la façon dont elle avait accueilli toutes les rumeurs contradictoires qui s'étaient répandues dans la ville, relayées par le pacha et Hassouna D'Gheis. Elle était si farouche, lors de leur dernière entrevue, et si persuadée que tous les malheurs possibles allaient fondre sur elle, qu'il s'attendait à un autre masque. Elle l'embrassa avec chaleur en mettant un bras autour de son cou et en appuyant sa joue fraîche et parfumée contre la sienne comme elle ne l'avait jamais fait auparavant.

Jenny exposa d'un trait le programme de la journée, pria Frederick de changer de tenue pour ne pas être conduit par les cologis[1] au bagne des chrétiens, et invita Emma à l'accompagner dans sa chambre pour s'habiller selon les convenances.

Quand elles réapparurent, elles portaient des burnous de laine et de soie, finement tissés, dont les plis étaient retenus à l'épaule par une fibule d'argent. Sur leurs chevelures blondes, elles avaient noué des châles de mousseline qui laissaient apparaître quelques mèches folles pour indiquer clairement qu'elles étaient des chrétiennes de qualité, respectueuses des coutumes de l'Islam. Marabout et le chef des chaouchs attendaient les jeunes gens sous le porche pour les accompagner à travers la ville.

Quand ils entrèrent dans le bazar, la foule était déjà dense. Des hommes enturbannés, des femmes voilées, des esclaves aux torses nus faisaient les achats pour le repas du soir. Le cri des marchands de fruits, de viande de mouton et de galettes se mêlait au brouhaha de la multitude. Le blatèrement des chameaux et le braiment des ânes chargés de marchandises retentissaient tout au long des ruelles voilées de poussière. Le souk de Gurgi, bâti à proximité de la grande mosquée, était de loin le plus important de la ville. Il était occupé par des centaines de boutiques qui baignaient dans l'odeur entêtante des épi-

1. Garde de Tripoli.

ces et de l'encens. Dans les échoppes, disposées de part et d'autre d'une allée centrale, s'entassaient des bijoux d'or et d'argent, de la vaisselle de cuivre, des parures et des broderies, des étoffes chatoyantes, des boules de corail et des médecines étranges venues des profondeurs de l'Afrique.

À l'extrémité d'une des ailes se trouvaient les cafés maures dont l'odeur suave et persistante embaumait tout le quartier. Aucun Maure de qualité ne pénétrait jamais dans ces réduits enfumés où se distillait le précieux breuvage, mais prenait place, près de l'entrée, sur des dalles de marbre couvertes de tapis et protégées du soleil par des treilles épaisses. En cette heure matinale du ramadan, la place était vide, mais dès la rupture du jeûne, une foule considérable se presserait dans les lieux et deviserait, tasse en main, jusqu'à une heure avancée de la nuit.

Pour le moment, les serviteurs et les vendeurs étaient maîtres de la rue et malgré les coups d'épaule du grand chaouch, les quatre promeneurs se frayaient difficilement un passage dans la cohue. Emma dû s'agripper au bras d'Alexandre pour ne pas être emportée par le flot des passants. C'est finalement devant l'échoppe de Salomon Baranès, le premier joaillier de la ville, que la petite troupe se regroupa. Un lot de bijoux berbères offrait ses émaux et ses coraux à la convoitise des passants. Emma choisit un bracelet d'argent finement niellé et le glissa à son poignet, sa sœur s'attarda sur un pectoral à pendentifs bleus. Sacrifiant allègrement la piastre d'or qu'il avait en poche, Alexandre offrit ces joyaux aux deux jeunes filles, qui se récrièrent de joie. Jenny fut la plus enthousiaste; Emma, plus discrète, se contenta d'un regard. Alexandre fut si heureux qu'il n'entendit pas Frederick ironiser sur le mécénat.

Portés par le courant montant, ils arrivèrent enfin à la sortie du bazar et s'assirent quelques instants à l'ombre du grand ficus qui abritait depuis des générations les siestes paisibles des croyants et des impies de la ville. Il était déjà près de midi et Frederick rappela qu'il fallait bien vingt minutes pour arriver chez les Dickson.

Le médecin du pacha, John Dickson, et sa femme Elizabeth, habitaient une maison mauresque modeste mais confortable, à l'extérieur des murailles de la ville, sous la protection des batteries du fort des Français, à l'ouest de l'arsenal. L'ancien médecin de la marine anglaise avait choisi cet emplacement pour sa salubrité et son accès direct à la mer. L'habitation était encastrée dans le roc; une muraille de pierres appareillées la protégeait des vents du large, une étroite grille de bronze donnait accès à une calanque minuscule où se balançait une barque de pêche. Quelques charges de terre, judicieusement réparties dans les anfractuosités du rocher, avaient permis de constituer un minuscule jardin dont deux bougainvillées amoureusement taillées et une treille étaient les pièces maîtresses.

John Dickson était un ami des Warrington et un conseiller très écouté du consulat d'Angleterre; il voyait chaque jour le pacha et jouissait de sa confiance. Il était enfin le médecin attitré des chrétiens de Tripoli et le confident des dames des consulats. Il éprouvait pour Emma une affection particulière et avait accepté, deux ans auparavant, d'être son témoin lors de son mariage avec le major Laing. Il accueillit ses visiteurs avec empressement et leur fit les honneurs de la maison. La pêche du matin avait été abondante, des daurades, des sars, un énorme mérou et des rougets s'étalaient sur une table, près d'un gril que deux serviteurs gavaient de charbon de bois. Elizabeth Dickson apparut à son tour en tenue de pêcheur, pieds nus, jupe courte et tablier bleu de travail. Chacun demanda ce qu'il pouvait faire pour se rendre utile, mais tout était déjà prêt et il n'y avait plus qu'à s'allonger à l'ombre de la tonnelle et à savourer les jus de raisins cuits et les orangeades de la maîtresse de maison.

John Dickson évoqua, avec prudence, les dernières nouvelles parvenues à Tripoli sur le major Laing et affecta d'être optimiste pour rassurer Emma. Il souhaita poliment que l'explorateur revînt promptement et insista sur les soucis de M. Warrington et sa querelle avec le pacha. Emma l'écoutait, songeuse et froide.

« Docteur, dit-elle, parlons si vous le voulez bien d'autre chose. La mer est si calme aujourd'hui, je ferai volontiers une promenade pour me changer les idées. Vous me prêterez bien votre youyou, n'est-ce pas ?

— Emma a raison, dit Elizabeth à son mari, surveille donc la cuisson des crevettes au lieu de nous attrister avec tes propos. »

La garden-party fut exceptionnelle, le maître et la maîtresse de maison étaient des hôtes raffinés et pleins d'attention. Après le café, Frederick, Jenny et le Dr Dickson se lancèrent dans une partie de whist. Alexandre s'attarda auprès d'Elizabeth qui, sous prétexte de lui montrer quelques achats qu'elle venait de faire chez un brocanteur de la rue Meslata, lui reprocha amèrement son inconstance.

« Ma place est sans doute prise par d'autres, fit-elle, je ne suis pas jalouse, mais comme tu es jeune, Alexandre... » lui dit-elle dans un soupir.

Ils revinrent sur la terrasse, où Emma contemplait la mer.

« Alexandre, dit cette dernière, voulez-vous faire un tour de barque avec moi ? » Il accepta d'un hochement de tête, lui prit le bras et la conduisit vers l'estacade où bouchonnait la barque bleu et rouge du médecin du pacha. Il retroussa les manches de sa chemise, défit la chaîne qui maintenait l'embarcation et ajusta les rames. Emma s'assit devant lui, les pieds nus et la jupe retroussée haut, pour ne pas la tremper dans la flaque au fond du bateau où brillaient encore les écailles de la pêche du matin.

Ils s'éloignèrent tout doucement, contournèrent un rocher léché par une houle paresseuse, et mirent le cap sur le large. Au rythme des deux avirons qui frappaient l'eau avec régularité, les fonds couverts d'algues défilèrent sous la coque, avec leurs plages claires et leurs gouffres sombres. Un monde féerique que le regard d'Emma s'efforçait de sonder dans la mince lisière d'ombre qui courait le long de la barque. Le rempart de la ville déroulait maintenant son front ocre clair entre la mer et le ciel, la crête blanche de la cité se découpait comme une frange de dentelle, la maison des Dickson se fondait peu à peu dans les échancrures de la côte. Le soleil était encore si brûlant que la sueur perlait sur le front et la poitrine du rameur.

«Si vous n'y prenez garde, vous aurez fondu avant d'arriver à Malte, dit Emma. Enlevez donc votre vêtement mouillé et laissez-vous porter par la brise.»

Alexandre, qui commençait à s'essouffler, ne se fit pas prier.

«Tant pis pour Malte, rétorqua-t-il en riant, c'est plutôt chez le bey de Tunis que nous risquons de dériver.» Il rentra les deux avirons sur le bordage et se leva pour ôter sa chemise, il apparut alors torse nu, comme un de ces jeunes dieux que les archéologues découvrent au hasard d'une fouille, dans les ruines de Leptis Magna.

«C'est féerique, s'exclama Emma, j'adore le ciel, le soleil, la mer, et puis j'aime me trouver seule avec ceux que j'aime, l'idée de partager avec d'autres ce qui m'est cher est contraire à ma nature. Je suis une créature impossible, vous savez, contradictoire, entêtée, possessive, jalouse et indifférente à la fois. Non, non, je n'exagère pas ! Tenez, regardez-moi, Alexandre. Je suis peut-être encore l'épouse d'un officier anglais que j'ai adoré à ma façon, il est vrai, mais plus le temps a passé et plus ma manière a changé, au point que je me demande parfois s'il avait eu le temps de me voir avec tous mes défauts. Il me semble même aujourd'hui qu'il ne m'a jamais manifesté aucune véritable passion pour le don de mon cœur et de mon âme. Les soldats ne sont pas faits pour être tendres et empressés, sans doute, ils ont toujours la tête pleine de prouesses et d'égoïsme. Je devrais sans doute prier pour qu'il revienne sain et sauf de son héroïque aventure, et pourtant, je me trouve seule avec vous dans cette barque pour une promenade d'amoureux. Mon Dieu ! vous allez me trouver bien légère, Alexandre, mais vous ne pouvez savoir combien je suis heureuse et libérée de n'être qu'avec vous entre le ciel et la mer.

— N'est-ce pas un peu le procès de tous les hommes que vous faites là, Emma. Ne dit-on pas toujours que nous sommes égoïstes et dominateurs ?

— Oh ! non, surtout pas vous, Alexandre. J'ai toujours senti que vous étiez différent ; j'ai su, dès nos premières rencontres, que vous étiez sensible et délicat, tendre et compréhensif, que nous nous comprenions à demi-mot, peut-être parce que nous avons le même âge et un égal besoin d'échange et de tendresse. Est-ce que je me trompe ? »

Alexandre était bouleversé par cette déclaration. Mme Laing, la belle et mystérieuse Emma, lui disait de la façon la plus naturelle qu'elle le préférait à tous les autres, parce qu'ils avaient, tous deux, le même besoin d'échange et de tendresse. Ainsi ce jeu subtil qu'ils menaient depuis le premier jour, ces élans, ces bouderies calculées, ces indifférences affichées et ces retrouvailles subtilement agencées, se révélaient aujourd'hui au grand jour comme la preuve d'une affection profonde et partagée. Il était intimidé et ébloui par cette découverte et ne pesait plus sur ses avirons. Emma tendait vers lui son visage, plein de sérieux et d'interrogation. Il la regarda longuement, hésitant sur ce qu'il allait dire, puis il laissa parler son cœur. Oui, il avait ressenti pour elle une grande attirance, depuis le jour de leur première rencontre au jardin anglais, puis au marabout de Zenzour et en vingt autres lieux, et ce sentiment n'avait fait que se renforcer au cours des deux années qui venaient de s'écouler. Il s'était défendu de l'inclination qu'il éprouvait pour la jeune épouse esseulée. Il avait eu conscience, par simple résonance, de l'épreuve qu'elle supportait et des tourments qu'elle vivait dans la solitude du consulat et du jardin anglais. Il s'excusait de sa timidité et de n'avoir pas su manifester plus tôt ce qu'il éprouvait, mais il ne voulait pas la compromettre par une trop grande assiduité, dans une ville aussi médisante que Tripoli. Il dit également qu'il la trouvait plus belle que jamais, et qu'il lui faisait le serment de ne jamais l'abandonner et de l'aimer chaque jour davantage.

Ces compliments amenèrent un flot de plaisir sur le visage de la jeune femme. L'azur transparent de ses yeux brillait d'un éclat fascinant, ses narines frémissaient, sa gorge se tendait. Ce garçon, qui lui dévoilait sans retenue le fond de son cœur, l'émouvait délicieusement. Elle se leva avec précaution pour se rapprocher de lui, mais un clapotis la déséquilibra et la précipita sur les genoux du rameur, qui la reçut dans ses bras. Ils rirent de bon cœur et, tandis qu'elle lui essuyait le visage avec sa manchette de dentelle, il l'enlaça tout à coup avec une sorte de rage, et la couvrit de baisers et de caresses. Il ne sentait plus qu'une onde voluptueuse lui parcourir le corps, et la chaleur de cette chair parfumée contre la sienne. Quand il toucha ses seins aux pointes dures, elle blottit sa tête sur son épaule et ils restèrent un long moment dans une véritable extase.

Le bateau dérivait depuis longtemps quand Alexandre reprit les rames, et lorsqu'ils touchèrent l'estacade des Dickson, le soleil rutilant n'était plus qu'à un doigt de l'horizon. Toute la maisonnée les attendait sur le rivage et les moqua de leur longue absence. Dans la lumière du soir, les visages hâlés des deux promeneurs rayonnaient d'une joie intérieure qui ne devait rien au grand air et qui n'échappa à personne. Jenny, morose, fut la première à s'éclipser vers le jardin et le Dr Dickson dit mélancoliquement à sa femme :

«Le major Laing, ma chère Elizabeth, vient de quitter définitivement ce monde.

— C'est le sort qui nous attend tous, dit-elle, et notre vie n'est qu'un deuil perpétuel.»

*

Le canon de la citadelle tonnait pour marquer la fin du jeûne quand le groupe des jeunes gens arriva au consulat d'Angleterre. Les rues s'étaient vidées quelques minutes auparavant et une odeur de soupe et de friture se lovait sur la ville.

Sur les forts et les mosquées, les drapeaux s'animaient mollement dans la brise de terre. Les muezzins, étendard du Prophète à la main, entonnaient le lazero, la quatrième prière du jour. «Quand la nouvelle lune apparaîtra, dit Frederick, ce sera la fin du ramadan et nous ferons une promenade dans le quartier pour la fête du Beïram, qui dure trois jours dans la ville et une semaine dans les campagnes.»

Une belle unanimité salua cette proposition, et Alexandre cita le proverbe arabe : «J'attends ce rendez-vous aussi ardemment que la lune du ramadan.»

Le crépuscule tomba brutalement et la nuit s'était à peine établie que tous les canons du château et des remparts annoncèrent qu'un mince croissant venait d'apparaître au bord de l'horizon. Un grand vacarme retentit aussitôt dans la ville pour marquer la fin du jeûne. Les hommes adultes et la jeunesse se jetèrent dans les rues sous des accoutrements inattendus en s'interpellant joyeusement. Des groupes de tambourins et de flûtes au son aigre, des tréteaux et des balançoires apparurent sur toutes les places. Les consulats ouvrirent leur porte à deux battants et dressèrent à la hâte, dans leur cour intérieure, de longues tables chargées de victuailles fraîches, de pain, de vin et d'huile d'olive pour que chacun puisse se rassasier à sa guise.

À huit heures du soir, quand la cinquième prière eut retenti, les jeunes Warrington vinrent au consulat de France retrouver leurs amis et partirent à travers la ville sous la conduite de Vattier de Bourville et de John Rossoni, le vice-consul anglais, toujours friand de spectacle et de vie nocturne. Par mesure de précaution, les garçons s'enturbannèrent et s'habillèrent à la turque, les filles se dissimulèrent sous des voiles blancs qui ne laissaient apparaître qu'un œil, à la mode de Tripoli. «Il faut toujours se méfier, dit Bourville, on n'est jamais à l'abri d'un fou, et la vue d'un chrétien peut pousser un fanatique aux pires extrémités.»

Mme Rousseau donna des conseils de prudence qui se révélèrent inutiles tant la promenade fut aisée. Non seulement les mosquées brillaient de tous leurs feux, mais les façades des maisons portaient des lampes à huile ou des torches de résine qui diffusaient une lumière irréelle jusque dans les ruelles les plus obscures. Le café du bazar regorgeait de monde, des flambeaux de bitume et de graisse grésillaient sur leurs hampes de cuivre et jetaient des lueurs dansantes sur la foule. Tout ce que Tripoli comptait de personnages en vue était là, assis, les jambes croisées, dans le gargouillement des pipes à eau et les éclats de voix. Certains se tenaient debout, adossés aux piliers des tonnelles et discutaient en agitant les mains, d'autres regardaient les riches costumes des notables et des officiers de la cour. Des senteurs d'ambre, de fleurs d'oranger et de patchouli, mêlées à l'odeur du café et des résines, s'étiraient en nappes lourdes à travers le lacis des venelles.

Alexandre ne quittait pas le sillage d'Emma et lui tenait fermement la main. Leurs épaules se touchaient, leurs pas s'accordaient à la même cadence. Jamais il n'aurait imaginé que le seul fait de marcher pouvait engendrer une telle sensation physique. Depuis leur promenade en mer, tant de pensées et de sentiments s'étaient bousculés dans sa tête qu'il ne parvenait plus à retrouver son calme. Mme Laing avait fait place à une jeune femme amoureuse, qu'il allait pouvoir aimer sans contrainte. Mais avec l'amour qui le submergeait peu à peu, venait d'apparaître la pointe d'angoisse qui est l'épine cachée du bonheur.

Tandis que les jours s'écoulaient au rythme monotone des prières, des rites de l'islam et des caprices du temps, tandis qu'Alexandre et Emma étaient tout étourdis de leur idylle et multipliaient les occasions de rencontre au risque d'être imprudents, le colonel Warrington continuait à se tourmenter pour son malheureux gendre dont il refusait la mort. Orgueilleux et entêté, il ne pouvait supporter de voir s'effondrer son rêve d'ouvrir à l'Angleterre les portes de l'Afrique centrale. Il avait engagé dans ce voyage son argent et sa réputation, il voulait en recueillir les fruits.

Pourquoi Laing n'avait-il pas envoyé un compte-rendu de Tombouctou ? Où avait bien pu échouer son journal de route qu'il avait pourtant promis d'envoyer par messager à Tripoli ? Comment se faisait-il que les sommes d'argent remises au pacha, au cheikh Babani, au chef touareg Hattita ag-Khudden, n'aient pu assurer sa sécurité ? Tous ces gredins n'étaient-ils donc que de misérables voleurs qui avaient comploté la mort de l'explorateur pour lui ravir ses papiers et les vendre à quelque représentant sans scrupule d'une puissance étrangère ?

« J'accuse le pacha, écrivait-il à Londres, de tricherie et de mauvaise foi, j'ai suffisamment de preuves pour le confondre, lui, ses ministres et ses amis. »

Le Foreign Office, inondé de rapports, finissait par prendre en compte ces affirmations et envoyait à tout hasard quelques frégates devant Tripoli pour intimider le *diwan*[1]. Malheureusement, pas plus à Londres qu'en Barbarie, personne ne pouvait dire ce qu'il était advenu du voyageur. Des informations en provenance de la Sierra Leone et du Soudan le disaient en bonne santé au Sansanding ou au Sénégal, d'autres le portaient disparu dans le désert ou simplement égaré sur quelque piste.

Le colonel s'accrochait aux plus fragiles espérances avec une obstination hargneuse et son caractère s'aigrissait au point de le rendre insupportable à sa famille et à son entourage.

Au consulat et au jardin anglais, les repas étaient devenus un cauchemar, il n'y était plus question que de trahison, de preuves nouvelles et de vengeance. Jane Eliza, excédée, avait essayé de le modérer.

« Voyons ! mon ami, ce voyage était très dangereux, le désert, avez-vous dit, est toujours plein de pièges et de mauvaises rencontres, qu'y pouvons-nous ? Il faut prier la divine providence et accepter ses volontés. »

Le colonel était bon croyant mais ses colères galloises ne le portaient pas à la contrition. Il rabrouait son épouse et la priait de ne pas se mêler des affaires des hommes et des intérêts supérieurs de l'Angleterre.

Un jour qu'il s'était montré particulièrement odieux, Emma le pria sèchement de changer de sujet : « Maman a raison de s'en remettre à Dieu et vous devriez en faire autant. »

---

1. Conseil du pacha.

Le consul ne tolérait aucun conseil, surtout de la part de ses enfants. Il foudroya l'impudente et rugit :

« D'abord, vous ne devriez parler que lorsque je vous y autorise, ensuite, je me démène pour sauver la vie et l'honneur de votre mari et vous vous moquez de mes efforts. Je vous trouve d'ailleurs bien évaporée et insouciante depuis quelque temps. Est-ce ainsi que doit se comporter la femme d'un officier anglais ? Après avoir amolli son courage par des fadaises sentimentales indignes d'une femme de devoir, vous ne versez pas une larme quand il est dans les plus grands dangers. Je vous convie, ma pauvre enfant, à plus de pudeur et de dignité. »

Quand il ne s'en prenait pas à ses proches, le consul Warrington allait retrouver son clan arabe, dans la Meshia, et se consolait en calomniant le pacha et ses ministres. Il s'efforçait, en toute occasion, de mêler ses collègues à sa querelle et entretenait une suspicion déplorable dans la communauté chrétienne de la ville. La tension s'éleva encore lorsque le numéro du 2 mai du journal *L'Étoile* de Paris parvint à Tripoli. Un article sans nom d'auteur y relatait la fin tragique de Laing et concluait qu'il n'y avait probablement aucun espoir de retrouver ses carnets de route et ses documents. Cette supposition fit sursauter le colonel. Si le récit correspondait à peu près à ce qu'il redoutait et refusait d'admettre, l'affirmation de la perte des papiers lui sembla révélatrice. Sur quels renseignements le rédacteur fondait-il sa conviction ? Quelqu'un était donc en possession de détails qu'il ignorait. Était-ce le pacha, ses ministres ou ce gredin de Hassouna D'Gheis ?

Il transmit immédiatement à Londres le numéro du journal en promettant de se livrer à une enquête approfondie.

À force de recouper certaines données et de se remémorer les commentaires qu'il avait recueillis dans la ville, il lui apparut que personne d'autre que le consul de France ne pouvait avoir écrit cet article.

Il tenait le chevalier Rousseau en médiocre estime et le jugeait vaniteux et machiavélique. En réalité, il le jalousait pour sa maîtrise de la langue arabe, pour son influence grandissante au château et dans les consulats et pour ses liens avec la famille D'Gheis, si mêlée au commerce saharien. D'autre part, il redoutait les nouvelles ambitions de la France en Méditerranée ; ne venait-il pas d'apprendre qu'à la mi-juin, six vaisseaux de guerre français étaient venus croiser devant Alger pour évacuer le consul Deval et la colonie française, à la suite d'une algarade avec le dey. Pour étayer encore ses soupçons, quelques informateurs lui avaient fait part d'une proposition que le chevalier Rousseau venait d'adresser à ses amis espagnols, américains, sardes et napolitains pour créer un journal mensuel intitulé *L'Investigateur africain*. Cette gazette se proposait de traiter de politique, de littérature et de récits de voyage. Un premier article devait être consacré à Tombouctou. Enfin, la rumeur colportait que le consul de France s'était procuré récemment deux exemplaires très rares du *Journal de route* d'Ibn Battuta et de quelques corans rarissimes, auprès des chameliers du Touat. Certes, ces ouvrages n'étaient pas la fameuse histoire de Tombouctou dont parlait le numéro de *L'Étoile*, mais la coïncidence était troublante et ce trafic de « palimpsestes » apparaissait suspect à beaucoup.

La ville, la cour et les consulats ne bruissaient plus que de ces affaires, lorsqu'un brick français, venant de La Canée, entra dans le port de Tripoli apportant la nouvelle de l'anéantissement des flottes turques et égyptiennes dans la baie de Navarin, sur les côtes de Grèce, par les navires de la Triple-Alliance.

L'événement était d'autant plus considérable que depuis la bataille de Lépante, quelques siècles auparavant, où la flotte chrétienne de la Sainte Ligue avait mis en déroute les forces ottomanes, le croissant avait dominé sans partage la Méditerranée. Le capitaine Le Henaff se rendit donc au consulat de France pour déposer ses connaissements et faire un récit circonstancié de la bataille. Il y rencontra Alexandre et Vattier de Bourville qui démêlaient, sans grande conviction, les affaires courantes. Aux premiers mots qu'il prononça, les deux jeunes gens ne firent qu'un bond pour aller prévenir le consul. Celui-ci arriva, séance tenante, pour écouter le nouveau héraut de Salamine.

Depuis plusieurs années, la chrétienté assistait, impuissante, à l'anéantissement progressif de la Grèce par les armées turques et égyptiennes. Les massacres de Chio, la résistance de Missolonghi, les combats désespérés des Hellènes émouvaient toutes les nations occidentales, mais les laissaient sans réaction. Après bien des hésitations et des traverses, les chancelleries avaient mis sur pied une triple alliance comprenant la Russie, la France et l'Angleterre et avaient proposé à la Turquie d'accorder sous sa souveraineté l'autonomie à la Grèce. La Sublime Porte avait non seulement refusé, mais avait demandé au vice-roi d'Égypte, Méhémet'Ali, de lui apporter son aide pour balayer la coalition de la croix. Tout le monde diplomatique en Méditerranée savait que les flottes de la chrétienté s'étaient concentrées dans l'Adriatique et que la division russe du contre-amiral Heyden avait rejoint, dans les parages de Zante, les forces françaises du contre-amiral de Rigny et la flotte anglaise du vice-amiral Codrington. Ce dernier avait pris le commandement de la force combinée, mais on pensait qu'il s'agissait surtout d'appuyer des propositions de médiation franco-anglaise que les insurgés grecs avaient acceptées et que les Turcs persistaient à ignorer. Tous ceux qui connaissaient la puissance écrasante de la flotte turco-égyptienne excluaient, dans leurs analyses, toute possibilité d'affrontement.

Les consuls de France et d'Angleterre étaient de ceux-là. Aussi le chevalier Rousseau écoutait-il, médusé, le récit stupéfiant de son compatriote.

L'Égyptien Ibrahim Pacha, commandant en chef ottoman, disait le capitaine, avait établi sa flotte comprenant soixante-deux unités, portant deux mille cent six canons et vingt-deux mille hommes, dans la baie de Navarin, un petit port de la côte de Messénie. Depuis trois semaines, la flotte chrétienne croisait devant Zante, et ses plénipotentiaires avaient vainement tenté de le rencontrer pour lui faire part de leurs propositions de paix, alors que l'armée turque poursuivait à terre ses ravages. Excédés par ce silence, le vice-amiral Codrington et le contre-amiral de Rigny avaient pénétré le 20 octobre à midi, avec leurs forces, dans la baie de Navarin, et avaient mouillé à l'intérieur du fer à cheval formé par les navires turcs et égyptiens. Une chaloupe de la frégate anglaise *Darmouth* vint alors demander à l'amiral égyptien d'écarter ses brûlots pour ne pas gêner les évolutions de la flotte. L'embarcation fut accueillie à coups de feu et le *Darmouth* dut soutenir d'une vive fusillade l'armement de son canot. La frégate égyptienne *Irenia* ouvrit alors le feu sur la *Sirène*, le bateau-amiral de Gauthier de Rigny, qui riposta, et, de proche en proche, toute la baie s'embrasa.

La flotte de la Triple Alliance comprenait vingt-six unités portant mille deux cent quatre-vingt-dix-huit canons et dix-huit mille hommes, mais une partie de la force russe s'était encalminée devant la rade. C'était donc un combat très inégal qui commençait. Près de trois mille trois cents pièces d'artillerie se mirent à tonner dans la fumée épaisse qui s'accumulait. Les bâtiments flambaient comme des torches, les mâts s'abattaient avec fracas, des volutes noires obscurcissaient le ciel, les éclairs des canons perçaient la brume opaque comme des lueurs d'orage. Les canonniers chrétiens – qui avaient noté en professionnels, dès leur entrée sur rade, la position des navires d'Ibrahim Pacha – tiraient en aveugle mais avec des hausses exactes.

Malgré leur fougue et leur courage, les marins turcs, qui dispersaient leurs coups au hasard, perdirent en quelques heures la totalité de leurs forces. Des grappes de naufragés flottaient au milieu des épaves brûlantes, les cris des combattants et des blessés, les explosions des poudrières, les clairons qui sonnaient sans relâche donnaient une dimension d'apocalypse à cet ouragan de fer et de flammes. Plutôt que de se rendre, les Turcs incendiaient eux-mêmes ce qui restait de leurs navires ou les jetaient à la côte pour les briser. Le combat dura jusqu'à la nuit. Quand la fumée se fut dissipée, au petit jour suivant, la baie de Navarin présentait un tableau effroyable. Si les bateaux alliés portaient les profondes balafres du combat et nécessitaient un retour rapide dans les arsenaux, la flotte turco-égyptienne n'était plus qu'un monceau d'épaves et les morts se comptaient par milliers.

Le capitaine Le Henaff, qui se délectait du récit qu'il avait recueilli de la bouche même des équipages français et anglais se rendant au radoub, et Alexandre, qui avait enfin son combat naval, se réjouissaient si fort de la défaite musulmane que le chevalier Rousseau dut les rappeler à une plus grande prudence.

« Il faut, dit-il, porter immédiatement cette nouvelle à mon collègue anglais, car s'il est vrai que nous venons de remporter une grande victoire, nous devons redouter les réactions de la population dès que le drame sera connu. »

Alexandre se proposa donc pour conduire le narrateur au consulat d'Angleterre.

Le colonel Warrington reçut les deux messagers avec étonnement et des sentiments mitigés tant sa hargne était vive à l'égard des Français. Mais la seule annonce de la victoire de sir Edward Codrington, vice-amiral de la flotte alliée et Gallois de Gloucester, le transporta d'enthousiasme. Il écouta si attentivement le rapport du capitaine breton qu'Alexandre put se retirer discrètement pour aller saluer Emma qu'il avait entrevue sur la véranda. À l'abri des regards, ils s'enlacèrent quelques instants, mais il était si exubérant qu'elle comprit que quelque événement extraordinaire s'était produit.

«La flotte franco-anglaise, dit Alexandre, vient de remporter, en Grèce, une grande victoire qui est comme le symbole de notre amour.»

Il l'embrassa fougueusement et s'esquiva, laissant la jeune femme interdite.

Le consul, tout à sa joie, convia ses visiteurs à porter un toast aux bateaux français et aux équipages d'Angleterre et les accompagna jusqu'au porche d'entrée.

Son exaltation fut cependant de courte durée, car il connaissait la sensibilité maladive de l'Islam et appréhendait, comme le chevalier Rousseau, les réactions de la rue.

Il savait notamment que Tripoli était pratiquement sans protection, l'armée du pacha était dans le Djebel où les tribus de Mohammed el-Mamouni étaient entrées en dissidence. Le bey ne disposait que de quelques dizaines de gardes. Il suffisait d'une poignée de fanatiques ou de quelques prêches malencontreux des imams du vendredi appelant à la guerre sainte, pour que la populace se jetât dans les rues et se déchaînât contre les chrétiens. En sa qualité de doyen du corps consulaire, il convoqua tous ses collègues et leur conseilla de se réfugier à Malte avec leurs familles à la première alerte. La plupart des chefs de poste partagèrent l'analyse du colonel et s'apprêtèrent à embarquer sur l'un des vaisseaux qui se trouvaient dans le port.

Par fierté, par désir de singularité, mais également par courage, le chevalier Rousseau refusa de partir et laissa ses portes ouvertes. Toute sa famille entreprit de le faire changer d'avis, mais cet homme était inflexible et rien ne pouvait l'entamer quand il croyait son honneur et ses devoirs en jeu. Alexandre trouva un prétexte pour rencontrer Frederick et Jenny au consulat britannique avec l'espoir de se ménager un tête-à-tête avec Emma. Il trouva devant lui une jeune femme impassible et insouciante de tout danger. Elle savait qu'elle n'échapperait pas à l'exode des Warrington puisque son père en avait décidé ainsi ; elle avait seulement hâte d'apprendre ce qu'allait faire Alexandre.

« Mon père, dit celui-ci, a décidé de rester à Tripoli et il n'admettra aucun prétexte pour que je me rende à Malte.

— Ton père a raison, dit-elle, et j'approuve son courage. J'aurais bien aimé pourtant visiter La Valette avec toi, je connais toutes les rues autour de la place du grand siège et j'admire les hautes murailles qui plongent dans la mer. »

Il la prit dans ses bras et l'embrassa longuement, savourant l'étrange bonheur qui s'emparait de lui chaque fois qu'il sentait son corps ardent palpiter contre le sien.

« Ne crains rien, lui dit-elle en plongeant son regard plus limpide qu'un ciel d'azur dans le sien, ce ne sera pas long, et je te retrouverai dans quelques jours. Je connais mon père, il ne pourra pas vivre une semaine loin de son travail, de son jardin et de ses rosiers. D'un autre côté, si cette diversion pouvait lui changer les idées, la vie deviendrait plus agréable à la maison. Il n'a toujours que les papiers de Laing en tête, il ne cesse de soupçonner tout le monde, de tenir des conciliabules avec des messagers qui exploitent sa crédulité. Il se fâche pour la moindre chose, gronde ma mère et me dispute parce que je n'ai pas l'air assez triste, assez veuve, assez digne. Si tu savais, Alexandre, comme je suis lasse de ces querelles, de ces tragédies. Les hommes ne semblent se complaire que dans le drame. Laing lui-même avait, comme mon père, la tête pleine de devoir et de gloire, et je devais se contenter d'une petite phrase dans un carnet de route, d'une pensée entre une leçon de géographie et une comptabilité de chameliers. Et maintenant, que sont devenues ses latitudes et ses longitudes, son baromètre et cette horloge qui lui donnaient tant de soucis. Alexandre, mon chéri, redis-moi que tu m'aimes pour moi seule, rien que moi et que tu ne me quitteras jamais !»

Alexandre souffrait toujours quand Emma lui parlait de l'autre, mais il lui pardonnait car elle était sincère. Il éprouva un tel besoin de la consoler qu'il lui tressa une véritable guirlande de serments amoureux, entremêlés de caresses. Elle laissa glisser une larme discrète et s'abandonna contre lui.

De retour à son consulat, le cœur lourd de mélancolie et d'impuissance, l'élève vice-consul trouva son père entouré des nationaux français qui approuvaient son attitude. Les Maures, disaient-ils, sont prompts à s'enflammer mais leurs querelles restent souvent sans lendemain. Après tout, ce sont les Turcs et les Égyptiens qu'ils détestent qui ont pris la raclée, et même si Allah n'y trouve pas son compte, ils s'en consoleront facilement. Il faut dire simplement aux chrétiens de ne pas traîner dans les rues pendant quelques jours, d'être prudents et de tenir leur langue – c'est tout.

Le messager du colonel Warrington, qui se présenta une nouvelle fois, en début de soirée, pour annoncer le départ de son maître et renouveler son invitation, fut remercié avec courtoisie mais fermeté.

Le chevalier griffonna à la hâte une lettre à son collègue français de Malte pour lui dire que la bataille de Navarin avait produit à Tripoli une vive impression sur le pacha et provoqué une grande inquiétude parmi les chrétiens. Comme il manquait d'informations et craignait de voir les Barbaresques se porter à des actes de violence, il insistait pour que des navires français vinssent croiser au large des côtes. Il ajouta que la tartane qui porterait ce pli devait revenir au plus vite avec, si possible, des indications sur la position de la France et de ses alliés.

Alexandre fut prié de porter le message au patron du navire qui attendait au port. Au moment où il atteignit l'extrémité du môle, le bateau qui emportait la colonie anglaise à La Valette défila, toutes voiles dehors, sur la rade. Sur le gaillard d'arrière, une silhouette blanche agita longtemps une écharpe qui ondulait au vent. Le jeune homme dénoua sa cravate et la brandit frénétiquement à bout de bras. Quand le voilier eut franchi les passes et ne fut plus qu'une silhouette lointaine sur la mer, quelque chose se brisa en lui qui le laissa sans force et sans volonté.

Après trois jours d'effervescence, la ville retrouva le calme. Quelques maisons de chrétiens avaient été lapidées, des prisonniers du bagne malmenés, mais le retour du Djebel de l'armée victorieuse du pacha avait détourné l'attention du bon peuple qui ne se lassait jamais des fastes de la cour. Dès que la nouvelle de l'arrivée du prince Sidi Ali dans les faubourgs de Bab-Azizia fut connue et que le pacha eut décidé de se porter au-devant de son fils dans le plus grand arroi, Tripoli ne pensa plus qu'à la victoire.

Dès six heures du matin, le tambour commença à battre dans le château et la nouba royale fit entendre ses flûtes et ses buccins. Une grande foule se jeta aussitôt dans les rues et accourut à la porte sud pour assister au départ du prince.

À sept heures, les portes s'ouvrirent et le grand chaouch, monté sur un cheval de parade, apparut dans l'encadrement du portail. Il portait, devant sa selle, une immense timbale sur laquelle il frappait à coups redoublés sur un rythme lent. Sa tenue, qui ressemblait à celle des autres gardes, en différait cependant par une griffe d'or qu'il portait sur le côté gauche de son turban et par le large pectoral d'argent qui scintillait sur son premier gilet.

Six chaouchs, en costume écarlate serré à la taille par une ceinture de cuir, le suivaient à pied. Ils arboraient, à la mode turque, de hautes coiffures blanches en forme de corne d'abondance. Les trois queues, insigne des pachas de Tripoli, étaient portées par le premier d'entre eux sur un coussin de velours bleu.

À quelques mètres en arrière venaient les gens du pacha en tenue d'apparat, la main droite sur la garde de leur sabre et la gauche serrant une baguette d'argent.

Les domestiques et la suite du prince, au nombre de deux cents personnes, suivaient en rang par trois, enveloppés dans leurs barracans couleur de rouille.

Quand le flot se fut écoulé, apparut sur son cheval noir l'illustre Youssouf Karamanli, zélé serviteur de Dieu, prince des fidèles, soutien de la religion, gouverneur de la ville guerrière de Tripoli, la bien-gardée. Il portait un caftan de satin et un immense turban bordé de franges dorées et de fourrures de grand prix. Ses bottes de cuir rouge s'enfonçaient dans des étriers d'or. Son cheval était luxueusement caparaçonné et arborait cinq colliers de métal précieux sur l'encolure. Près du pacha se pressaient les officiers d'État dans l'ordre de leur rang. D'un côté chevauchait son porte-épée, de l'autre son Premier ministre.

La foule poussa des clameurs de joie, les femmes lancèrent des youyous stridents et les hommes firent entendre le «loo-loo» qui ressemble à un chant de guerre. Dans leurs maisons bien closes, les chrétiens surent alors que tout danger était écarté. De grandes fêtes allaient marquer le retour du jeune prince victorieux. Du blé, de la viande et des dattes seraient distribués. Allah, dans sa grande sagesse, avait voulu punir les uns et récompenser les autres, que sa volonté soit faite !

Alexandre, son frère Antoine et Vattier de Bourville assistèrent au triomphe de Sidi Ali du haut des terrasses du consulat. Quatre cents cavaliers entrèrent dans la ville en tirant des salves de leurs longs fusils aux crosses incrustées de nacre et d'ivoire, le pacha chevauchait aux côtés de son fils, le peuple de Tripoli acclamait les vainqueurs du Djebel; de grands troupeaux de chevaux, de moutons et de chèvres, capturés par représailles au cours de la campagne, avaient envahi les palmeraies avoisinantes. Le cortège royal se dirigea vers la grande mosquée pour une prière d'action de grâces et seuls les ministres du palais et les officiers de haut rang furent admis à pénétrer dans le saint édifice.

Quelques heures plus tard, quand le prince et son fils eurent franchi la porte du château, les batteries tirèrent vingt coups de canon auxquels répondirent quelques salves des bateaux présents sur la rade. La foule se dispersa comme à regret à travers les ruelles et le souk. Les rares consuls encore présents à Tripoli ouvrirent les portes de leurs résidences et se rendirent chez le pacha pour le féliciter.

Vattier de Bourville prétendit qu'il était de ceux qui avaient convaincu le consul de France de ne pas quitter Tripoli. Nul ne se souvenait d'avoir entendu sa voix, mais il l'affirmait avec une telle assurance que personne n'osa le contredire.

À Malte, le colonel Warrington apprit la victoire de Sidi Ali avec consternation. Sa longue pratique de l'Afrique l'assurait qu'après un tel fait d'armes, la colère du peuple était calmée et qu'il n'y avait plus de danger pour les chrétiens dans la régence. Il enrageait d'avoir manqué de sang-froid et d'avoir poussé tout son monde à évacuer la ville. Il ne trouvait pas de justification à son attitude et sa superbe légendaire en était mortifiée. À la table du gouverneur anglais, Jane Eliza et Emma faillirent provoquer un esclandre en parlant des Français qui étaient restés à leur poste. George Hanmer se contint difficilement et en voulut un peu plus au représentant de la France.

Pour échapper à la mauvaise humeur de leur père, les aînés Warrington entreprirent de visiter l'île sous la conduite de quelques enseignes de la marine, neurasthéniques par désœuvrement. Le paysage de collines arides, les touffes d'orangers et de dattiers dans les bas-fonds et les minuscules jardins bordés de murs de pierres sèches plurent à Emma. Dans la montée de Dingli, les chevaux s'essoufflèrent et il fallut descendre de voiture pour parcourir les derniers lacets qui conduisaient à une auberge fameuse. À l'abri d'un éperon rocheux, la bâtisse rustique faisait face au grand large, le coup d'œil était grandiose, d'immenses falaises aux couches inclinées plongeaient dans la mer bleue, un sentier de chèvres abrupt serpentait jusqu'à une anse minuscule où se balançaient deux barques de pêche. La petite île de Filfola pointait son roc noir sur un piédestal d'écume à quelques milles de la côte. Le soleil, au sommet de sa course, éveillait des senteurs de lavande, de thym sauvage et de lentisques, qui flottaient par bouffées entre deux risées. Les jeunes gens prirent place autour de la table mal équarrie, et une fille, sombre comme la nuit, disposa des verres torsadés et deux fiasques de vin de Palerme. John Straham, un enseigne écossais aux favoris de paille et à l'œil vert, n'avait de regards et de sourires que pour Emma. Il se dépensait en prévenances, en mots d'esprit qui provoquaient des gloussements moqueurs chez ses compagnons.

Par curiosité ou coquetterie, elle éprouva tout à coup le désir de jouer avec ce soupirant qui se jetait à ses pieds. Pourtant, elle resta réservée et pensive devant ce jeune Écossais à chevelure rousse, au teint rosé et à la bouche gourmande, qui lui rappelait malencontreusement un autre enfant d'Édimbourg, qui avait traversé sa vie comme un météore. Emma se tourna vers la mer, sereine, pour chasser cette image obsédante. Là-bas, au-delà de la courbe de l'horizon, il y avait un autre amour, plus tendre et plus fascinant que toutes les ardeurs de ces jeunes fauves qui ne jetaient sur elles que des regards pleins de désir. Il y avait Alexandre, le prince charmant, qui la comprenait si bien et lui disait si délicatement ce qu'elle avait tant soif d'entendre. Que faisait-il maintenant dans son consulat morose ?

Elle savait qu'il ne pensait qu'à elle tout au long de la ronde des jours. Une bouffée d'amour lui noua la gorge, et Louisa, qui l'observait, vint l'embrasser pour lui témoigner simplement qu'elle l'aimait et connaissait le fil de ses pensées. Après le déjeuner, la joyeuse troupe alla s'asseoir au bord de la falaise. Frederick, qui avait apporté ses pistolets, s'exerça au tir avec deux aspirants. Jenny, qui avait trop sacrifié au marsala, disait des bêtises en riant aux éclats. John Straham se glissa près d'Emma pour mieux lui faire sa cour.

« Que vous avez de longues mains, lui dit-elle, voulez-vous me les montrer ? »

Il avait effectivement des doigts longs et effilés et une paume étroite et plate qui contrastait avec sa carrure athlétique.

« C'est les mains de ma mère, fit-il d'un air gêné. C'est une pianiste de talent mais je n'ai malheureusement pas hérité de ses dons. »

Emma contempla longuement le lacis des lignes pâles qui s'entrecroisaient sur les paumes et dit :

« Vous n'avez guère plus de chance que moi. Votre ligne de vie est trop brève. Comparez, dit-elle en tendant sa main. Voyez-vous ce sillon si court, c'est ma vie ; celui-ci, rouge et profond, c'est mon cœur. La petite ligne là, à peine esquissée, c'est ma tête, autrement dit pas grand-chose.

— Je crois que vous vous trompez, dit l'Écossais. Dans ma famille, on vit centenaire et j'ai le cœur plus chaud que l'Etna.

— Alors méfiez-vous, dit Emma, l'amour est un philtre dangereux qu'il faut manier avec précaution, car il peut apporter les plus grandes extases ou les plus profondes détresses. Il y a même des moments où il serait préférable de mourir plutôt que de s'obstiner à le poursuivre.

— Que voilà bien de la mélancolie chez une aussi gracieuse personne, reprit l'enseigne en riant. Permettez-moi, mademoiselle, de chasser vos vilaines idées.

— Vous êtes Capricorne, n'est-ce pas? poursuivit Emma, imperturbable.

— Mais oui, répondit-il, comment l'avez-vous deviné?

— C'est ainsi, dit la jeune femme. Je connais tous les signes et je ne me trompe jamais.»

John Straham la regarda, intrigué, éprouvant tout à coup une vague inquiétude. Il était au fond très superstitieux et n'aimait pas badiner avec les présages.

«Marchons, dit Emma, la fraîcheur de l'air va nous saisir si nous n'y prenons garde.»

Ils se levèrent et se dirigèrent en flânant vers les voitures qui étaient garées derrière l'auberge. Le jeune marin lui fit une cour si insistante qu'elle s'en amusa. Il lui parla de la revoir demain, après-demain, tous les jours avant son départ et même à Tripoli où le *Cameleon* ne manquerait pas de relâcher à l'occasion de quelques missions. Elle eut envie de le faire tourner comme un toton, mais elle se retint devant tant d'enthousiasme. Lui la trouvait merveilleuse, désirable, à la fois mystérieuse et inquiétante comme les fées de son enfance dans les légendes gaéliques.

Comme le soleil commençait à décliner, les promeneurs prirent la route du retour par Medina et parvinrent à La Valette à la tombée de la nuit.

Quand les jeunes Warrington pénétrèrent dans le hall du palais du gouverneur où ils résidaient, ils surent, au premier coup d'œil, que leur père avait décidé de retourner à Tripoli. Plusieurs malles bossues étaient déjà bouclées près de la porte. Dans sa chambre, Jane Eliza mettait la dernière main à ses cartons à chapeaux. Le petit Osy rangeait son jacquet. Le colonel, plus soucieux que d'habitude, parcourait à grands pas la galerie comme un capitaine désemparé. Le lendemain, aux premières heures de la matinée, le *Peloris* leva l'ancre pour la côte de Barbarie. En traversant la grande darse, il défila devant le *Cameleon* et l'*Alacrity* qui, toutes voiles carguées, tiraient sur leurs aussières. Sur le gaillard d'avant des deux bateaux, une poignée d'enseignes en pantalon blanc étaient rassemblés malgré l'heure matinale. Certains d'entre eux simulaient par plaisanterie des signaux de détresse avec les bras.

Emma reconnut la longue silhouette de John Straham et dit à Jenny qui se trouvait à son côté :

« C'est dommage qu'il ait une ligne de vie si courte, celui-là, car je te l'aurai offert pour mari.

— Ce qui est surtout dommage, dit Jenny, c'est que tu n'es généreuse qu'avec ce qui ne t'appartient pas. »

Elle ajouta quelque chose qui se perdit dans le claquement des voiles qui prenaient la brise de nord-ouest par le travers de la grande passe.

*

La mer était calme, le ciel sans nuages et la brise porteuse. Le *Peloris* filait allègrement ses vingt nœuds et le capitaine laissait prévoir l'arrivée pour le courant de l'après-midi.

La journée s'annonçait si paisible et si douce que chacun avait pris ses quartiers sur le pont supérieur pour se détendre au soleil, somnoler, lire ou rêver selon sa guise. Emma avait tiré son rocking-chair près de sa mère qui était plongée, pour la centième fois, dans les *Odes* de Keats, son poète préféré.

Jane Eliza avait une âme sensible portée à la mélancolie et parfois au morbide, mais elle prétendait que cette conscience de la précarité de la vie lui permettait d'apprécier les saveurs de l'existence et de mieux supporter la routine des jours. Imaginative et fantasque, elle recherchait, dans le merveilleux des légendes et la poésie, une compensation à ses désirs insatisfaits. Instinctive et bohème, elle était plus préoccupée de découvrir les mouvances profondes de ses enfants que de leur imposer des règles d'éducation et de discipline.

Emma adorait sa mère mais ne lisait pas Keats, qui l'ennuyait à mourir; elle préférait Shelley, plus romantique à son goût, plus friand de vie et de beauté. Il était mort quelques années auparavant dans ces parages méditerranéens, au cours d'une tempête; son âme vagabonde devait flotter quelque part autour d'elle dans la brise d'automne.

Pour l'instant, il faisait si bon avec ce soleil de miel et le balancement du navire qu'elle se sentait plongée dans une langueur euphorique. Elle se laissa porter par son rêve intérieur et dressa par petites touches, comme une aquarelliste de fleurs, le bilan de son escapade maltaise.

Ces deux semaines de liberté lui avaient rendu sa jeunesse et sa joie. Les vingt-huit mois qu'elle venait de passer à attendre vainement le retour de Laing, ses nuits d'insomnie et d'angoisse, lui apparaissaient comme ces maladies d'enfance dont on garde le souvenir amer et brouillé par le temps. Elle avait été prisonnière d'un monde sans issue où elle n'avait d'autre compagnie qu'un amour impossible, une passion éthérée dépourvue de toute réminiscence charnelle. Elle ne se souvenait même plus de ses fiançailles précipitées, de ses noces dramatiques et du départ inopiné de son bien-aimé qui ne lui avait donné qu'un baiser furtif et s'était évanoui dans les sables dont il ne devait plus revenir.

Le départ pour Malte avait été pour elle une fenêtre ouverte qu'elle percevait, après coup, comme la fin d'un sortilège, une césure bienheureuse dans un enchaînement maudit ; maintenant, elle allait retrouver un nouvel amour, non plus une de ces bourrasques du cœur qui vous emportent comme l'orage, mais une passion profonde, lentement mûrie au fil des jours, une passion pétrie de pensées délicates, de pudeur et de flamme.

Alexandre l'attendait et dans quelques heures, elle serait dans ses bras, elle lui offrirait non seulement la chamade de son cœur, mais la promesse d'être à lui pour toujours et de s'éveiller à chaque aube de leur vie comme si c'était leur premier matin.

Elle lui raconterait l'accueil si chaleureux qu'elle avait trouvé à La Valette auprès de la femme du gouverneur, une Galloise comme elle. Elle lui dirait le bel entrain des jeunes officiers de la marine, elle lui parlerait des légendes celtiques que lui avait contées la mystérieuse Ryannon, la femme de chambre, dont elle partageait les services avec sa mère et Jenny. Originaire de l'île d'Anglesey, dans la mer d'Irlande, une terre où s'ébattaient, paraît-il, quatre mille sorcières blanches et noires, Ryannon avait été frappée par la beauté d'Emma et la contemplait avec la dévotion qui est due aux reines et aux fées.

Elle l'avait initiée soir et matin au monde merveilleux de ses landes et de ses forêts où tous les princes étaient beaux et braves, tous les rois cruels et inflexibles, toutes les femmes amoureuses, sensuelles et indomptables.

Cet univers n'obéissait pas aux turpitudes terrestres mais au charme des druides et des sorcières, qui faisaient surgir des nuées des palais de cristal et des grottes enchantées où veillaient des géants qui chassaient les dragons.

C'est ainsi qu'Emma avait fait la connaissance de Cred, la promise du roi d'Écosse, qui, ne pouvant franchir les obstacles qui contrariaient ses amours, s'était brisée la tête contre un rocher. Puis de l'aventureuse Deirdre à qui les druides avaient prédit, le jour de sa naissance, qu'elle serait de très loin la plus belle mais la cause de grands malheurs. Deirdre était amoureuse de Noïsi, le beau guerrier qu'elle suivit partout, même en exil, mais il ne voulait pas d'elle à cause de la prophétie de sa naissance. Quand le roi Conchobar, qui la désirait pour femme, fit mettre à mort Noïsi, elle le pleura si désespérément qu'elle se rompit le crâne.

Il y avait eu également la bouillante Iseult et le preux Tristan qu'un philtre magique avait unis et lancés dans tous les dérèglements de l'amour. Ils moururent ensemble, mais leur cœur bat toujours.

Quant vint le tour de Branwen et de Blodeuwedd, Emma avait déjà perdu pied dans les arcanes de l'imagination celtique, mais elle ressentait une étrange fascination devant tant de passions et de destins tragiques.

«Mon Dieu, disait-elle, faites que je garde toujours celui que j'aime et que tous les esprits méchants s'écartent de ma voie.»

Le vent murmurait doucement dans les voiles, la mer se déchirait en crissant comme un châle de soie, on entendait quelque part, vers la poupe, des coups de pistolet et des rires. Elle pensa que ses frères, sa sœur aînée et quelques midships tiraient, pour se distraire, sur les poissons volants ou les oiseaux de mer.

Le colonel Warrington était resté dans le carré des officiers et méditait amèrement devant un cruchon de whisky. Ce retour sans gloire à Tripoli et le sentiment d'avoir commis une faute obsédaient son esprit. Comment ai-je pu, se demandait-il, avoir manqué de sang-froid au point de rassembler les Maltais, les citoyens britanniques de la ville et d'ameuter les consuls pour échapper à un danger imaginaire? Était-ce un sentiment de peur ou le vieillissement? À l'approche de la cinquantaine, il se sentait pourtant plein d'énergie et capable d'un jugement serein. À force de vivre parmi les Maures, pensait-il, je me laisse envahir par leur fatalisme et leurs faiblesses. Mon collègue français, que j'avais tant incité à partir, doit bien rire de ma précipitation, sans parler de l'Espagnol, du Hollandais, du Danois et du Suédois que j'ai entraînés dans cette aventure grotesque.

Qu'allait-il trouver au consulat? Quelles nouvelles de Ghadamès, du Touat ou de Tombouctou? Il y avait maintenant plus d'une année qu'il n'avait rien reçu de Laing et s'il était prouvé qu'il n'avait pas atteint la côte du Bénin ou les comptoirs du Sénégal, c'est qu'il était mort. Assassiné sans doute ou disparu corps et biens comme Mungo Park. Quant à Clapperton, qui s'était évanoui dans les solitudes du Sahel, était-il parvenu à Kano ou à Sokoto? Le fanatisme du sultan Bello, qui ne cessait d'étendre son empire dans l'immense Niger, pouvait justifier toutes les inquiétudes. L'échec de ces deux voyages serait un coup irréparable pour les desseins de l'Angleterre et une perte cruelle pour lui-même qui s'était associé si étroitement à leurs projets. Tout sentait le complot dans cette affaire, et Laing était un benêt – un garçon intelligent et courageux certes, mais sans malice – plus prompt à s'enflammer pour de ridicules amours qu'à déjouer les intrigues ourdies autour de lui! Foi de consul général de Sa Majesté et d'officier britannique, il en aurait le cœur net et démasquerait les traîtres et leurs complices!

Quand la terre fut annoncée, il monta sur le pont et regarda poindre la ville comme sa patrie retrouvée; il y avait déjà treize ans qu'il vivait sur ce promontoire de

Barbarie, treize années de calculs avortés et de victoires éphémères. Il chercha attentivement la silhouette de sa maison et de son jardin, au bout de la Meshia, au sommet de la falaise, et fut bouleversé par la vue de cet ensemble qu'il avait fait naître pierre après pierre, arbre après arbre.

Le *Peloris* tira trois coups de canon pour annoncer son entrée dans la darse.

La grande embarcation du consulat avançait déjà sur la rade à force de rames et l'imposante silhouette de Peter Lyle, le chef du port, se profilait à l'avant comme le symbole vigilant des intérêts anglais. À neuf heures, le consul général et sa famille étaient de retour dans leur résidence, où M. Warrington retrouva son bureau avec un profond soulagement. Sans prendre de repos, il fit appeler son vice-consul, John Rossoni, et le pressa de lui présenter, sur-le-champ, les affaires en instance. Il y avait quelques lettres venues de Londres et deux rapports en arabe provenant, l'un de Mourzouk et l'autre de Ghadamès. Le premier avait pour auteur un certain Fezzani, originaire du Bornou, qui confirmait la prise de pouvoir à Tombouctou par les Fellatas et l'assassinat de Laing. Ce Fezzani était bien connu de Warrington, aussi son témoignage fut-il épluché avec soin et longuement commenté. Le second n'était qu'un mémoire présenté par un commerçant d'In-Salah, qui réclamait avec insistance une modeste somme d'argent que le major ne lui avait pas payée à son départ pour le sud. Le colonel s'irrita de la mesquinerie de ces grands notables, qu'il qualifia de détrousseurs de piste. Il jugea également que le rapport de Fezzani était trop sommaire et dépourvu de preuves convaincantes. Il décida donc de renvoyer l'informateur à Tombouctou avec un viatique suffisant pour mettre un point final à l'enquête.

Ses instructions étant données, il fit appeler sa voiture et prit le chemin du jardin anglais où ses rosiers mouraient de sa trop longue absence.

En apprenant le retour inopiné de son collègue, le chevalier Rousseau se contenta de sourire de sa mésaventure et tourna discrètement en dérision l'inexplicable panique du colonel de Wellington. Il se félicita, sans trop de modestie, du sang-froid que les Français avaient manifesté sous sa haute direction. Il était d'ailleurs très satisfait de la tournure que prenaient ses affaires à la cour du pacha. Les chevaux offerts par le prince à Charles X attendaient leur embarquement pour Toulon. L'artillerie destinée au bey venait d'arriver à Tripoli. L'article de *L'Étoile* avait eu un grand retentissement et le rédacteur en chef du journal lui réclamait maintenant un rapport détaillé sur l'état de la régence. Enfin, Hassouna D'Gheis prétendait avoir découvert deux exemplaires du fameux livre de Sidi Ahmed Baba d'Arwan quelque part dans le Touat, et avait envoyé discrètement un homme de confiance pour les acquérir.

Décidément, pensait le consul, un peu de savoir-faire, de culture et de curiosité vaut mieux que toutes les caravanes pour connaître l'Afrique. Il ne perdait aucune occasion de conforter ses idées favorites et éprouvait un subtil plaisir à égratigner l'arrogante Angleterre et son prétentieux représentant. Après l'accueil flatteur fait à ses comptes rendus dans la presse de Paris et de Marseille, il rêvait, en taillant sa plume, de quelque nouvel article qui ferait date dans les annales africaines.

Alexandre était à la fois bouillant d'impatience et bouleversé intérieurement à la pensée de retrouver Emma. Malgré le flot de passion qu'il éprouvait pour elle et qu'il sentait partagé depuis leur promenade en barque chez les Dickson, elle lui apparaissait encore comme un objet précieux rendu inaccessible par d'infranchissables barrières.

Les deux longues semaines de séparation qui venaient de s'écouler l'avaient laissé désemparé et en proie à des sentiments contradictoires dont la jalousie n'était pas absente. Le passé était-il définitivement mort ? Comment allait-il retrouver les feux de leur amour après cette bourrasque de grand air ?

Vattier de Bourville lui avait perfidement laissé entendre que Malte était un lieu de perdition où la flotte anglaise maintenait une armée de jeunes officiers désœuvrés, toujours sollicités par des bals, des garden-parties, des réjouissances de toute espèce. Selon lui, personne ne pouvait échapper à cette nouvelle Sodome, et Ulysse lui-même, en d'autres temps, n'y avait-il pas oublié pendant sept ans, auprès de la nymphe Calypso, sa fidèle Pénélope. Alexandre n'avait cure des références mythologiques du chargé d'affaires, mais une cour assidue tournant autour d'Emma lui était insupportable. Au risque de paraître indiscret, il se précipita au consulat général d'Angleterre. La vieille demeure était encore bruissante du retour des exilés et, dans la cour intérieure, les domestiques s'affairaient autour des derniers bagages. Alexandre leva les yeux et aperçut, accoudée à la balustrade du premier étage, la silhouette d'Emma, qui faisait écho à son impatience. Il gravit prestement les marches du perron et s'engouffra dans l'escalier intérieur. Ils se retrouvèrent haletants l'un devant l'autre. Elle portait sa robe d'organdi bleu qui mettait si vaporeusement en valeur sa sveltesse et faisait ressortir le hâle doré du soleil de Malte sur son visage et ses avant-bras. Ils s'embrassèrent fougueusement et quand ils eurent retrouvé leur souffle, Emma lui dit simplement :

« Viens au salon de musique, personne ne nous dérangera. Mon père est déjà parti à la Meshia, maman se repose et mes frères sont dans leurs chambres. »

Dans la lumière tamisée de cet après-midi de novembre, une douce pénombre baignait le petit salon qui sentait la cire et le feu de bois; les serviteurs avaient allumé une flambée de tamarin pour chasser l'humidité et redonner vie et parfum à la maison endormie. Ils s'assirent près du piano et se prirent les mains, puis, brusquement libérés, entreprirent avec mille détails ponctués de fous rires, le récit des péripéties de la quinzaine. Bientôt, Alexandre n'ignora plus rien de la vie à Malte, des récits sans fin de Ryannon, des excursions et des soirées guindées de l'amiral et du gouverneur anglais. Il imagina les remparts, se perdit dans les ruelles populeuses de la ville fortifiée, parcourut la campagne et fit, sans trop de plaisir, la connaissance d'un enseigne écossais au destin menacé par une ligne de vie trop brève dans une main trop longue. Emma, de son côté, assista au triomphe de Sidi Ali, aux réjouissances de Tripoli et aux errances sans but d'un Alexandre esseulé, cherchant dans les rues avoisinantes et les abords du jardin anglais, à l'autre bout de la Meshia, quelque écho de celle qu'il aimait. Les doigts d'Emma se posèrent sur le clavier du piano et frappèrent quelques notes. La *sonate numéro 11* de Mozart prit forme d'un seul coup et jaillit comme ces flammes qui s'allument spontanément entre deux tisons que l'on rapproche.

La mélodie s'échappa comme une bouffée de parfum, filtra le long des galeries et des couloirs et parvint jusqu'à la chambre des filles. Jenny et Louisa rangeaient leurs robes et leurs jupons dans la grande armoire élisabéthaine qui occupait tout un pan de la pièce. Elles se regardèrent.

« Voilà Mozart, dit Jenny avec un petit sourire crispé, nous pouvons aller dire bonjour à Alexandre. »

Elles abandonnèrent leurs malles et leurs corsages et jetèrent un coup d'œil sur le miroir pour s'assurer de leur bonne apparence. Elles éprouvaient toutes deux des sentiments plus complexes que de la simple sympathie à l'égard d'Alexandre. Jenny, qui jalousait sa sœur cadette pour ses conquêtes, Jenny qui avait rêvé en son temps de Laing, était présentement amoureuse de lui. Elle n'avait jamais trop nourri d'espérances à son égard. Elle avait l'habitude de se résigner. Pour l'instant, elle était heureuse de le retrouver et de l'entendre. Louisa était encore trop sujette aux timidités de l'adolescence pour s'attacher aux soupirants d'Emma, mais elle les observait avec une curiosité gourmande, à travers ses longs cils sagement abaissés.

Alexandre lui avait dit un jour :

«Comme tu as de beaux yeux, Louisa, les yeux de Schéhérazade.» Elle s'en était émue de plaisir et se sentait très fière que quelqu'un s'en fût aperçu. Quelqu'un de très beau, comme Alexandre, qui avait également des yeux profonds d'Oriental et savait, comme personne, dire des paroles charmantes aux jeunes filles.

En débouchant dans le couloir, les deux sœurs se heurtèrent à Frederick qui portait une cage tunisienne finement ouvragée.

«Nous allons chez Emma pour saluer Alexandre, tu viens avec nous?»

Frederick posa sa cage et les suivit. Le piano s'était tu quand ils atteignirent la porte du salon. Emma était assise devant le clavier et Alexandre se tenait debout à côté d'elle, un paquet de partitions à la main. Ils n'eurent même pas le temps de se retourner que la pièce fut remplie du brouhaha des retrouvailles. Tout le monde parlait à la fois et chacun avait une version de son voyage à Malte à faire valoir. Alexandre regrettait de plus en plus de n'avoir pas été de la partie, mais de toute façon, il ne voyait qu'Emma et n'entendait plus qu'elle.

*

La fin de l'automne avançait à grands pas, les feuilles des platanes, des amandiers et des mûriers avaient viré au jaune, puis au roux et s'envolaient dans les tourbillons de vent qui fouettaient les côtes de Barbarie. Le temps était anormalement sec pour la saison et le colonel Warrington ne décolérait pas de retrouver son jardin en si piteux état. Les massifs ne portaient plus que des fleurs avortées, brûlées par le soleil et les embruns du large. Les lauriers-roses et les buissons ardents s'étiolaient. Seuls les orangers et les bigaradiers laissaient espérer une bonne récolte. Le colonel avait décidé de reprendre les arrosages et battait le rappel de ses jardiniers, quand le bruit se répandit qu'en l'absence du Dr Dickson, demeuré à Malte, trois morts suspectes venaient de se produire au château. Le médecin assistant, qui était attaché au bagne des chrétiens, les avait attribuées à la peste. Les symptômes étaient, paraît-il, comparables : les patients étaient frappés de stupeur et atteints de gonflements sur toutes les parties du corps, ils éprouvaient d'atroces souffrances et devenaient comme fous.

La panique se propagea tel un feu de brousse à travers la ville tant le souvenir de la grande épidémie de 1785 était encore présent dans toutes les mémoires. Abraham Serussi, le vieil interprète du consulat de France, se souvenait encore de cette tragédie qui avait profondément marqué son enfance et rappelait qu'en cette année mémorable, le fléau était apparu à la fin du printemps, propagé par des caravanes venant de Tunisie. En quelques mois, disait-il, le tiers de la population avait été emporté, laissant le pays dans un état de prostration et de misère indicible. Des familles entières avaient disparu sans laisser un seul survivant, des monceaux de cadavres privés de sépulture avaient encombré les rues pendant des semaines, et la cour du pacha avait payé, comme d'habitude, le plus lourd tribut à la mort insatiable.

L'entassement des gens dans ce lieu clos que constituait le château, avec ses appartements mal aérés, ses réduits obscurs et ses bouges d'esclaves, constituait un terrain de choix pour la propagation du mal. Il en allait de même dans la ville où l'accumulation des ordures, l'absence d'eau et l'amoncellement des maisons favorisaient le pullulement des rats et des bêtes errantes. Enfin, comme nul ne doit contrarier son destin, la soumission des Maures à la fatalité leur faisait rejeter les règles d'hygiène les plus élémentaires. On racontait encore qu'au plus fort de la peste, tous les corps étaient collectés jusqu'à midi et rassemblés devant l'une des portes de la ville, où les soldats les chargeaient sur des animaux de bât et les acheminaient vers une mosquée située hors des murs. En fait, de nombreuses victimes restaient dans leur maison et pourrissaient jusqu'à ce qu'une âme généreuse les enterre clandestinement dans leur propre cour ou les charrie, pendant la nuit, jusqu'à la plage la plus proche. Beaucoup d'autres malheureux, qui n'avaient plus d'amis pour les ensevelir, s'assemblaient sous les murs des consulats pour y mourir. Leurs dépouilles entassées attendaient le bon vouloir des diplomates pour trouver une sépulture. Des scènes de folie éclataient fréquemment dans les rues, des femmes échevelées erraient, à demi conscientes, en poussant des hurlements stridents et en lacérant leurs vêtements.

L'annonce d'une nouvelle épidémie jeta la terreur dans la ville.

La rumeur publique faisait état de décès mystérieux que l'on avait cachés tant dans les quartiers éloignés que dans les gourbis de la Meshia. Le bey envoya aussitôt ses gardes pour maintenir le calme. Les maisons chrétiennes barricadèrent leurs fenêtres et leurs terrasses qui donnaient sur la rue, interdirent leurs portes et astreignirent leurs serviteurs à une sévère discipline. Des provisions furent hâtivement rassemblées, de nombreuses jarres contenant un mélange de son, de myrrhe et d'aloès furent préparées en vue des fumigations. Des cordes de paille furent entassées dans les patios pour permettre l'incinération quotidienne des déchets. On chassa des maisons tous les animaux et les volailles dont le poil et les plumes pouvaient favoriser la contamination, on roula dans les salles de séjour les tapis et les rideaux pour ne laisser dans les pièces qu'un ameublement sommaire. Le colonel Warrington fit transporter immédiatement sa famille au jardin anglais dont on barricada les entrées. Les Rousseau s'établirent dans leur villa de Sakkara-Lez. Les autres consuls, qui n'avaient pas la bonne fortune de trouver refuge hors de la ville, mirent leur résidence en quarantaine.

Le pacha convoqua les représentants des nations amies et exigea le retour immédiat à Tripoli du Dr Dickson et de ses deux aides maltais, qui avaient quitté la ville lors de l'équipée d'octobre.

En attendant l'arrivée du navire dépêché de La Valette, la maladie marqua une trêve. Il y eut une victime au château et quelques cas sans gravité à la caserne des mamelouks, puis on n'entendit plus parler de rien. La ville retint son souffle jusqu'à l'apparition de la voile anglaise qui ramenait le docteur. Celui-ci se rendit au chevet des derniers malades, se fit expliquer les symptômes de la maladie et conclut qu'il ne s'agissait pas de la peste mais d'un typhus particulièrement fréquent dans certains douars du Djebel. L'armée victorieuse du prince Ali en avait rapporté les miasmes à Tripoli.

La joie qui accompagna cette nouvelle fut indescriptible, chacun se sentit revivre, les portes furent réouvertes, des danses s'organisèrent spontanément sur les places et les carrefours. On se moqua de la peur générale et du rebouteux du pacha. Les mosquées retentirent de prêches enflammés et de prières de reconnaissance. L'épouse du bey et les jeunes princesses se rendirent de nuit à travers la ville jusqu'au temple d'un saint marabout dont elles avaient demandé l'intercession. Leur procession fit sensation. Elles étaient entourées de leurs dames d'atour et de leurs servantes noires. La garde du pacha, les mamelouks et les eunuques formaient derrière elles une imposante cohorte. La lueur dansante des torches et les vapeurs aromatiques des brûle-parfum nimbaient ce défilé d'un halo féerique. À l'avant de la troupe, le cri des chaouchs menaçaient de mort tous ceux qui oseraient jeter un regard sur le cortège. Les cologis dégageaient la route à coups de sabre. Les voix aiguës des chanteuses accompagnaient d'une mélopée lancinante ce spectacle barbare.

Pour fêter l'évanouissement des spectres, les jeunes Rousseau investirent le jardin anglais aux premières heures du jour suivant. C'était un dimanche matin et M. Warrington célébrait l'office dans le petit temple attenant au bâtiment des communs. Personnage à la fois pieux et soucieux d'autorité, il ne perdait aucune occasion d'ajouter le prestige du pasteur à celui de doyen du corps consulaire. Ses collègues de Suède, de Hollande et du Danemark étaient déjà là, et la chapelle retentissait des chants de louanges au Seigneur. Les Rousseau éprouvèrent une gêne de papistes pris en flagrant délit d'impiété et se dissimulèrent dans les jardins en attendant la sortie des réformés. Leur attente fut de courte durée. Jane Eliza les découvrit derrière un massif en allant jeter un coup d'œil aux cuisines.

«Mais que faites-vous là?» demanda-t-elle tandis qu'Alexandre s'avançait pour la saluer.

Elle lui tendit sa main gantée et lui adressa un sourire. Jane Eliza aimait ce garçon discret et élégant; elle portait, comme sa fille Emma, tout le romantisme de l'Angleterre dans une âme sensible et imaginative. Elle qui récitait Byron et John Keats gardait dans son jardin secret une grande plage vide que le cornette des *dragon guards* n'avait guère remplie. Aujourd'hui, dans l'apaisement des sens et après tant d'années de charges domestiques, elle portait sur le monde un regard indulgent mais une braise vive de jeunesse brûlait toujours dans son cœur.

Dès le premier jour où Gordon Laing était arrivé à la Meshia, elle avait éprouvé un élan spontané pour ce bel Écossais plein de vie, mais elle lui avait trouvé un air Warrington qu'elle ne connaissait que trop ; une vanité à fleur de peau, une passion de gloire, une forte charge d'égoïsme et d'ambition, un entêtement trop excessif pour entendre éventuellement les appels du bon sens. Elle était si proche d'Emma qu'elle avait compris, dans l'instant, que la tendre et romanesque créature allait s'enticher du héros sans prendre en compte les défauts de sa cuirasse. Dès lors, elle avait suivi l'aventure de sa fille comme l'accomplissement inéluctable d'un destin. Elle n'en avait approuvé ni les emportements ni les crises, mais elle ne s'était pas opposée pour autant à sa consécration officielle. Tout lui semblait dans la main du Seigneur et elle avait su par avance, en ce matin du 18 juillet 1825, quand son gendre d'un jour avait pris le départ pour le désert avec son escorte, comment se terminerait cette aventure.

Avec Alexandre Rousseau, l'approche n'était pas la même. Si elle avait été frappée par son charme et sa distinction naturelle, elle l'avait observé avec des yeux de mère puisqu'il avait le même âge que ses enfants et qu'elle avait conscience de sa jeunesse et de sa fragilité.

Elle avait encore une fois deviné qu'Emma ne resterait pas insensible à cette fraîcheur, car ils étaient de la même race et vivaient dans le même univers.

Elle prit Alexandre et son frère Antoine par la main, comme elle l'aurait fait avec ses fils, et les conduisit à la maison.

Toute la famille et les invités étaient réunis dans le grand salon et les salutations se perdirent dans le brouhaha des conversations. Chacun se félicitait de la fausse alerte à la peste et le colonel Warrington proclamait, à la cantonade, que sans la médecine britannique, la ville serait encore en quarantaine. Les jeunes gens se dirigèrent vers la rotonde pour parler plus à l'aise de leurs projets de sortie pour les fêtes de Noël et du nouvel an qui approchaient. Mais était-ce l'émoi de l'épidémie, l'escapade de Malte, la claustrophobie maghrébine, le cœur n'y était pas. Depuis un certain temps, un ennui insidieux pesait sur cette jeunesse enfermée dans le cercle étroit des consulats et soumise aux contraintes islamiques.

La cour du pacha, la compagnie des jeunes princes, la fréquentation des familles de notables leur étaient interdites. Les promenades à l'intérieur du pays étaient dangereuses, les meurtres et les rapts fréquents. En dehors de leurs parents, ils ne connaissaient aucune famille et n'avaient pas de relations sociales véritables. L'Europe leur semblait un paradis lointain et inaccessible. Aucun des enfants Warrington n'avait connu l'Angleterre, et les souvenirs de France des Rousseau se réduisaient à quelques images furtives glanées au hasard d'une escale. Ces jeunes chrétiens n'avaient d'autres exutoires que les sorties à cheval dans l'oasis, les promenades au bord de la mer, les flâneries dans le souk ou les garden-parties de la Meshia.

Parfois, à l'occasion du passage d'un navire de leur nation, un parfum de liberté et d'aventure venait les émouvoir, mais les voiles étaient à peine déployées vers le grand large qu'ils retrouvaient leur monde clos et leur solitude. les jeunes filles se demandaient quel mari viendrait les découvrir, un jour, sur ces terres mal connues et ne se représentaient leur héros qu'à travers l'image de leurs compagnons de tous les jours. Les garçons n'avaient d'autres amies que leurs propres sœurs ou celles de leurs camarades d'exil. Tous vivaient dans un état de promiscuité contraignante. Leurs sentiments, leurs passions les plus intimes ne savaient se porter que sur leurs proches.

Alexandre avait bien eu conscience, dans les premiers temps, de cet enchaînement fatal et avait tenté de s'y soustraire. Mais la beauté d'Emma, ses avances discrètes et assidues, sa présence permanente dans le petit cercle d'amis de la Meshia avaient balayé ses timides réserves.

Seul Frederick, qui n'avait pas d'autres compagnes que ses sœurs, avait trouvé en Faouzia, la jeune servante d'Emma, un refuge affectif et un autre monde.

Faouzia était une jeune Berbère des Riaïna que le Dr Dickson avait recueillie mourante quelques années auparavant, dans le Djebel. Une terrible épidémie avait décimé sa tribu et anéanti sa famille. Le médecin du pacha, qui avait été envoyé par son maître pour secourir quelques hauts personnages alliés de la régence, était revenu à Tripoli avec cette fillette entre la vie et la mort. Il l'avait entourée de soins, guérie et apprivoisée.

Jane Eliza s'était intéressée à cette sauvageonne sauvée par miracle et l'avait engagée au consulat pour le service de ses filles. À l'aube de ses seize ans, Faouzia, bien qu'un peu fluette, avait pris des formes harmonieuses et le port altier des femmes de la montagne. De son visage fermement modelé, de ses grands yeux vert-de-gris, de son teint clair et de sa chevelure sombre aux reflets dorés, rayonnait un charme un peu sauvage qui avait fasciné Frederick.

De son côté, l'adolescente s'était attachée à ce grand jeune homme blond qui parlait couramment sa langue, aimait à se vêtir à la mode mauresque et venait la retrouver, en toute occasion, dans les communs ou les écuries. Elle s'était donnée à lui avec l'engagement total des femmes de sa tribu et veillait sur sa personne avec une vigilance farouche. Frederick était passé maître dans l'art de se ménager des moments de liberté sans manquer aux bonnes apparences, à l'harmonie familiale et à la tutelle inflexible de son père. Faouzia appréciait cette intelligence et cette habileté qui la rassurait sur son destin et la rendait fière de son choix amoureux.

La mise sur pied d'un programme de festivités s'avéra laborieuse. Jenny suggéra de louer des chevaux pour parcourir les plages de sable blanc où pointaient parfois le col d'une amphore ou l'épave d'un bateau. Henry et Antoine voulaient chasser le lièvre à Tadjoura. Frederick objectait que l'émir de cette bourgade, qui détestait les chrétiens, ne donnerait pas son autorisation. Bref ! on verrait, on en reparlerait…

Alexandre et Emma s'étaient écartés insensiblement à l'abri des caisses d'orangers qui, sur la terrasse, faisaient face à la mer.

«J'irais bien seul avec toi visiter la tour à feu du port de Leptis, dit Alexandre, parmi les cistes et les fûts de colonne, dont tu m'avais parlé à Zenzour. T'en souviens-tu ?

— Ce serait mon plus beau rêve, répondit Emma, et je pourrais peut-être convaincre ma mère d'aller seule à notre maison de pêcheurs à Homs. Je l'accompagnerais et tu viendrais me rejoindre. Par chance, mon père ne veut plus quitter Tripoli, dans l'attente de ses courriers du désert.

— Le mien, dit Alexandre, a repris toutes ses activités et je suis certain qu'il me laissera partir quelques jours pour me récompenser du travail que j'ai déjà fait pendant sa maladie et des tracas que vont me valoir les vaisseaux que nous attendons.»

Leur visage prit une expression si heureuse qu'ils s'étreignirent les mains, se pénétrèrent du regard dans un échange muet plus éloquent que tous les discours. Ils laissèrent le monde s'effacer autour d'eux pendant un long moment puis retournèrent vers le salon.

Quelques jours plus tard, le brick la *Bonite* et la goélette l'*Éclipse* entrèrent en rade de Tripoli.

La venue des escadres de l'Occident était, pour les chrétiens de la régence, sans distinction de nationalité, une source de distractions qui rompaient heureusement la monotonie des jours et renforçaient leur sentiment de sécurité et de puissance, face au bon vouloir des musulmans.

Les commandants Delalaux et Letourneur vinrent dans l'après-midi faire une visite au consul avec leurs états-majors, et M. Rousseau décida de donner, en leur honneur, une grande réception à Sakkara-Lez. La villa était plus spacieuse et plus attrayante que la cour intérieure de la rue des Français. Outre ses nationaux et le corps consulaire au grand complet, le consul invita quelques personnalités de la cour et le pacha en personne. Il fallut aménager les jardins, préparer en hâte les mets et les boissons, battre le rappel des serviteurs et engager un orchestre. Une troupe napolitaine, qui était arrivée depuis quelques jours à l'invitation des jeunes princes, fut gracieusement prêtée à la maison de France. Malgré le manque de temps et l'improvisation, il y eut grande affluence et la fête, favorisée par un temps frais et ensoleillé, fut, au dire des plus réservés, une parfaite réussite. Le pacha s'était fait représenter par son fils Sidi Ahmed, bey de Tripoli, le ministre du Trésor, le chef du port, Mourad Raïs, le gouverneur de la wilaya et Hassouna D'Gheis. Tous ces hauts personnages mirent en émoi la Meshia par leurs cavalcades et se mêlèrent, sans réserve, à la foule des convives. Ce faste inhabituel montrait à chacun combien le prestige de la France était redevenu grand dans la régence.

Les jeunes officiers de la flotte invitèrent à danser dames et demoiselles, et l'on vit Jenny et Louisa virevolter au bras de cavaliers attentifs. Emma fut très sollicitée mais refusa toutes les danses. Alexandre, qui ne la quittait pas des yeux, en fut flatté. Il avait fort à faire pour s'assurer de la bonne ordonnance du service, car son père ne badinait pas avec l'étiquette, mais tout en allant de groupe en groupe, il s'arrangeait toujours pour croiser le regard de sa bien-aimée, qui lui répondait en baissant légèrement ses paupières.

Dans un coin du jardin, le colonel Warrington avait entrepris le bel Hassouna D'Gheis et la conversation était particulièrement animée.

« Vous m'avez menti, disait le consul, et je suis très étonné de votre attitude. Voilà six mois que j'attends un courrier de Tombouctou, et il ne m'est pas encore parvenu. Or, je suis convaincu que vos gens savent où il se trouve et refusent de me le révéler. Je suis très inquiet au sujet de mon gendre, et vous devriez comprendre ma hâte d'être rassuré sur son sort et sur les précieux documents qu'il avait rassemblés au cours de son voyage.

— Mais enfin, répliquait l'interpellé, un peu surpris par cette accusation, voilà plus de six mois que je vous prouve le contraire. J'ai envoyé je ne sais combien de messagers à travers le désert pour éclaircir cette affaire et vous avez le front de m'accuser de recel de lettres ou de dissimulation de renseignements !

— Je n'accuse pas, fit Warrington, je constate les faits et je tire mes conclusions. J'ai établi la liste de plus de vingt-quatre lettres émanant de moi-même et de Laing qui furent remises entre vos mains pour être acheminées à Tombouctou et je me suis aperçu qu'elles n'avaient même pas atteint Ghadamès. Alors qu'en avez-vous fait ? Et pourquoi les avez-vous détournées ? Vous comprendrez que je peux tout imaginer et même que vous les avez dérobées pour en communiquer la teneur à vos amis. »

Hassouna D'Gheis blêmit sous l'offense et répliqua sur un ton indigné :

« Si ces propos m'étaient tenus par une autre personne que vous, je le ferais saisir par mes hommes et conduire, pour réparation, devant le pacha. Je fais le serment que je n'ai jamais gardé par-devers moi quelque papier que ce soit, et je vous demande de cesser de m'importuner avec vos soupçons et de laisser le prince en paix avec tous les ragots que vous recueillez chez nos ennemis de la Meshia. »

Hassouna D'Gheis tourna rageusement les talons et se dirigea vers l'autre extrémité du jardin où le chevalier Rousseau conversait avec le bey et le consul de Sardaigne.

Le colonel Warrington mordilla sa moustache et feignit d'ignorer les regards interrogateurs qui se portaient sur lui. Il parcourut l'assistance d'un œil dominateur et nota, avec aigreur, que l'ambiance était au rire et à la bonne humeur. L'orchestre napolitain entamait une valse et deux couples tournoyaient gracieusement sur la piste. L'un d'eux attirait plus particulièrement les regards par son aisance et sa virtuosité, un jeune homme brun en redingote prune et pantalon chamois et une ravissante jeune femme aux cheveux blonds, en robe de faille bleue à larges volants. Leurs pas étaient si déliés que des applaudissements fusèrent dans l'assistance. Le colonel Warrington fronça les sourcils et manqua s'étouffer en reconnaissant, dans les jeunes danseurs, sa fille Emma, l'épouse du major Laing, et Alexandre Rousseau, un « gamin de vingt ans » dont le dandysme l'agaçait.

À son retour au jardin anglais, la famille Warrington sentit que le ciel était chargé d'orage. Le colonel affichait son visage des mauvais jours. Il se retira, renfrogné, dans sa chambre, et ne reparut qu'au dîner. Il récita brièvement une prière d'action de grâces et regarda longuement les siens d'un air théâtral.

« Je suis honteux, dit-il, d'être le chef d'une famille aussi irrespectueuse et dépourvue d'usages que la nôtre. Il n'y a vraiment, ma chère Jane Eliza, aucune dignité ni le moindre sens du devoir chez nos enfants. Quant à vous, Mme Gordon Laing, fit-il en se tournant vers Emma, je suis scandalisé par votre tenue chez les Français. Vous n'avez pas hésité, dans la position où vous êtes, à vous donner en spectacle en dansant avec ce jeune bellâtre que vous me semblez trop bien connaître. Combien de fois devrai-je vous rappeler votre condition d'épouse d'officier de Sa Majesté et les devoirs de votre état? Quand je songe à votre conduite insensée et à vos manœuvres indignes pour l'épouser, il y a deux ans, quand je me rappelle les épreuves morales que je dus traverser pour procéder à votre union et que j'observe aujourd'hui votre comportement, vous comprendrez ma peine et ma colère.

«À partir d'aujourd'hui, j'exige que vous restiez ici et que ce jeune homme cesse de vous importuner. Des ordres seront donnés pour qu'il ne se représente plus dans cette demeure, ni au consulat.»

Emma blêmit, fixa intensément son père et deux larmes brillèrent sur ses joues. Un silence oppressant suivit cet esclandre, un silence si lourd d'hostilité que le colonel resta indécis pendant un long moment.

«Mon ami! dit Jane Eliza d'une voix posée. C'est la deuxième fois que vous réprimandez injustement cette pauvre Emma. Aujourd'hui, elle a refusé toutes les danses, et si elle en a accordé deux à Alexandre Rousseau, le fils du maître de maison, c'est qu'elle est courtoise et éprouve du plaisir à valser avec lui. Je trouve personnellement ce jeune homme sympathique et bien élevé. Il est l'ami de tous nos enfants et je ne vois aucun mal à ce qu'Emma se plaise en sa compagnie.

— Cela suffit, interrompit le colonel, vous perdez la raison, il y a des situations qui ne peuvent comporter aucune complaisance. Tant que l'incertitude ne sera pas levée sur le sort de notre gendre, Emma restera à la maison. Il y va de notre honneur, comprenez-vous?»

Ce sermon indigna Jane Eliza.

«L'honneur, dit-elle, quel honneur? Votre orgueil, sans doute, vous aveugle. Cette enfant n'a pas vingt ans et c'est un âge bien tendre pour porter un veuvage que vous magnifiez à votre aise. Quand vous déciderez-vous à voir la réalité en face et à comprendre que notre malheureux Laing a disparu dans sa folle aventure ? Ce ne sont pas vos enquêtes ni vos soupçons qui nous le rendront.

— Comment osez-vous parler de veuvage, rugit le colonel. Vous prenez probablement vos informations chez le consul de France. Il en sait plus que nous sur ce chapitre et détient, j'en suis certain, des preuves dont il n'oserait pas m'avouer la provenance.

— Vous me rendez malade, balbutia Emma, permettez-moi de m'en aller. »

Frederick et Jenny, qui assistaient muets à la dispute, se levèrent ensemble pour l'accompagner. Ce geste de défi stupéfia le consul.

« C'est une conspiration contre moi, semble-t-il ? Dans ce cas, le repas est terminé, que tout le monde regagne sa chambre !

— Non et non ! se fâcha Jane Eliza. Vous n'effrayez personne avec vos colères ridicules. Libre à vous de vous retirer, je resterai ici le temps qu'il me plaira avec mes enfants. »

Le colonel se raidit, surpris de trouver devant lui une telle détermination. Il marqua un instant d'hésitation, se leva avec solennité et se dirigea aussi dignement qu'il le put vers le salon. Un bruit de cristal, que l'on entendit quelques secondes plus tard, provoqua autour de la table un sourire indulgent.

Emma resta encore quelques instants auprès de sa mère puis monta à l'étage. Elle décrocha au passage un gros barracan de laine et prit l'escalier des terrasses. Elle avait au creux de la poitrine une douleur qui l'oppressait, une sorte de rage qui torturait son cœur. Quand elle parvint sur le toit de la maison, un souffle de vent froid lui baigna le visage. Elle savoura l'air glacé qui pénétrait dans ses poumons comme un baume bienfaisant. La nuit était tombée depuis longtemps mais la lune, à son dernier quartier, venait de se lever sur la mer. Son disque à peine écorné paraissait énorme sur l'horizon. Bientôt, les ombres de la nuit firent place à une lueur blafarde qui dévoila le paysage. La rade était paisible et le fanal du port rougeoyait sur les passes. Au loin, la Meshia s'étendait comme un manteau sombre jusqu'à la frange du désert. Dans le ciel transparent du couchant, une grosse étoile brillait avec un reflet bleu. Ce doit être Vénus, pensa Emma, l'étoile de la beauté, de l'amour et de la vie, une déesse libre, sans contraintes ni devoirs. Elle s'assit sur le rebord du toit et laissa errer ses pensées.

Où en suis-je ? se demandait-elle, qu'est-ce que je veux ? Que vais-je devenir ? Ai-je encore un cœur, des sens, une conscience ? Ou suis-je vouée pour toujours au silence et à la solitude ? Je croyais avoir découvert un amour éclatant et la porte à peine entrebâillée s'est refermée. Quand je parlais avec Laing, mon cœur se gonflait d'espérance, il me jurait qu'il m'aimerait toute la vie. Mais voici qu'il m'a laissée pour d'autres maîtresses plus exigeantes : l'aventure, le désert, la gloire ; et maintenant il a disparu. Je l'ai pleuré, j'ai souffert, je l'ai appelé durant des nuits entières pour le seul plaisir de sentir son nom sur mes lèvres, puis tout s'est tu autour de moi. Son image s'est évanouie comme un mirage, puis une autre est venue à mon secours. Le visage d'Alexandre s'imposa alors à son esprit, et son cœur battit plus fortement.

« Comme j'aimerais que tu restes toujours auprès de moi, Alexandre, dit-elle à mi-voix, tu es si doux et si attentif et tu comprends si bien la souffrance qu'on éprouve quand on ne peut partager entièrement un bonheur ou un secret. Tu devines mes moindres pensées et tu sais me sourire quand je suis détestable. Comme je n'accepte pas d'être plainte ou prise en pitié, tu trouves instinctivement les mots qui me conviennent.

«Dis, mon amour, tu ne vas pas m'abandonner à ton tour?

«Mon père déteste les Français, il ne supporte pas ta présence auprès de moi et quand il soupçonnera la nature de nos sentiments, il dressera tous les obstacles sur notre route. Pour lui, je suis Mme Laing jusqu'à la fin des temps.

«Mon Dieu, comme tout cela est difficile, je ne sais vraiment pas ce que je dois faire, et puis, comme j'ai le défaut de rêver d'absolu, mon entêtement fatigue tout le monde; cette chipie de Jenny ne manque pas de me le rappeler.»

Elle eut brusquement un grand élan de tendresse pour Alexandre et se tourna vers le sud, vers Sakkara-Lez qui dormait sous les palmes. Elle resta longtemps dans la nuit laiteuse à fixer, comme un marin en détresse, ce phare imaginaire.

À Sakkara-Lez, la villa des Rousseau avait retrouvé sa quiétude habituelle après le départ des invités. Les serviteurs avaient rangé les tables et les guirlandes. Les cuisines avaient bourdonné longtemps du tintement des vaisselles, et les maîtres de maison avaient regagné leurs appartements. Alexandre avait suivi leur exemple et s'était étendu sur son lit où il ne parvenait pas à trouver le sommeil.

Trop de souvenirs se pressaient dans sa tête, et l'image d'Emma, qu'il avait enlevée dans les tourbillons de la danse, l'habitait tout entier. Comme elle est belle, pensait-il, ses mouvements étaient si gracieux que tout le monde l'admirait. Son cœur en battait encore et son imagination galopait. Des fragments de scènes aussi vite effacés qu'ébauchés fusaient dans sa mémoire.

Emma surgissait de partout, des rochers de Zenzour, du jardin anglais, des ruelles du Bazar, d'une barque glissant sur la mer, jouant Mozart, cueillant des oranges ou dansant cette valse qui l'étourdissait encore. Il ressentait pour elle un amour qui l'étonnait, une sorte de fascination qui le submergeait au point de lui ôter le sentiment de sa propre personne. Il ne pensait plus comme avant à vivre libre et insouciant, à se promener à cheval dans les sentiers de la Meshia ou à faire une partie de pêche avec son frère et ses amis. Au consulat, il était distrait ou absent et son père le réprimandait pour sa légèreté, Vattier de Bourville lui lançait quelques flèches auxquelles il ne savait plus répondre.

Emma campait dans son cœur et dans ses pensées, tantôt triomphale et obsédante, tantôt tendre et effacée. Était-elle enfin guérie de son amour passé, se demandait-il. Elle en parlait si souvent et au lieu de le rejeter, elle semblait parfois s'y accrocher encore. Il en éprouvait une profonde contrariété et ne trouvait d'autre parade que de l'aimer mieux que quiconque aurait su le faire.

Peu à peu, son esprit se brouilla et il s'enfonça dans un somme sans rêves.

Au petit matin, les serviteurs frappèrent longtemps à sa porte pour lui rappeler qu'il était temps de rejoindre la ville où l'attendait son travail quotidien. Il s'étonna d'avoir dormi tout habillé et fut contrarié d'avoir froissé son bel habit. Il fit, comme de coutume, sa toilette avec grand soin et choisit un costume fil-à-fil gris à l'image du temps qui était triste et morne sous les brouillards d'hiver. Quand il descendit de sa chambre pour prendre une rapide collation avant le départ, Faouzia, la servante d'Emma, surgit des cuisines et lui remit un message de sa maîtresse. Il la salua comme un somnambule et décacheta fébrilement le pli.

Mon bien-aimé, lui disait Emma, *ta pensée ne m'a pas quittée de la nuit et j'ai beaucoup souffert d'être éloignée de toi, je suis restée plusieurs heures sur la terrasse à pleurer d'inquiétude sur notre amour. Mon père m'a fait, hier soir, une scène épouvantable pour avoir dansé avec toi et failli à mon honneur de femme d'officier anglais. Je devrais me vêtir de noir et m'enfermer dans un couvent jusqu'au retour de celui que tu sais. Maman et toute la famille ont pris courageusement mon parti et m'ont défendue en disant tout le bien qu'ils pensent de toi et de nos sentiments qui n'échappent plus à personne. Mon père est un homme égoïste, un maniaque du devoir, une sorte de tyran qui n'a d'autres soucis que sa gloire et ses principes. Il ne veut pas admettre que Laing n'est plus de ce monde et se cramponne à ses fantasmes. J'ai peur qu'il nous persécute et qu'il sème toutes les entraves sur notre route. Mais, sois sans crainte, je saurai le braver et notre amour sortira vainqueur de ce combat. Je t'aime, Alexandre, et je t'appartiens. Quand reviendras-tu me serrer dans tes bras et m'étourdir dans l'envol d'une valse ? Je rentre ce soir à Tripoli et tu peux me répondre au consulat. Sois confiant, le soleil continuera à briller pour nous deux jusqu'à la fin des temps. Je t'aime et je t'embrasse.*

Emma.

L'émoi d'Alexandre fut si grand en lisant ce billet qu'il dut respirer longuement pour retrouver son calme. Ces obstacles inattendus sur le chemin de son amour le plongeaient brusquement dans une réalité qu'il avait négligée. Il lui semblait découvrir, tout à coup, que sa tendre Emma appartenait toujours officiellement à un autre, que son veuvage était incertain et que M. Warrington, appuyé sur la loi et l'usage, serait un dangereux cerbère. Il fut tiré de son abattement par le vieil Abraham Serussi, l'interprète du poste, qui devait regagner Tripoli à bord du cabriolet de service. Le brave homme s'impatientait et venait aux nouvelles. Alexandre le suivit machinalement, perdu dans ses pensées. La voiture avait déjà parcouru la moitié du chemin lorsqu'une troupe imposante déboucha sur la piste. C'était la caravane des pèlerins marocains qui quittait la ville et partait vers La Mecque.

Depuis quelques semaines, cette immense cohorte venant de Fès par Alger et Tunis, campait dans un bivouac éphémère de tentes de toutes formes et de toutes couleurs dans la plaine de Tripoli. Les approvisionnements ayant été complétés, elle reprenait sa route vers Mesurade, Benghazi et la lointaine Alexandrie. Chaque année, des caravanes semblables traversaient le pays à l'aller et au retour du pèlerinage. Celles du Maghreb suivaient la voie côtière jusqu'à Alexandrie et remontaient le delta du Nil jusqu'au Caire. C'est là que convergeaient les immenses convois venant d'Éthiopie, de Nubie et de l'Afrique centrale, avant de traverser l'isthme de Suez, les déserts du Sinaï et du Hedjaz.

Ceux qui n'avaient pas les montures et les approvisionnements nécessaires s'embarquaient sur la mer Rouge. Le coût de ces expéditions était extrêmement élevé et la durée des déplacements dépassait souvent deux années. On citait comme une prouesse un aller-retour Le Caire-La Mecque qui n'avait duré que cent jours. Les conditions de voyage étaient éprouvantes. La traversée des déserts des Syrtes, de Barca, de Marmarique, d'Alexandrie ou de Suez était périlleuse à cause des vents de sable, de la pénurie d'eau et du manque d'abri et de nourriture. Des bandes de pillards attaquaient jusqu'aux plus puissantes caravanes et massacraient les pèlerins. Les maladies, enfin, imposaient un lourd tribut à ces foules sans hygiène.

Alexandre savait, par les récits de son père et d'Hassouna D'Gheis, que ce phénomène exclusivement religieux était devenu, au cours des siècles, une opération commerciale et politique. Des trafiquants et des courtiers profitaient de ces convois relativement protégés par leur masse pour transporter leurs marchandises et leurs capitaux. Peu à peu, les grains, les étoffes, les tapis, l'or en poudre et en barre, les perles de l'Orient, les diamants et les verroteries, les parfums et même les esclaves avaient envahi les caravanes.

En ce matin de décembre, des milliers de chameaux, de chevaux et de mulets de bât avançaient sur plusieurs files dans un brouhaha de cris, de hennissements et de psalmodies du Coran. Les pèlerins, dont certains venaient juste de se joindre à la troupe, marchaient à pied, en portant leurs hardes pendues au bout de longs bâtons. Les femmes étaient enfermées dans les bassours tendus de rideaux et de toiles de couleurs.

Quelques riches personnages, fastueusement vêtus, caracolaient sur leur étalon, suivis par la troupe des marchands et des serviteurs qui surveillaient les montures chargées de produits du Maroc, de plumes d'autruche et même d'animaux féroces destinés aux princes égyptiens.

Le cabriolet resta un long moment immobilisé par cette marée d'hommes qu'une foi ardente lançait dans une aventure démesurée dont beaucoup ne reviendraient pas. Alexandre se sentait à la fois ébloui et transfiguré par ce spectacle. Quelque magie venue du fond des temps distillait brusquement, dans ses fibres secrètes, le charme des caravanes et des longues transhumances dans les steppes. Le sang de ses grand-mères, persanes, seldjoukides, arméniennes, submergeait en cet instant la souche genevoise.

Chevaucher sans fin vers l'horizon qui recule, sentir autour de soi la chaleur de la horde vivante cheminant dans la distance hostile avec ses femmes et ses enfants, ses bêtes et ses richesses. Un monde de perpétuelle aventure et de liberté qui se dissout dans le temps par son mouvement même. Mon Dieu, que faisait-il dans cette tanière tripolitaine pleine de querelles mesquines, d'interdits et de conventions ? Pourquoi ne pouvait-il pas se fondre avec sa bien-aimée dans cet interminable cortège qui partait vers l'Orient? Le rêve l'envahissait de nouveau quand une deuxième voiture vint se ranger à côté de la sienne qui s'apprêtait à repartir. C'était un tilbury du jardin anglais qui ramenait Emma dans la ville. Les deux jeunes gens sautèrent à terre, persuadés que le ciel était avec eux et bénirent la caravane d'avoir si bien arrangé les choses.

«Je n'ai pas cessé de penser à toi, dit Alexandre.

— Je sais, répondit-elle, j'ai même choisi le bassour où tu as rêvé de me mettre.»

Elle monta dans le cabriolet, qui était plus vaste et muni d'une capote mobile, tandis qu'Abraham Serussi allait tenir compagnie au cocher d'Angleterre. Le temps, dès lors, ralentit comme à plaisir la marche du retour. Les grilles étaient baissées aux portes de Tripoli et les interprètes durent parlementer longuement pour fléchir les gardiens. Il fallait éviter, disaient ces derniers, que les déserteurs et les bandits qui s'étaient mêlés aux pèlerins n'entrassent dans la ville.

Ce fut avec trois bonnes heures de retard que les deux voyageurs parvinrent devant le consulat. À l'abri discret de la bâche du cabriolet, ils avaient parlé de leurs alarmes, de leur amour et de leurs projets.

«De toute façon, dit Alexandre, rien ne pourra m'empêcher de t'épouser et je t'emmènerai dans ces pays merveilleux, dans les roseraies d'Ispahan où règne l'éternel printemps.»

Il lui proposa également de la retrouver le lendemain, à la tombée du jour, dans la nouvelle église catholique, «où nous serons sûrs de ne pas rencontrer ton père», ajouta-t-il. Ils rirent de si bon cœur qu'on ne pouvait douter que les angoisses de la veille se soient envolées avec la caravane.

Alexandre rejoignit prestement son bureau, un peu confus de sa longue absence, et trouva Vattier de Bourville de fort méchante humeur. Ce dernier se plaignit aigrement d'être toujours seul pour régler les affaires et parla de tout abandonner pour aller, à son tour, prendre du bon temps dans la Meshia. M. Rousseau était absent depuis quelques jours et les dossiers attendaient dans leurs corbeilles ; il est vrai que certains étaient urgents, mais Alexandre n'avait pas le cœur à se saisir des états de salaire des artilleurs français que réclamait le bey ni des rançons des chrétiens.

Il attendit que le crépuscule se soit épaissi pour sortir par la rue des Français et gagna la chapelle. La nef était déserte, quelques cierges brûlaient autour de l'autel, et la lampe du tabernacle veillait paisiblement dans la pénombre.

Alexandre se mit aux aguets, le cœur battant, près de la porte entrebâillée. Ce ne fut pas la silhouette d'Emma qui apparut dans l'embrasure mais celle de Frederick qui lui apportait les regrets de sa sœur retenue captive dans sa chambre par la volonté paternelle.

Peut-être M. Warrington avait-il appris, par le cocher ou par quelque bavard du voisinage, le retour si providentiel de l'après-midi.

Sa déconvenue fut si grande que ses alarmes, à peine dissipées, resurgirent de plus belle. Frederick l'accompagna jusqu'à la maison de France. La vieille bâtisse était plongée dans l'ombre et veillée, en l'absence de ses maîtres, par une ou deux lampes à huile posées sur le perron. Il dédaigna toute nourriture et se réfugia dans sa chambre. Il se sentit tout à coup si seul et si désemparé qu'il rechercha son fidèle journal pour lui confier sa déconvenue.

> Comme la vie est capricieuse et décevante. Tout à l'heure, j'étais plein de joie et d'espérance et maintenant je suis accablé d'inquiétude. Je sens qu'il va falloir se cacher, ruser, mentir, pour échapper à la surveillance de ce père maniaque et tyrannique. Je ne peux plus imaginer ma vie sans

> Emma. Avant de la connaître, j'étais léger et insouciant, et maintenant, je suis perdu quand je ne vois plus son visage.

Le silence était devenu si oppressant qu'Alexandre eut l'impression que son cœur s'arrêtait, il posa sa plume, rangea son précieux carnet et décrocha son barracan. Au grand étonnement des gardiens de l'entrée, il se fit ouvrir la porte du consulat et s'enfonça dans les ténèbres de la ville pour marcher à l'aventure.

*

Le 1er janvier 1828 se leva dans un ciel de pêche et de safran. Le vent de nord-est avait chassé les dernières grisailles et la journée s'annonçait radieuse. Les chrétiens, qui avaient fêté la nouvelle année au cours des réveillons de la nuit, dormaient paisiblement, mais les consuls devaient présenter leurs vœux au pacha avant la prière de midi. Le chevalier Rousseau, accompagné d'Alexandre et de Vattier de Bourville, arriva au château un bon quart d'heure avant l'audience. Le colonel Warrington, dans son extravagant uniforme, se présenta quelques instants plus tard en compagnie de John Rossoni et d'un jeune homme au visage terne qu'il présenta comme étant le nouveau vice-consul en partance pour Benghazi. Les deux chefs de mission se donnèrent une accolade protocolaire et échangèrent leurs vœux avec une courtoisie de commande. Quand le pacha apparut, le consul d'Angleterre lui adressa, en sa qualité de doyen, un compliment de circonstance et lui rappela que la confiance et la bonne foi devaient toujours être de règle dans les rapports entre les nations. Chacun comprit l'allusion mais feignit de ne pas entendre; c'était le jour de l'an et le temps appelait à l'indulgence. La cérémonie terminée, les voitures consulaires repartirent et celle des Rousseau prit le chemin de Sakkara-Lez.

Dans le courant de l'après-midi, Alexandre et Antoine se rendirent au jardin anglais pour retrouver leurs amis. Jane Eliza avait préparé un goûter et deux énormes puddings. L'atmosphère était comme d'habitude chaleureuse et raffinée. Emma, rayonnante à la pensée de retrouver Alexandre, avait revêtu une toilette couleur lilas qui soulignait sa pâleur, et ses magnifiques cheveux blonds étaient ramenés en torsade autour du visage. Le colonel, sollicité par quelque personnage mystérieux dans un lieu retiré de la Meshia, était absent du logis. Grâce à la complicité de tous, les deux amoureux se retrouvèrent seuls sur la terrasse. Ils sortirent du jardin, longèrent le sommet de la falaise pendant quelques centaines de mètres et empruntèrent un chemin en pente qui dévalait vers la mer.

«Connais-tu le petit cimetière des protestants? demanda Emma. Mon père, avec l'aide des Hollandais et des Américains, achève de l'aménager; c'est un coin paisible que je visite souvent.» Ils tournèrent à angle droit, presque à l'aplomb des vagues, et pénétrèrent dans un enclos qui semblait suspendu entre le ciel et l'eau. Quatre rangées de tombes étaient sagement alignées de part et d'autre de l'allée centrale. Des ficus et quelques cyprès avaient été plantés récemment. Les stèles les plus anciennes portaient les noms de marins américains morts dans l'explosion de leur navire, en rade de Tripoli, et ceux d'une famille danoise massacrée par des bandits, près de Zarzis. Sur le mur de clôture, à l'autre extrémité, une plaque blanche mentionnait que Julia Warrington reposait là depuis 1815.

«C'est ma petite sœur, dit Emma, qui est morte à l'âge d'un mois, un an après notre arrivée à Tripoli. Je ne me souviens que d'un bébé vagissant et d'un minuscule cercueil que l'on emportait au cimetière, mais

– pourquoi la mort avait-elle frappé tant d'innocence ? – c'était ma sœur et je l'aimais déjà.

— Oui, dit Alexandre, je connais cette douleur. J'ai perdu ma sœur aînée, la plus adorable des créatures, il y a près de quatre ans, et je porterai toujours son deuil dans mon cœur.

— Je ne savais pas que tu avais une grande sœur, dit Emma, comment est-elle morte ?

— C'était pendant l'hiver de 1821, dit Alexandre, ma famille vivait encore à Alep, et mon père, qui n'avait pas d'affectation, s'impatientait et avait décidé de se rendre à Paris. Après bien des démarches pour trouver un bateau en partance, une pinque napolitaine consentit à nous prendre à son bord. Le vieux trois-mâts n'était plus qu'une carcasse à bout de souffle et n'offrait qu'un asile précaire contre les rigueurs de la mer. Le vent glacial, qui descendait des îles Ioniennes, traversait les cabines aux parois disjointes. Ma douce Isabelle, qui allait sur ses seize ans, prit froid et dut s'aliter. Il n'y avait aucun médecin à bord et quand la fièvre commença à la faire délirer, on ne sut que faire pour la sauver. Après trois jours d'agonie, elle mourut. Son corps fut cousu dans une toile à voile et jeté à la mer, au petit jour, au large de la Crète. Je me souviens du gros capitaine napolitain qui lisait, dans le missel du bord, la prière des morts, et de mon père qui sanglotait. J'étais si désespéré, que pendant des mois je l'ai vue en songe descendre, diaphane, dans les profondeurs de la mer et disparaître dans cet univers peuplé d'algues et de monstres. »

Emma se serra un peu plus contre lui. Ils s'assirent sur une banquette de marbre, le cœur battant d'une douce émotion.

« Tiens-moi la main, dit Emma, le contact de ta peau me rassure et me fait du bien.

— Je ne dormais plus depuis trois jours dans l'attente de cet instant, fit Alexandre, j'avais besoin de ton aide, pour affronter notre avenir. »

Avec l'avancement du jour, une lumière dorée enveloppait les choses et tout devenait silence. Par la porte du cimetière qui donnait sur le large, on voyait quelques voiles lointaines et la procession des vagues qui couraient sous la brise.

« Je pense, dit Alexandre, que les vagues sont comme nos destinées, elles surgissent d'un point inconnu de l'horizon, elles poursuivent leur course incertaine jusqu'à l'autre bord du monde où elles disparaissent à jamais.

— Oui, elles passent comme le temps et les hommes, ajouta Emma, mais la mer demeure comme notre amour qui ne finira pas. »

Il la prit dans ses bras et la caressa longuement, puis il se recula pour mieux la regarder. Du bout du doigt, il suivit, en les frôlant à peine, les lignes de son visage et l'arc de ses lèvres, comme s'il avait voulu les graver dans sa mémoire. Elle frémit à ce contact et un voile sembla passer sur ses yeux. Ils parlèrent longtemps de leurs projets, de leur hâte de s'unir et de la joie d'être affranchis enfin des carcans familiaux. L'avenir semblait s'éclairer, encore une fois ils riaient, ils savouraient avec presque trop d'insistance leur bonheur un instant retrouvé.

Le jour s'effaçait si rapidement qu'Alexandre eut à peine le temps de prendre congé de Jane Eliza au grand salon. Elle le reçut avec une gentillesse affectueuse et lui dit en lui prenant la main :

« Vous auriez dû venir avec Emma, mon cher Alexandre, j'ai prié pour vous deux, mes pauvres enfants, pour que Dieu vous protège tout au long de cette nouvelle année. »

Le mois de mars fut particulièrement éprouvant. Du haut d'un ciel gonflé comme une outre, la pluie se déversait par ondées épaisses sur la terre hébétée. Les giboulées succédaient aux orages de grêle et la cité courbait le dos sous le déluge. Alexandre confiait chaque jour un mot pour Emma au vieux Marabout et recevait, en retour, des réponses enflammées qui le désespéraient davantage. Il passait de longues heures à rêver. Il braverait les foudres du colonel, il chasserait le fantôme de Laing, il obtiendrait la main d'Emma, et, si on la lui refusait, il s'enfuirait avec elle sur un bateau complice vers la France, l'Italie ou l'Orient. Il brodait inlassablement sur ces thèmes un monde de situations imaginaires qui le laissaient fiévreux et anxieux.

Comme il advient toujours en Barbarie aux premières annonces du printemps, les nuages ventrus, qui semblaient inépuisables, disparurent en une nuit. Un soleil triomphant incendia l'horizon et se lança dans un ciel transparent, lavé jusqu'à la trame. Une lumière crue ruisselait sur les rameaux d'argent des oliviers échappés du déluge, et les mouettes arrivaient de la mer comme autant de colombes.

Deux jours plus tard, les voiles du *Cameleon* et de l'*Alacrity* se découpèrent sur l'horizon. Les deux frégates anglaises venaient de Malte pour rappeler au pacha la puissance de leur pays et l'intérêt qu'il devait porter aux affaires d'Angleterre. La jeune équipe d'enseignes était à bord. John Straham était impatient de retrouver Emma et se promettait mille délices d'une longue escale à Tripoli.

Le colonel Warrington ne lésina pas sur l'accueil. Les Français avaient obtenu vingt-sept coups de canon lors de la dernière visite de leur flotte, il en exigea vingt-neuf et une double escorte de janissaires du pacha. Enfin, comme la dernière réception des équipages français à Sakkara-Lez lui avait inspiré quelque envie, il décida de faire beaucoup mieux au jardin anglais. Une équipe de charpentiers du port, prêtée par Mourad Raïs, installa en un tournemain des décors, des tréteaux pour supporter les buffets et de nombreuses tables pour les invités. De riches étoffes furent tendues sur les estrades, une colonnade mauresque en bois doré provenant des magasins du château fut érigée devant le perron de la villa. Plusieurs arcs de feuillages, ornés de drapeaux de l'Angleterre et de la régence, égayèrent le portail d'entrée et les allées du jardin.

Des invitations furent envoyées à tout ce qui comptait dans la régence. Le chevalier Rousseau et Vattier de Bourville reçurent leurs cartons armoriés, mais Alexandre attendit vainement le sien. M. Warrington avait veillé, en personne, à ce qu'il fût écarté. Il avait beau s'attendre à un tel rejet, le geste le blessa profondément et c'est la mort dans l'âme qu'il s'enferma dans sa chambre de Sakkara-Lez.

À quelques pas de lui, la fête battait son plein. L'affluence était nombreuse, les fils du pacha, les grands notables, les officiers de la cour et les marins anglais firent admirer leurs somptueuses tenues et leurs uniformes. Sur la terrasse de marbre, les jeunes gens firent danser les rares femmes perdues dans l'assistance.

Emma, qui avait déjà souffert de l'absence de son bien-aimé durant le déluge et la claustration des jours passés, avait été révoltée de découvrir la mesure qui le frappait. Elle avait refusé tout d'abord de se rendre à la Meshia, mais sa mère, qui avait besoin de l'aide de ses trois filles, était parvenue, à force d'insistance, à la fléchir.

Quand elle apparut dans le salon en rotonde, John Straham et ses compagnons de Malte l'entourèrent comme autant d'abeilles autour de leur reine. Chacun voulait l'inviter à danser, rivalisait de compliments et de prévenances. Elle opposait à ce flot d'admirateurs sa fatigue et ses soucis du moment. Son père vint lui-même, avec un enthousiasme suspect, la présenter et la pousser dans les bras des beaux tritons de la Navy. Elle dut accorder quelques valses mais, devant l'air satisfait du seigneur des lieux dont elle connaissait l'impudence et la ruse, elle alla elle-même inviter Vattier de Bourville qui profita de l'aubaine, sans se leurrer pour autant sur le sens du message qu'elle envoyait à son père, à travers lui.

Alexandre ne dormit pas de la nuit et c'est d'une voix fébrile qu'il demanda le lendemain matin à son compagnon de labeur, comment s'était passé la kermesse.

« Très bien, dit Bourville. Il y a eu beaucoup d'entrain et tout le monde s'est amusé. Emma était éblouissante, elle n'a pas manqué une danse. Elle avait au moins dix amoureux autour d'elle et elle m'a fait l'honneur d'une valse. »

Un flot de contrariété noua tout à coup la gorge d'Alexandre, il se sentit bafoué, abandonné. Ainsi Emma l'avait trahi. Qui pouvait-il croire désormais ? La vie n'était donc qu'un tissu de mensonge. Il se sentait si blessé qu'il aurait voulu mourir pour punir la coupable. Il ne savait comment cacher à Bourville ses yeux embués de larmes.

Deux longues journées s'écoulèrent sans le moindre signal. Emma était encore étourdie par le remue-ménage de la Meshia et ne parvenait pas à se dégager des invitations de la marine. Ce ne fut qu'après le départ des deux navires qu'elle s'étonna d'être sans nouvelles d'Alexandre et s'alarma de ce silence.

Elle envoya à Sakkara-Lez un billet qui resta sans réponse. Un deuxième message adressé au consulat connut le même sort. Que se passait-il ? Comme elle se sentait irréprochable, elle pensa qu'Alexandre était malade ou absent. Elle demanda à Jenny d'aller discrètement s'informer. La messagère trouva le jeune homme de fort mauvaise humeur derrière son écritoire. Il lui conta d'une traite tout ce qu'il avait sur le cœur ; il semblait si malheureux qu'elle sut retenir son sourire. Au fond, elle était impressionnée et jalouse de tant d'amour et elle plaida avec les arguments de son propre cœur la grâce de sa sœur.

« Viens au plus vite au jardin anglais pour dissiper ces nuages, dit-elle. Mon père va s'absenter pour quelques jours. »

Quand Alexandre se risqua à la Meshia, Frederick et Jenny avait sellé les chevaux et Emma l'attendait sur le perron. Elle portait un ample saroual noir, un gilet rouge brodé de fines arabesques d'argent et un burnous de laine blanche dont elle avait relevé la capuche. Elle était si ravissante que les fermes résolutions d'Alexandre se dissipèrent comme les brumes du matin et que leurs deux visages s'éclairèrent du même sourire.

« Nous avons décidé, dit Frederick, de reprendre en main les chevaux après l'hivernage et de les pousser un peu dans la campagne. Que diriez-vous d'une promenade jusqu'au château d'Ahmed le Grand ?

— Si nous avons le temps, ajouta Emma, j'aimerais faire un détour par Sorman où la plage est si belle. »

Tout le monde acquiesça et sauta en selle.

Le château d'Ahmed le Grand était une imposante bâtisse dont la façade demeurait intacte, mais dont les toits et les planchers s'étaient effondrés depuis des lustres. Dans un coin du jardin sauvage qui l'entourait, un grand tumulus couvert d'herbes folles contenait les restes des officiers de la garnison turque massacrée par le premier Karamanli. Le couloir étroit, avec ses diverticules latéraux où s'étaient cachés les assassins, subsistait encore. La légende voulait que les fantômes des Ottomans y tiennent de longs conciliabules quand la lune présentait son mince croissant ponctué d'une étoile comme au jour où Soliman s'était emparé de Constantinople.

Dans le grand salon où le pacha tenait autrefois ses audiences, les débris du plafond s'amoncelaient sur les dalles de marbre dont on devinait le dessin somptueux. Quelques panneaux de mosaïques aux brillantes couleurs scintillaient au flanc des murailles pourries par les orages. Les jeunes visiteurs explorèrent toutes les salles voûtées et les couloirs obscurs qui étaient accessibles, mais Emma déclara qu'elle avait peur des oiseaux de mauvais augure et des volées de chauves-souris qui infestaient les lieux. Elle dit d'un air détaché qu'elle allait faire un tour avec Alexandre du côté de Sorman.

« Vous nous attendrez dans le bois de tamarins, près de la grève », ajouta-t-elle.

Ils chevauchèrent tous deux en silence parmi les dunes qui bordaient le rivage en suivant un sentier presque invisible entre les oyats et les cactus.

« J'adore cet endroit, dit-elle, c'est un de mes coins favoris, je voudrais que tu l'aimes aussi. »

Le vent jouait dans les plis de leurs manteaux et caressait leurs visages. Alexandre goûtait si pleinement son bonheur qu'il ne répondait pas.

« Tu m'en veux beaucoup, n'est-ce pas », dit Emma.

Au bas du sentier glissant, où les chevaux venaient de s'engager, s'étendait une plage de sable blanc entourée de rocs déchiquetés. Le site était séparé de la mer par une rangée de hauts récifs où s'emmêlait la crinière des vagues.

« C'est à cet endroit qu'il faut laisser les chevaux », conseilla Emma.

Ils mirent pied à terre et attachèrent leurs montures au tronc d'un figuier dissimulé dans une fissure. Ils se prirent par la taille et marchèrent le long de la plage en provoquant une course éperdue des crabes transparents qui s'enfuyaient vers la mer. L'air était immobile et brûlant dans ce havre abrité des vents du large où le soleil, au sommet de sa course, concentrait ses rayons. Ils ôtèrent leurs manteaux et retirèrent leurs demi-bottes pour sentir sous leurs pieds nus la fraîcheur sensuelle du sable. Ils contournèrent un rocher isolé grêlé, comme une scorie, de milliers d'alvéoles, et s'arrêtèrent devant une sorte de grotte qui s'ouvrait, entre deux blocs, au pied de la falaise.

«C'est là», dit simplement la jeune femme.

Il y avait effectivement une anfractuosité profonde, tapissée de varech desséché que les vents du large avaient drossé depuis les laisses du rivage.

«Viens», dit-elle à son compagnon.

Ils pénétrèrent sous la voûte où flottait l'odeur d'iode et de saumure des grandes algues. Elle prit le barracan d'Alexandre et l'étendit sur le lit de goémon. Elle roula son burnous et en fit une sorte d'oreiller. Ils s'allongèrent côte à côte et s'enlacèrent, puis laissèrent déborder leur trop-plein de baisers et l'envie de caresses. Emma libéra ses deux seins et dénoua la cordelière de son saroual qui glissa sur ses jambes. En la voyant dans sa merveilleuse nudité, Alexandre éprouva tout à coup un immense désarroi, une sorte de panique qui lui inhibait les sens, il se sentait si malade d'amour qu'il flottait dans un monde irréel. Emma l'apaisa peu à peu, lova étroitement son corps contre le sien et laissa la nature et l'instinct accomplir leur éternel dessein.

Quand les spasmes du plaisir se furent apaisés, ils restèrent longtemps enlacés, sans dire un mot, pour savourer à petits traits la bonace de l'amour assouvi.

«J'espère que tu m'as pardonnée», dit Emma.

Ils se rhabillèrent en silence, encore pleins d'émoi, époussetèrent leurs manteaux et rejoignirent, en s'enlaçant étroitement, leurs chevaux qui somnolaient dans leur coin d'ombre. Près du bois de tamarins qui précédait le village, la petite troupe les attendait depuis longtemps mais personne ne s'avisa de plaisanter sur la longueur des promenades.

*

Pendant les quinze jours qui précédèrent la fête de Pâques, Alexandre et Emma vécurent une passion qui devint chaque jour plus exigeante. Une sorte de protection céleste semblait favoriser leurs plus tendres desseins. Le colonel Warrington fut appelé à Malte pour des entretiens politiques avec ses collègues d'Algérie et de Tunisie, la pression française sur les côtes du Maghreb s'exerçait de plus en plus ouvertement et le dey d'Alger avait pris, depuis quelque temps, le consul d'Angleterre de sa Régence comme conseiller privé. Une nouvelle stratégie se dessinait sans doute dans la région. Jane Eliza profita de cette accalmie inespérée pour se rendre, avec ses enfants, à la maison de pêcheurs de Homs, que le maître du port mettait régulièrement à sa disposition. Pour éviter un trajet terrestre d'une centaine de kilomètres, Mourad Raïs fit profiter la famille de la goélette du pacha qui assurait la liaison avec Mesurade. Par les effets d'une totale complicité, Frederick décida de faire le parcours à cheval avec une caravane marchande. Alexandre obtint, sans difficulté, l'autorisation de l'accompagner. C'est ainsi que tout le monde se retrouva, quelques jours plus tard, sur les plages de Leptis Magna.

Ces vacances improvisées furent féeriques. Emma eut tout loisir de faire connaître à son amant les immenses ruines qui parsemaient la plaine.

Ce qui avait été dix-sept siècles auparavant la cité impériale la plus florissante de la côte des Syrtes n'était plus qu'un vaste désert de dunes et de maigres broussailles. Des monticules de murailles, des colonnes brisées, des blocs de marbre erratiques émergeaient de-ci de-là comme des écueils sur une mer figée. De rares troupeaux de chameaux et de moutons se profilaient parfois à l'horizon de cette solitude. Les populations se réfugiaient à plusieurs lieues dans les terres et tournaient le dos à la mer d'où viennent tous les dangers. Sur le rivage que rongeaient les tempêtes d'hiver, apparaissaient de splendides colonnes, des mosaïques polychromes, des socles de statue, des piscines éventrées de villas fastueuses dont les marches de marbre semblaient surgir des profondeurs du temps et de l'Erèbe. Quelques cabanes de paille et de boue séchée marquaient, au pied des ruines apparentes, les campements des fouilleurs d'occasion et ceux-ci avaient été nombreux au cours des lustres écoulés.

Alexandre, Emma, Frederick et Jenny s'égaillaient chaque matin à cheval sur les plages et les dômes de sable. Parfois, Marabout les accompagnait pour les guider et leur conter l'histoire de la ville ensevelie.

Il avait assisté, quelques années plus tôt, les frères Beetchey qui avaient envoyé tant de pièces à Londres. Il parlait des centaines de colonnes que le consul français, Claude Lemaire, avait embarqué au siècle précédent pour servir de matériaux de construction en France, et de son confrère anglais, Smith, qui avait dépecé tant de sculptures pour les monuments et les musées d'Angleterre. De toute façon, disait-il en haussant les épaules, ce n'était que quelques miettes prélevées dans l'immense nécropole qui dormait sous leurs pieds.

La plupart du temps, les deux amants se dirigeaient vers la tour à feu et les quais monumentaux qui subsistaient à l'embouchure du rio Lebda. Là, à l'abri des murailles de marbre, ils se baignaient nus dans les eaux transparentes qui venaient mourir sur la grève, puis se séchaient longuement au soleil éclatant d'avril. Ils se sentaient libérés de toute contrainte, maîtres de leurs corps et de leurs sens, et retrouvaient, dans l'accomplissement de leur amour, toutes les voluptés dévoilées à Sorman.

Depuis cette journée, ils savaient que des liens indestructibles se nouaient peu à peu entre eux et qu'un avenir de bonheur se profilait désormais sur leur route. Ils bâtissaient ensemble mille projets et Emma se montrait impatiente de leur prochaine union. Une sorte de hâte inquiète qui l'assaillait comme celle qui l'avait habitée un autre jour de printemps, du temps de ses premières amours. Pourquoi fallait-il que cette angoisse de l'avenir la poursuive toujours comme un signe fatidique du destin ?

À peu de temps de là, alors qu'ils déboulaient sur le flanc d'une dune, leurs chevaux provoquèrent une coulée de sable qui découvrit une boule de marbre blanc qui les intrigua. Ils mirent pied à terre et dégagèrent, avec leurs mains, une magnifique statue de jeune fille à la chevelure ondulée ramenée en chignon, aux traits fins et au regard si pur qu'il semblait frémir dans la lumière. Un collier de perles était délicatement sculpté autour de son cou et, quand le drapé du péplum commença à apparaître, ils s'aperçurent que le bras droit était absent. Alexandre fouilla fébrilement le sol meuble aux alentours pour le retrouver, mais ce fut le buste d'un éphèbe qu'il ramena au jour. À cette vue, leurs regards se croisèrent. « Recouvrons-les, dit précipitamment Emma, ils nous maudiraient d'avoir dérangé leur sommeil. »

Dans le petit port de Homs, le retour de Mesurade de la goélette du pacha marqua, pour Jane Eliza et ses enfants, la fin d'une quinzaine de liberté et de bonheur.

Sur la route de Tadjoura où il chevauchait de nouveau à côté de Frederick, Alexandre prit la décision d'entretenir sans plus tarder son père de ses projets intimes.

Le chevalier Rousseau n'avait d'attention que pour ses affaires : les tractations sur les ventes d'armes au pacha piétinaient, les divergences subsistaient encore au sujet des salaires des artilleurs du bey, plusieurs marchés de grains ne parvenaient pas à se conclure et, de plus, comme sa santé ne s'améliorait guère, il était constamment tendu et de méchante humeur. L'occasion d'aborder le sujet se présenta néanmoins, quand il fit part à son fils de son intention de l'envoyer à Paris pour rameuter les services de la capitale et visiter quelques amis influents.

«Père, dit Alexandre, je suis flatté de votre confiance, mais je vous supplie de comprendre que je ne peux pas quitter Tripoli en ce moment. J'ai des raisons très intimes dont j'avais dessein de vous parler. Emma Warrington et moi-même avons formé le projet de nous épouser et je vous demande votre consentement.»

Le chevalier Rousseau resta muet de surprise. Sans cesse accaparé par le service et préoccupé de sa seule réussite, il ignorait par principe, comme M. Warrington, les états d'âme de ses enfants.

«Mais, enfin, finit-il par articuler, qu'est-ce que c'est que cette histoire? On ne se marie pas sur un caprice. Emma Warrington est toujours, que je sache, l'épouse du major Laing, et si ce malheureux a de toute évidence disparu, la preuve de sa mort reste encore à apporter. Comment pourrais-je, sans me couvrir de ridicule, solliciter pour toi, la main de cette jeune femme, auprès de mon glorieux collègue qui me déteste et m'éconduira?

— Mais, père, nous nous aimons tant, Emma et moi, que je vous supplie de faire cette démarche.»

Ce garçon a perdu la raison, pensa le consul, un voyage de plusieurs mois à Paris lui changera les idées.

«Bien que cela soit stupide, dit-il à haute voix, nous en reparlerons à ton retour de France. Les grandes décisions demandent à être mûries, n'est-ce pas?»

Alexandre devint très pâle et osa braver son père.

«Non, je ne peux pas attendre, j'ai tout pesé et réfléchi. Je veux épouser Emma et rien ne pourra m'en empêcher. Je vous en supplie, il faut que vous demandiez à son père de m'accorder sa main, notre bonheur et nos vies sont à ce prix.»

Le chevalier Rousseau était plus soucieux de sa dignité que du caprice de son fils et n'entendait pas essuyer les sarcasmes du corps consulaire, ni les rebuffades du redoutable Gallois.

«Alexandre, fit-il sur un ton glacial, je t'ordonne de cesser ces enfantillages et de te plier au service du roi. Tu feras ce que je te dirai pour ton bonheur et notre honneur.»

Il tenta de se lever pour donner plus de solennité à son injonction mais une violente douleur le retint dans son fauteuil.

Alexandre se retira dans le plus grand désarroi. Il monta dans sa chambre et s'abattit sur son lit. Il ne parut pas au dîner, ni au petit déjeuner, le lendemain matin. Sa mère s'inquiéta de cette absence et alla frapper à sa porte. Elle le trouva prostré et fiévreux. Elle lui parla affectueusement, avec les inflexions de tendresse qu'elle avait autrefois pour son petit garçon, dans la maison d'Alep. Il s'en émut et lui conta son aventure, les yeux emplis de larmes.

Élisabeth connaissait la fragilité de son grand jeune homme qui portait en lui toute la sensibilité maladive de sa famille : les Outrey, ces demi-Grecs de Corfou, qui avaient allié, au bord de l'Euphrate, le tragique des Hellènes aux rêveries de l'Orient. Elle le consola et lui promit d'intercéder auprès de son père.

Une querelle permanente s'installa dès lors chez les Rousseau. Malgré l'insistance des siens, le consul refusait obstinément de se présenter en quémandeur chez son collègue anglais. De guerre lasse, Élisabeth décida de rendre une visite discrète à Jane Eliza dont elle appréciait la générosité et la douceur. Ces deux mères s'estimaient et avaient tout pour se comprendre, une solidarité attentive à l'égard de leurs enfants, une propension naturelle à privilégier l'irrationnel et les fables, l'une l'astrologie et l'autre la poésie et la magie. Elles n'ignoraient rien des sentiments réciproques qui animaient Alexandre et Emma et approuvaient leur désir d'union, à condition toutefois de respecter les délais habituels de viduité et de deuil. Élisabeth Rousseau se référa aux dates de naissance et jugea que deux Poissons, toujours sentimentaux et illogiques, mais charmants, compréhensifs et idéalistes, pouvaient parfaitement s'entendre. Jane Eliza surenchérit en prétendant que le chardon d'Écosse et le rosier d'Ispahan étaient promis, malgré leurs épines, aux plus belles floraisons.

Elles décidèrent, en tout cas, de préparer patiemment leurs redoutables maris à une plus humaine compréhension.

Après plusieurs semaines d'allusions calculées, d'escarmouches et de supplications, Élisabeth réussit à fléchir son époux qui se prépara, à contrecœur, à effectuer sa demande. Il prit d'abord prétexte de la dépression d'Alexandre pour renoncer à l'envoyer en France. Il chargea son deuxième fils, Antoine, qui approchait de ses dix-huit ans, d'accomplir cette mission de confiance et tenta, à propos d'un litige mineur avec le pacha, de se rapprocher du clan anglais et du colonel Warrington.

Découvrit-il chez son interlocuteur quelques dispositions favorables ? Où jugea-t-il qu'il était préférable d'en finir une fois pour toutes ? Toujours est-il qu'il se fit annoncer au consulat d'Angleterre.

Contre toute attente, grâce probablement aux savantes manœuvres de Jane Eliza, le colonel se montra grand seigneur et écouta ses préambules embarrassés avec une aimable courtoisie. Quand il eut terminé avec ses « hypothèses et ses situations délicates », M. Warrington le considéra d'un air amusé et lui dit :

« Une telle requête venant d'une personne autre que vous, mon cher collègue, ne pourrait qu'être rejetée pour inconvenance. Ma fille Emma est, comme vous ne pouvez l'ignorer, l'épouse depuis trois ans du major Gordon Laing. Celui-ci nous a donné, au cours des derniers mois, les pires inquiétudes, mais faute d'informations nouvelles, nous ne pouvons que vivre dans l'espérance de son retour. Peut-être avez-vous d'autres renseignements que les miens pour effectuer votre demande, mais, dans ce cas, vous devriez me dire tout ce que vous savez.»

Le chevalier ne savait rien de plus que ce que colportait la rumeur et il était confus d'avoir à le reconnaître.

«Bah, fit Warrington, je ne vous en veux pas, ces enfants sont si jeunes, si charmants et si difficiles à comprendre pour notre génération, n'est-ce pas? Enfin, nous sommes tous dans la main de la Providence, et si un jour les circonstances devenaient telles que rien ne s'opposât plus à cette union, je laisserai comme toujours, la volonté de Dieu s'accomplir. Mais de grâce, ne forçons pas le destin.»

C'est avec ces timides espérances, qui allaient pourtant au-delà de ce qu'il attendait, que M. Rousseau revint à Sakkara-Lez. Sa réponse jeta la consternation dans sa famille et le désespoir chez les amoureux.

Emma réagit avec une violence galloise. Puisque son père avait refusé sa main à celui qu'elle aimait maintenant d'une passion profonde, elle saurait le fléchir ou elle se tuerait.

L'occasion d'affronter le colonel se présenta lorsque celui-ci plaisanta, à table, sur «l'incroyable» demande en mariage dont «Mme Gordon Laing» avait été l'objet de la part du consul de France.

«Voici, dit-il, l'histoire la plus cocasse que j'ai entendue de ma vie. Attendez-vous, ma chère Jane Eliza, au train où vont les choses, à ce que je demande la main de la première des femmes du pacha, pour en faire ma deuxième épouse. Nous vivons depuis si longtemps dans une société islamique, n'est-ce pas? Ces pauvres Français ont perdu la tête.»

Emma ne se laissa pas intimider par cette désinvolture et répliqua d'une voix indignée qu'elle se moquait des femmes du pacha, mais qu'en ce qui la concernait, elle était veuve et libre, qu'elle aimait Alexandre Rousseau et qu'ils avaient décidé de s'épouser. Il n'y avait rien d'inconvenant à cela. Deux ans de chagrin et de tourment lui semblaient suffisants. Elle avait vingt ans et souhaitait être heureuse avec l'élu de son cœur qui, lui, ne l'abandonnerait pas pour aller se perdre dans les sables. Elle était très flattée que M. Rousseau ait demandé sa main pour son fils, elle avait espéré que la réponse serait positive. Puisqu'il n'en était rien, elle passerait outre quoi qu'il advienne et préférait mourir plutôt que de renoncer à son bonheur.

Le colonel Warrington ne supportait pas le blasphème. Il s'emporta une nouvelle fois et menaça de la renvoyer en Angleterre.

«Chez vos beaux-parents, en Écosse, précisa-t-il, ou au diable si vous préférez. Je suis las de ces enfantillages qui défient le bon sens et nous ridiculisent. Vous n'épouserez jamais ce blanc-bec, entendez-vous? J'ai déjà eu la faiblesse de céder à vos comédies et d'accorder votre main à Gordon Laing, or Dieu nous a punis pour n'avoir pas fait bénir votre union par un pasteur de l'Église anglicane. Vous voudriez que je recommence? Sachez que je ne suis ni un pantin ni un impie, et que mon seul souci est d'obtenir aujourd'hui le pardon de ma faute. Vos menaces sont une insulte au Seigneur.»

La dispute prenait un tour si périlleux qu'Emma se leva et regagna sa chambre.

«Vous tuerez cette enfant, dit Jane Eliza bouleversée, et le Seigneur vous maudira. Quand je la portais dans mon sein, du temps où vous faisiez la guerre en Espagne, j'ai fait, à plusieurs reprises, le rêve étrange du corbeau buvant, sur la lande enneigée, le sang d'un animal blessé. "C'est un mauvais présage des druides, madame, me dit notre servante. C'est le signe de Deirdre, l'amante désespérée du beau Noïsi, tué par le roi Conchobar. Elle mourut d'amour pour celui qui avait la chevelure comme le corbeau, la joue comme le sang et le corps comme la neige."

— Que me contez-vous là, s'exclama le colonel. Il s'agit bien de vos sornettes, de votre sorcière et du roi Conchobar, vous feriez mieux de dire à votre fille de calmer ses ardeurs et de respecter ses parents.»

Jane Eliza éclata en sanglots.

«Vous ne voyez donc pas, dit-elle, que ma petite Emma est le portrait de Deirdre avec ses boucles blondes et ses yeux de béryl.»

George Hanmer Warrington n'avait que faire des druides et des présages. Il redressa sa haute taille, haussa les épaules et se dirigea vers la terrasse qui dominait la mer.

À la querelle des hommes, le temps ajoutait sa morosité. L'atmosphère était lourde d'orages électriques qui éclataient dans des tourbillons de vent et provoquaient des migraines et de pesantes insomnies. Les tribus du Djebel retrouvaient leur agressivité et les citadins devenaient irritables et anxieux. Toutes les infirmités et les douleurs sournoises semblaient se réveiller à la fois. Le chevalier Rousseau éprouva une violente attaque de rhumatismes qui le conduisit à deux doigts de la mort.

Les charges du consulat retombèrent sur l'inamovible Vattier de Bourville et sur Alexandre.

On ne sait quelle mouche ou quel scorpion venimeux piqua le chargé d'affaires, mais il écrivit à un ami parisien que le chevalier Rousseau, «ce despote méprisable», était, par suite de sa maladie, incapable d'exercer ses fonctions.

Cette calomnie fut colportée dans le petit cercle du ministère et trouva crédit auprès des bureaux ; le ministre lui-même fut convaincu que M. Rousseau était à l'article de la mort et qu'il fallait lui désigner un remplaçant.

La nouvelle de la nomination d'un certain Méchain fit un si grand bruit à Tripoli, dans la colonie française, que deux clans se formèrent aussitôt, l'un prenant la défense du chevalier Rousseau, victime innocente d'une misérable cabale, et l'autre favorable à son remplacement par un élément plus jeune et en meilleure santé. Les deux camps se retrouvant toutefois pour dénoncer, avec la même ardeur, la vilenie de Vattier de Bourville qui s'était imprudemment vanté d'être à l'origine de l'incident.

En attendant la solution de cet imbroglio et la remise en selle de M. Rousseau, Alexandre assura de son mieux la marche des services, mais ces soucis inattendus, s'ajoutant à ses tourments sentimentaux, commencèrent à miner sa santé. Il rencontrait sa tendre Emma à toutes les occasions qu'ils pouvaient provoquer, mais la vigilance incessante des nervis du colonel et la médisance des mauvaises langues leur donnaient peu à peu des âmes de proscrits.

Au consulat anglais, le colonel Warrington n'avait pas de mots assez durs pour blâmer son collègue français. Ce plumitif en mal de copie, disait-il, qui aurait mieux fait d'imposer un peu plus d'autorité à son personnel que de comploter dans le désert.

À l'approche du mois d'août, le beau temps se rétablit mais la chaleur devint intolérable. Tout au long du jour, un soleil de métal fondait inexorablement sur les hommes accablés. Le désert semblait remonter vers les plages des Syrtes, les arbres se desséchaient, les vents sahariens apportaient, du fond des Tassilis, leur charge de poudre et de braise. Ils poussaient devant eux, comme des feuilles mortes, des messagers en haillons et des courriers anciens égarés dans les sables. C'est ainsi qu'Alkhadir, le neveu du cheikh Babani, de la caravane du Touat, et Bongola, le serviteur noir de Laing, parvinrent à Tripoli, après une mystérieuse errance de deux ans.

Le premier était porteur des deux dernières lettres écrites par le major, au cours de son séjour à Tombouctou. Le second avait échappé de justesse aux rezzous du désert et apportait la preuve irréfutable de la mort de son maître. Ils furent longuement interrogés par les gens du pacha, par Hassouna D'Gheis et, bien entendu, par le colonel Warrington. On reconstitua, bribe par bribe, la dramatique aventure où avait sombré l'expédition anglaise.

Contrairement à ce que l'on croyait, Laing avait été bien accueilli à Tombouctou et avait pu, pendant plusieurs semaines, mener à bien son enquête, recueillir des documents et même entrer dans certaines mosquées. Malheureusement, les Foulanis du Massina, bornés et fanatiques, venaient de conquérir la Ville sainte, et les Touaregs, délogés de leur capitale, rôdaient dans les parages et menaçaient les caravanes et les voyageurs. Quand le nouveau maître de Tombouctou, Sekou Amadou, apprit qu'un chrétien se trouvait dans la ville, il donna l'ordre au gouverneur de le chasser sur-le-champ et de faire en sorte qu'il ne lui prenne plus jamais envie d'y revenir. Les Européens ne doivent pas, disait ce saint homme, visiter les pays musulmans, où ils ne peuvent que répandre la guerre, les abus et la corruption, comme ils le firent jadis en Égypte et en Andalousie.

Prises entre leur bienveillance naturelle et la vindicte de leur nouveau souverain, les autorités de Tombouctou avaient conseillé à Laing d'abréger son séjour et de prendre la route d'Arawan et du Bambara.

Malgré la brièveté des délais qui lui étaient impartis, le major avait rassemblé toutes les informations qu'il avait pu recueillir et s'était mis en route en petit équipage par l'itinéraire indiqué. Deux serviteurs l'accompagnaient : Bongola, qu'il venait d'affranchir, et un jeune Arabe du pays.

Le cheikh des Berabiches, Amadou Labeida, lui proposa de l'escorter. Sa tribu contrôlait pratiquement la route d'Arawan et sa présence pouvait paraître un facteur rassurant. Ils voyagèrent d'abord avec une caravane marocaine, puis décidèrent de poursuivre seuls leur route. Le troisième jour, à la tombée de la nuit, alors que Laing et ses deux serviteurs se reposaient sous un arbre, quatre cavaliers appartenant au cheikh surgirent et les entourèrent. Labeida, dévoilant sa traîtrise, demanda au voyageur de renoncer à sa religion. Sur le refus de celui-ci, deux hommes lui saisirent les bras et le cheikh lui enfonça sa lance dans la poitrine. Laing s'affaissa, tandis qu'un autre cavalier l'achevait avec son sabre et lui tranchait la tête. Le jeune serviteur arabe fut également exécuté, mais Bongola s'en tira car il était noir et pouvait faire un bon esclave. Les assaillants pillèrent les bagages, détruisirent tous les documents dont l'écriture pouvait receler de dangereux fétiches et détalèrent. Au petit matin, un passant aperçut les deux cadavres abandonnés et les enterra près de l'arbre où ils étaient tombés.

Bongola et Alkhadir, qui étaient apparemment dans la main du pacha et de Mohamed D'Gheis, ne disaient peut-être pas tout ce qu'ils savaient. Le colonel Warrington les interrogea en personne une nouvelle fois et finit par être convaincu, à cause de leur accent de sincérité et de la précision de leurs réponses, qu'ils disaient, pour l'essentiel, la vérité. De toute façon, il ne doutait plus, depuis longtemps, de la triste fin de son gendre, il enrageait seulement de n'avoir pu éclaircir l'affaire des documents. Alkhadir, qui avait été chargé de les porter à Tripoli, jurait qu'il n'avait reçu en dépôt que ces deux lettres, et Bongola avouait qu'il était trop ému, lors du massacre de son maître, pour s'être occupé de ses papiers.

Le bon sens et une connaissance élémentaire des mœurs du désert auraient dû accréditer définitivement l'hypothèse de la destruction des documents, pourtant, Warrington s'obstinait à penser que ces papiers avaient été subtilisés, remis au pacha puis à Hassouna D'Gheis et finalement vendus au chevalier Rousseau. Il était même convaincu que ces trois personnages avaient comploté la mort de Laing pour s'approprier ses carnets de route. Tout lui semblait clair désormais : l'article de *L'Étoile*, la création de «l'investigateur africain», la recherche des manuscrits du Touat dont parlait si volontiers le consul de France, n'étaient que des paravents pour masquer le larcin.

Il tenait enfin le coupable, il saurait le confondre et lui faire rendre ce qu'il avait volé.

Le ciel lui sembla même venir à son aide quand, la semaine suivante, le journal *Le Sémaphore*, de Marseille, apporta la nouvelle qu'un voyageur inconnu, nommé René Caillié, récemment débarqué d'Afrique, venait de faire au parlement français un compte rendu de ses explorations au Sahara et notamment de sa visite à Tombouctou et à Djenné.

L'opinion britannique avait mis immédiatement en doute les affirmations de ce jeune homme presque inculte et avait démontré qu'un individu isolé ne pouvait avoir visité Tombouctou alors que les explorateurs les plus prestigieux y avaient échoué. Les preuves apportées étaient pourtant si convaincantes que les détracteurs avaient dû, de mauvaise grâce, admettre que ce commis de comptoir avait appris la langue arabe, s'était converti à l'islam et après une longue randonnée, déguisé en chamelier dans une caravane marocaine, avait bien visité la ville interdite en avril 1828. Deux ans après la disparition de Laing.

L'événement prenait effectivement, pour l'Angleterre, une importance d'autant plus grande que cette exploration lui faisait perdre le bénéfice de la découverte. À Tripoli, le colonel Warrington était si obsédé par cette affaire qu'il en déduisit que le consul de France avait fait assassiner le major Laing pour lui dérober ses carnets de route. « Il est aveuglant, disait-il, que ce René Caillié n'est qu'un prête-nom pour masquer le plus odieux des forfaits. »

*

Le témoignage décisif sur la mort de Laing, que Bongola venait d'apporter, fit immédiatement le tour de la ville, mais l'opinion le considéra comme un point final à une aventure presque oubliée. En réalité, il n'y avait plus que le colonel Warrington qui s'intéressait à cette affaire ancienne d'un étranger disparu dans les sables.

Personne ou presque ne se souvenait du bref passage du voyageur et encore moins de ses noces furtives avec la jolie fille du consulat d'Angleterre que l'on voyait toujours en compagnie de « la jeunesse diplomatique ».

Alexandre reçut la nouvelle avec un sentiment de délivrance et ce fut pour Emma comme la fin d'un cauchemar. Ils se dirigèrent spontanément vers la nouvelle église des Français où ils se retrouvaient chaque fois qu'ils pouvaient mettre en défaut la vigilance du colonel. Ces lieux de recueillement ne bruissaient d'autant de mots d'amour qui n'étaient pas destinés au Seigneur qu'au cours de ces visites. Par une pudeur bien compréhensible, Emma ne s'étendit pas sur sa liberté conjugale retrouvée, mais insista sur les démarches qu'il convenait de faire pour obtenir les consentements nécessaires à leur union.

Si Alexandre se disait certain de l'approbation des siens, elle redoutait, quant à elle, l'entêtement inexplicable et la passion des deux consuls.

Le chevalier Rousseau n'approuvait pas cet amour, qu'il jugeait insensé dans le climat de compétition et de méfiance qui opposait les deux représentations de France et d'Angleterre. Il était toutefois inquiet de l'abattement de son fils qui, depuis quelque temps, semblait consumé par une flamme intérieure, et il ne supportait plus les supplications d'Élisabeth. Après tout, ce mariage pouvait être un remède à cette tension insoutenable.

Il n'avait pas rencontré son collègue depuis plusieurs mois et ignorait les nouveaux griefs que celui-ci nourrissait à son égard. Certes, il avait gardé de leur dernier entretien un sentiment de malaise, mais il se souvenait néanmoins de quelques propos conciliants qui préservaient l'avenir. Puisque la mort de Laing était maintenant confirmée, il s'imposerait l'humiliation d'une nouvelle démarche.

Quand il eut franchi le seuil de la résidence d'Angleterre, il s'étonna d'être reçu comme un simple quémandeur, dans le bureau de son collègue. Le colonel Warrington, plus sombre qu'un loch d'Écosse, ne se leva pas pour l'accueillir et ne le pria pas de s'asseoir. Il s'informa d'un ton glacial de l'objet de sa visite. Le chevalier lui rappela les sentiments de leurs deux enfants, leur volonté de s'épouser, et puisque le destin avait tranché, sa satisfaction était grande de demander la main d'Emma pour son fils aîné, Alexandre, «un garçon majeur», élève vice-consul du roi, doté de toutes les vertus d'intelligence et de cœur qui honorent les bonnes familles.

Le colonel l'interrompit sans ménagements et lui répondit d'un air rogue, en retroussant sa moustache, que sa famille à lui était en deuil d'un gendre héroïque et bien-aimé, que sa fille était dans un état d'affliction bien compréhensible et qu'il trouvait particulièrement déplacée une telle demande dans un tel moment.

«Mon gendre, reprit-il, est mort en soldat et non pas en amoureux de comédie, sa femme restera fidèle à sa mémoire aussi longtemps que toute la lumière n'aura pas été faite sur les circonstances de son trépas et le sort de ses travaux. Vous pouvez, je pense, nous aider beaucoup dans cette quête, mais sachez que mon humeur me porte aujourd'hui à rejeter sans appel la demande inacceptable que vous venez me présenter.»

Le chevalier Rousseau reçut l'apostrophe comme un coup d'épée, il blêmit et quitta la pièce sans esquisser un salut ni prononcer une parole de politesse.

Le récit que le consul fit de son échec et de son affront, à son retour rue des Français, tomba comme un arrêt de mort. Alexandre avait conservé jusqu'à cet instant l'espoir d'obtenir le consentement tant désiré puisque la mort de Laing avait levé le principal obstacle. Le refus du colonel Warrington le laissait désemparé et assommé de chagrin. Que lui restait-il à faire? Il ne savait plus. Il lui semblait qu'un gouffre infranchissable venait de s'ouvrir sous ses pieds. Peu à peu, une rage sourde l'envahit et l'incita à braver les obstacles. Il résolut de s'enfuir avec sa bien-aimée sur le premier bateau qui appareillerait pour la France. Il se réfugierait à Marseille ou à Paris, chez sa tante maternelle Outrey et poursuivrait, dans quelques mois, dès qu'il aurait atteint sa majorité, la carrière de vice-consul à laquelle il était destiné. Il se cramponna à cette idée avec l'ardeur du naufragé sur son épave et écrivit aussitôt à Emma pour lui faire part de ses projets.

Ton père a refusé de donner son consentement à notre mariage et la façon honteuse dont il a reçu le mien va compliquer encore les relations de nos deux familles.

Je suis désespéré, chaque heure que je passe loin de toi, mon adorée, est un véritable supplice, je ne pense qu'à toi, je ne vis que pour toi et je n'ai d'autre désir que de sentir à chaque instant battre mon cœur contre le tien. Qu'importent nos familles, leur morale et leur orgueil, qu'importent les convenances et les traditions, fuyons cette prison et ses geôliers et partons pour des cieux plus cléments. Je trouverai un capitaine complaisant et la Providence nous aidera pour que nous soyons enfin et pour toujours l'un à l'autre.

Sois confiante, Emma! et garde-moi ton merveilleux amour pour me donner la force dont j'ai tant besoin en ces temps difficiles.

Dans le port de Tripoli, trois navires étaient en partance pour l'Europe. L'un deux, le brick autrichien *Patriarco Abramo*, qui naviguait sous pavillon du royaume de Naples, appareillait pour Toulon avec une cargaison de laine et d'orge. Lorsque son capitaine se présenta au consulat de France pour faire viser son connaissement, Alexandre le mit au courant de ses projets et le supplia de le prendre à son bord avec un compagnon de son âge, ajouta-t-il, qui allait réparer sa santé sous le ciel de Provence.

Le capitaine Gennaro, qui avait une solide réputation de cupidité et de méfiance, flaira aussitôt une bonne affaire et multiplia les objections pour faire monter les prix. Son bateau était délabré et mauvais voilier, il ne disposait que d'une cabine dépourvue de confort, le cuisinier était détestable. Bref, il ne pouvait transporter, dans de telles conditions, le fils du puissant consul de France et son jeune camarade.

Alexandre le supplia et fit valoir qu'il se moquait des commodités, qu'il s'agissait d'un voyage urgent et qu'il saurait le dédommager comme il convenait.

Le Napolitain se fit encore tirer l'oreille puis accepta l'embarquement. Le départ fut fixé au 12 août 1828, aux premières heures de la matinée.

Alexandre, qui n'avait pas le premier ducat pour régler le capitaine, se rappela opportunément qu'il y avait, dans la partie supérieure du vieux coffre bardé de fer du consulat, une cachette qui contenait quelques pierres précieuses qui provenaient des prises. Le consul y puisait de temps en temps pour subvenir aux besoins du poste. Il subtilisa quelques saphirs et une poignée de perles qu'il négocia pour un bon prix chez le joaillier Baranes.

Ainsi pourvu, il paya un acompte et poussa ses préparatifs. La réponse d'Emma lui parvint le soir même.

Elle était scandalisée par l'attitude de son père et prête à partir avec son bien-aimé n'importe où, au bout du monde même, pourvu qu'elle échappât à cet enfer. Elle attendait, le cœur battant, les décisions de son cher Alexandre.

Je ferai semblant de me rendre à la Meshia, précisait-elle, *pour ne pas éveiller les soupçons. Je te rejoindrai à l'heure et à l'endroit que tu auras choisis.*

Dans la soirée du 11 août, Emma, qui s'était préparée ostensiblement à se rendre au jardin anglais, laissa partir le cocher avec ses couffins de provisions, sans souffler mot. Elle dissimula sous sa cape de laine blanche le paquet de vêtements qu'elle avait préparé et se rendit, par des voies détournées, à la nouvelle église où Alexandre lui avait une fois de plus donné rendez-vous.

Ils se retrouvèrent avec une vive émotion et un poids d'angoisse qu'ils ne parvenaient pas à dominer. Ils se dirigèrent vers la maison attenante au consulat de France où les bureaux de la chancellerie avaient été provisoirement installés et se glissèrent, sans attirer l'attention, dans une salle déserte du rez-de-chaussée. La nuit était tombée et Alexandre dut allumer une chandelle pour dissiper les ténèbres. La pièce sentait la vieille laine et l'huile rance, un bat-flanc recouvert d'une couverture mauresque occupait un angle du mur, une table encombrée de ballots indéfinissables et quelques chaises se distinguaient vaguement dans l'ombre. La chaleur était étouffante et le silence oppressant, mais ils n'osèrent pas ouvrir la fenêtre de peur d'alerter le gardien. Ils s'étreignirent sans prononcer une parole, bouleversés de respirer l'odeur lourde de leurs corps et de sentir battre leurs cœurs. Ils se déshabillèrent et s'étendirent sur la couche pour retrouver quelque fraîcheur. Ils s'endormirent très tard dans la nuit, d'un sommeil haletant, et se réveillèrent, frissonnants, aux premières lueurs de l'aube. Ils revêtirent, en tâtonnant, des tenues de marin qui sentaient la fumée et la saumure. Emma dissimula avec soin ses longs cheveux blonds sous le bonnet de laine rouge des matelots de la côte, macula son visage trop clair avec la poussière du sol et chaussa des espadrilles napolitaines encore humides d'eau de mer. Quand ils furent prêts, Alexandre chargea sur son épaule la besace où ils avaient roulé leurs habits et, profitant de la relève du matin, ils se coulèrent dehors sans attirer l'attention.

À l'entrée du port, les silhouettes familières de deux matelots en partance n'étonnèrent pas le corps de garde. Le capitaine Gennaro les reçut à la coupée du *Patriarco Abramo* avec des courbettes obséquieuses et les conduisit dans une cabine malodorante du gaillard d'arrière. Deux hamacs et une bâche d'eau constituaient, avec quelques rouleaux de cordages, le seul ameublement du réduit.

« Surtout, ne vous montrez à personne, chuchota le Napolitain, les espions du pacha sont partout. Une fois en mer, vous serez libres d'aller à votre guise. Nous appareillerons vers midi. »

Alexandre et sa compagne s'assirent parmi les gréements et attendirent. Les heures s'égrenèrent, le soleil monta, mais le navire restait immobile.

« Que se passe-t-il ? dit Emma. Ce silence m'inquiète.

— Je vais en avoir le cœur net, répondit Alexandre. »

Il sortit sur le pont et scruta anxieusement les environs. Le bateau semblait vide et le port curieusement figé. Sur la crête de la jetée qui surplombait le brick, le capitaine et son équipage surveillaient attentivement l'horizon. Oubliant tout conseil de prudence, le jeune homme sauta à terre et monta les rejoindre. Il comprit, au premier coup d'œil, les raisons de ce manège : à quelques milles, devant Tripoli, une ligne de bateaux de guerre prenait ses positions de combat.

« Nous ne distinguons pas le pavillon, dit Gennaro, mais il est certain que c'est une flotte ennemie qui vient demander des comptes au pacha.

— Alors, partons sans perdre un instant, dit Alexandre.

— Je voudrais bien, dit Gennaro, mais les chaînes viennent d'être tendues en travers de la passe. »

Un nuage apparut tout à coup sur les voiles lointaines et le roulement d'une canonnade gronda peu après sur la mer. Quelques boulets vinrent frapper les murailles en soulevant des flocons de poussière rouge. Les batteries du château ouvrirent le feu dans un vacarme assourdissant et les janissaires se mirent à courir sur la jetée.

Avant même que le capitaine eût esquissé un geste de retraite vers son bateau, un groupe de soldats fondit sur lui et l'interpella. D'autres gardes du port se déployèrent sur le pont du *Patriarco Abramo* et en abattirent le pavillon.

« Santa Maria Madona ! dit Gennaro en se signant, nous sommes perdus. C'est la flotte napolitaine qui attaque la régence et nous voilà consignés jusqu'à la fin des combats ! »

Alexandre ne pensait plus qu'à Emma. Il tenta de bondir vers le navire pour la retrouver, mais un janissaire lui barra la route et le frappa avec une telle violence qu'il s'affala sur le sol et perdit connaissance. Que pouvait-il contre le destin et la malchance ?

Quand il se réveilla, il était ligoté dans une des geôles du port, tandis que les boulets pleuvaient sur la ville et que deux bâtiments flambaient dans la darse.

À bord du *Patriarco Abramo*, Emma fut débusquée dans la cabine dès les premiers instants. Bien que surprise par l'irruption des gardes, elle ne se démonta pas et fit face avec détermination. Elle arracha son bonnet rouge et libéra ses longues tresses.

« Je suis la fille de Mourad Raïs, le maître du port, dit-elle en arabe au factionnaire médusé, j'exige d'être conduite auprès de lui. »

La crainte qu'inspirait le renégat était telle que personne n'aurait osé mettre en doute sa parole, aussi fut-elle menée, sur-le-champ, à la capitainerie. Peter Lyle reconnut aussitôt la fille de son ami le consul d'Angleterre, et sans lui poser de question, la fit conduire, sous bonne escorte, chez son père.

À la tombée du jour, la canonnade s'apaisa et le pacha hissa le drapeau blanc pour parlementer.

Dans la sentine étroite où il était enfermé, Alexandre se consumait d'angoisse. Il tenta vainement d'attirer l'attention du garde qu'il devinait dans la pénombre près de la porte, mais celui-ci était un arnaoth albanais qui ne comprenait pas l'arabe. Quant à ses quelques compagnons d'infortune qui gémissaient autour de lui, c'était des marins du navire qui ne parlaient que le dialecte napolitain.

Pendant ce temps, le retour inopiné d'Emma, entre quatre janissaires, plongea la famille dans la stupeur et l'embarras. Elle ne prononça pas une parole, ni n'esquissa un geste pour expliquer son aventure. Elle se réfugia dans sa chambre, le visage si dur et si fermé que le colonel lui-même n'osa pas l'affronter.

Jane Eliza, bouleversée, fit appeler le Dr Dickson, mais celui-ci ne put obtenir de confidence.

« Veillez sur elle de jour et de nuit, dit-il finalement. Souvenez-vous de son comportement au temps du major Laing, je crains que cette nature indomptable ne prépare encore quelque sottise. »

Malgré les consignes de discrétion, la rumeur parvint au consulat de France où l'on s'aperçut qu'Alexandre avait disparu. On le chercha vainement et les hypothèses les plus fantaisistes commencèrent à courir. On prétendait qu'il avait péri dans les bombardements et Vattier de Bourville, qui connaissait les problèmes sentimentaux du jeune homme, insinua qu'il avait peut être mis fin à ses jours en se jetant dans la mer du haut des remparts.

Le troisième jour, alors que les négociations avec la flotte napolitaine traînaient en longueur et que l'arbitrage des consuls de France et d'Angleterre avait été demandé, un officier du pacha alla visiter les otages du *Patriarco Abramo*, qui croupissaient dans les fers.

Alexandre, qui parlait couramment l'arabe et le turc, parvint, sans trop de peine, à convaincre le mamelouk de son identité. Il fut libéré le soir même.

Son retour dissipa l'angoisse familiale mais alourdit un peu plus l'atmosphère. Le chevalier était exaspéré de « toutes ces comédies » qui, disait-il, le rendaient ridicule. La bonne Élisabeth craignait maintenant pour la santé de son garçon qu'elle croyait ensorcelé. Dans chacune des deux familles, les vieux griefs se réveillaient, s'accumulaient et tournaient à la haine.

Le colonel Warrington rejetait sur la France « corrompue » la responsabilité de ce nouveau scandale et parlait de tentative d'enlèvement et d'insulte à l'honneur britannique. Cette psychose gagna progressivement la communauté chrétienne, la ville et le château. Il y eut désormais deux camps dans la cité, celui qui, de toute façon, suivait toujours l'Angleterre, et l'autre qui, par tradition, se rangeait derrière la France.

Le succès obtenu par le chevalier Rousseau, dans les difficiles négociations entre Naples, la Toscane et la régence, là où précisément son rival anglais avait échoué, aggrava encore la tension entre les deux camps. Tout le monde se mêlait maintenant de la dispute.

Tel capitaine de navire confirmait que les papiers de Laing, recherchés depuis tant de mois, étaient bien partis en France par le dernier courrier, tel autre déclarait avoir eu connaissance de la somme payée à un chamelier des Zentan pour les carnets du major. Le Dr Dickson affirmait lui-même que le pacha était si convaincu de la culpabilité des Français, qu'il allait faire expulser leur consul.

L'automne 1828 n'apporta aucun changement dans cette ambiance empoisonnée qui régnait dans la ville. Le pacha, qui se moquait par définition des rivalités intestines des chrétiens, était intrigué par ce conflit et ne parvenait pas à comprendre pourquoi des nations aussi puissantes que la France et l'Angleterre se disputaient à propos de quelques écrits perdus dans le désert. Pourvu, se disait-il, que cette histoire ne dégénère pas en conflit, je ne manquerai pas d'en subir les conséquences.

La flotte anglaise était ancrée à un jour de Tripoli, les bateaux français étaient moins nombreux et leurs bases plus lointaines, mais ils sillonnaient fréquemment les mers de Barbarie. Ne disait-on pas que le roi Charles X était en conflit avec le dey d'Alger et les marchands de grain de Tunis ? Si lui-même était attaqué, la protection anglaise lui serait nécessaire. Il était donc prudent de ne pas s'aliéner le consul Warrington. Il ne fallait pas non plus irriter le Français. Que faire ? Sinon un jeu subtil de bascule et de déclarations contradictoires bien dosées.

Enfin, pensait le pacha, le temps ferait son œuvre et les vents d'hiver apporteraient la paix.

Dans ce tourbillon de médisance et de passion, Alexandre et Emma avaient perdu tout espoir de se revoir. Leur porte était maintenue hermétiquement close par une double vigilance paternelle et collective sans défaut. C'est à peine, si, de temps en temps, un billet glissé furtivement par Frederick, Louisa ou une main complice venait éclairer leur solitude.

Dans le douloureux isolement où ils se trouvaient, leurs sentiments s'exaspéraient encore. Alexandre mangeait à peine et ne dormait plus, il restait de longues journées sur les terrasses de Tripoli ou de Sakkara-Lez, en cherchant au loin les frondaisons du jardin anglais. Il lui semblait que son âme l'avait abandonné et il se réfugiait dans un paradis imaginaire où il retrouvait sa fée aux boucles blondes. Il lui disait mille mots tendres et échafaudait des scènes merveilleuses dont il était le héros. Parfois, une bouffée de désir l'enveloppait comme ces halètements du vent du sud qui viennent du Djebel, les jours d'été. Les images de Sorman, le souvenir de leur dernière étreinte, assaillaient tout à coup ses sens et sa mémoire. Il appelait doucement sa tendre Emma et enfouissait sa tête dans le châle de soie bleue qu'elle lui avait donné.

Il s'était risqué, à plusieurs reprises, dans les parages du jardin anglais et avait erré le long des hautes murailles. Les serviteurs du colonel l'ayant éconduit, il avait guetté vainement, comme un chasseur à l'affût, l'apparition d'une robe blanche sur le perron de la villa. Plusieurs fois, Emma avait deviné sa présence et l'avait rejoint à l'abri des massifs d'orangers. Ils avaient passé de brefs moments à s'étreindre, mais ces instants de bonheur ne faisaient que nourrir leur désespoir.

Alexandre ne savait plus que faire, sa mère s'inquiétait de sa maigreur et de son teint défait.

«Il a l'estomac noué», disait-elle au frère Benedetto qu'elle consultait plus volontiers que les chirurgiens de la ville.

Mais les bouillons les plus savants et les décoctions d'herbes rares restaient sans effet sur le mal qui le rongeait.

De son côté, Emma avait renoncé à fléchir la volonté de son père, elle ne retrouvait pas cet influx irrésistible qui avait balayé tous les obstacles, lors des emportements de son premier amour. Il y avait aujourd'hui, dans le cœur de cet homme, une rage si tenace qu'elle le comparait à ces écueils de granit autour desquels, dans les tempêtes, tournent les oiseaux égarés.

Malgré les supplications de Jane Eliza, George Hanmer Warrington demeurait intraitable.

«Le consul de France, disait-il, est un voleur et un assassin, et son clan ne mérite ni indulgence ni pardon.»

De guerre lasse, Emma se réfugia dans un état second où elle revivait son passé et ses amours déçues. Dans sa détresse, elle revêtait parfois ses plus jolies parures et apparaissait, sans raison, parmi les siens, le visage fardé, les cheveux soigneusement roulés, sa torque autour du cou, et, à son poignet, le bracelet berbère d'émail cloisonné que lui avait offert Alexandre. Elle ne répondait pas aux interrogations inquiètes de son entourage, elle marmonnait des paroles incompréhensibles, riait en tendant les bras à un cavalier imaginaire et esquissait quelques pas de valse. Elle se réfugiait souvent dans un coin du salon et parlait à voix basse à un interlocuteur invisible.

Dans cet égarement, sa beauté était plus rayonnante que jamais, son teint et ses lèvres prenaient l'éclat du plus tendre incarnat, sa taille semblait encore plus fine et ses yeux scintillaient comme des diamants bleus.

Jane Eliza ne savait plus que pleurer sur le malheur de sa fille, et le colonel Warrington se dirigeait plus fréquemment que d'habitude vers son cabinet à liqueurs en maugréant pour cacher sa rancœur.

Emma se rendait souvent au pied de la falaise, près du débarcadère et contemplait fixement pendant de longues heures la mer et les châteaux de nuages couleur crème et lie de vin qui s'amoncellent au bord de l'horizon. Elle ne parlait plus à personne et se détournait quand ses sœurs et ses frères cherchaient à l'approcher pour la distraire.

Les visiteurs qui fréquentaient le jardin anglais n'osaient plus demander quelle était cette personne si gracieuse, qui passait comme une ombre, au détour d'un couloir ou d'un massif de fleurs. Parmi ces invités d'un soir, le jeune Thomas Wood, vice-consul à Benghazi, que des obligations de service retenaient à Tripoli, ne pouvait plus chasser de son esprit l'image fascinante de cette créature. En voyant son regard captivé et son manège, Jenny pensa mélancoliquement qu'un papillon allait une fois de plus se brûler les ailes. Le colonel Warrington, qui allumait son cigare, resta longtemps songeur en suivant ses volutes de fumée.

À l'approche de l'hiver, la santé des deux amants s'altéra rapidement et le médecin du bagne des chrétiens, Dominique Braconnio, appelé au chevet d'Alexandre, diagnostiqua une anémie pernicieuse, une inappétence d'origine émotionnelle qui avait provoqué un amaigrissement et une déshydratation avancée.

« Ce qui m'inquiète, disait-il, c'est que cette anémie ressemble à celle que l'on rencontre souvent chez les sujets originaires des rivages méditerranéens et qui est due à une maladie du sang que nous ne savons pas soigner. »

Élisabeth Rousseau n'entendait rien aux supputations du chirurgien et mettait plutôt sa confiance dans les guérisseurs du Djebel. Elle demanda à Faouzia de lui ramener de Yefren un marabout de grande renommée. Ce dernier jeta des sorts, fit quelques conjurations, laissa une amulette emplie de maximes tirées de versets du Coran, et fit brûler trois feuilles d'oignon sans provoquer d'amélioration chez le malade.

Le consul était désespéré; l'état de consomption de son fils, le teint cireux de son visage, l'éclat de ses yeux fiévreux, lui faisaient redouter le pire. Il ne comprenait pas qu'une passion amoureuse contrariée puisse provoquer de tels désordres.

« Alexandre, mon petit, lui disait-il, en lui prenant la main, nous t'aimons tant, tu es notre joie et notre fierté, ressaisis-toi, laisse passer le temps et tout s'arrangera. Tu retrouveras celle que tu aimes et tu l'épouseras, sois raisonnable, tu as toute la vie devant toi. »

Il essayait de le convaincre, de l'amadouer, de faire vibrer toutes les cordes, mais il ne trouvait devant lui qu'un front obstiné et des prunelles vides.

« Il est envoûté, disait Élisabeth, cette fille de malheur lui a fait boire un philtre, c'est une sorcière, elle a fait mourir son premier mari et maintenant elle va tuer mon petit Alexandre. »

Au consulat d'Angleterre, John Dickson se penchait une nouvelle fois sur le cas de l'imprévisible Emma. Elle repoussait brutalement toutes les approches, éconduisait la pauvre Jane Eliza qui ne savait que soupirer sur les coups du destin, évitait Jenny et ses frères et injuriait le colonel Warrington qui était venu lui infliger quelque homélie hypocrite. Elle ne quittait plus sa chambre et n'acceptait que la présence de la discrète Faouzia qui lui parlait, en termes affectueux, de la détresse d'Alexandre.

Le Dr Dickson était si mortifié et excédé par tant d'échecs qu'il déclara forfait et fit comprendre au colonel qu'il n'y avait plus rien à faire : « Son état mental est déplorable, disait-il, une sorte de folie l'habite, il n'y a plus qu'un remède, l'éloigner de Tripoli. »

« Mariez-la, grands dieux, tant que vous en avez le pouvoir, peu importe avec qui, pourvu qu'elle ait une surveillance attentive autour d'elle, et expédiez-la où vous voudrez, le plus loin possible, en Angleterre, en Suisse, en Italie, mais surtout pas en France.

« Les chocs qu'elle a subis au cours de ces dernières années l'ont ébranlée si profondément qu'elle n'a plus sa raison. Croyez-moi, le pire peut arriver. »

Les mois se succédaient et rien ne bougeait dans la marmite close de Tripoli. La haine s'épaississait. Le chevalier Rousseau, impuissant, ne savait que maudire l'intraitable colonel, et ce dernier, bravant tous les reproches de sa famille, se réfugiait dans la boisson et ruminait de sinistres vengeances. Vattier de Bourville, Mme Kork Van Breughel et les amis des deux camps n'osaient plus évoquer cette tragédie affligeante.

Le temps lui-même semblait malade et l'air plus oppressant. D'une visite rapide à Sakkara-Lez, le chevalier Rousseau, recru de travail et de soucis depuis la défection de son fils, était revenu avec une lassitude inhabituelle. Une sécheresse précoce retenait l'envolée du printemps. Les pluies avaient déserté le ciel des Syrtes depuis le solstice d'hiver. Les arbres restaient dénudés et les pasteurs du Djebel poussaient prématurément leurs troupeaux vers le fond des vallées où coulaient encore de maigres filets d'eau. Le soleil montait chaque matin dans un ciel d'étain et consumait la terre avec une telle ardeur que les insectes cessaient de bruire et les oiseaux de pépier dans la palmeraie.

Le 1er mars, vers midi, un voile mauve se déploya sur la ville et une brume rousse noya peu à peu les lointains. Un vent brûlant, venant du désert, se mit à souffler en tempête, comme si la gueule d'un four avait éclaté brusquement. Des filets de sable commencèrent à courir dans les rues en longs serpents sinueux qui ondoyaient sous les rafales. Une poussière rouge impalpable s'infiltra par toutes les fissures, suffoquant les passants qui collaient vainement leur mouchoir sur leur visage pour protéger leurs yeux et leurs narines. Les vieux serviteurs du consulat déclarèrent avoir perdu le souvenir d'une tempête semblable et prédirent sept jours de tourmente.

Toute la ville barricada ses portes et ses fenêtres. Ceux qui possédaient des dallages de marbre ou de céramique répandirent des jarres d'eau pour conserver un peu de fraîcheur, les autres se contentèrent de placer des bourrelets d'étoupe autour des embrasures. Au consulat, la poudre rouge, démoniaque, s'accumula dans le patio et sur les galeries du premier étage. Dans la chambre d'Alexandre, des draps mouillés furent tendus le long des murs pour hydrater l'atmosphère et tempérer la chaleur étouffante qui régnait dans la pièce. La lumière fauve qui filtrait par le vitrail de la fenêtre était si misérable qu'il fallut allumer les flambeaux pour percer les ténèbres.

Alexandre avait quitté le lit où il restait allongé depuis plusieurs semaines. Il avait revêtu le vieux caftan écarlate de son père qui lui servait de robe de chambre et s'était traîné jusqu'à la table de travail. Il avait retiré de sa gaine de cuir le fidèle cahier où il consignait ses pensées intimes et s'était plongé dans sa lecture. L'enthousiasme de ses premières rencontres avec Emma, la naissance de leur amour, le rappel des heures délicieuses qu'ils avaient vécues ensemble lui brisèrent le cœur. Il contracta ses longues mains diaphanes et pleura doucement sans un sanglot, comme si sa peine s'était écoulée sans fin par le canal de ses yeux. Il s'affaissa alors sur sa table, ses mèches brunes répandues sur ses avant-bras, et se sentit vidé de toute force et de toute volonté. Tout se bousculait et tournait en sarabande dans sa tête, il ressentait plus fort que jamais cette angoisse qui l'avait toujours habité à l'approche du lendemain. Sa présence au monde lui semblait sans signification devant l'âpreté d'une vie faite de contraintes, de mensonges, d'hypocrisie, d'égoïsme et de souffrances. En quoi la douleur pouvait-elle être rédemptrice et la contrainte méritoire? Que signifiait une existence entière sans liberté, sans épanouissement ni bonheur? Serait-il comme son père, un pauvre consul besogneux, toujours à la merci d'un pouvoir indifférent, vivant dans l'obsession d'une affectation un peu moins médiocre, de problèmes d'argent sans solution et des bilans sans gloire? Puisque le destin et les hommes lui refusaient Emma, la seule lumière qui éclairait son cœur et son âme, il n'avait plus qu'à se laisser glisser avec elle dans un monde meilleur. Alexandre, fils de l'Orient, nourri dès sa prime enfance de mythologie et de rêves persans, se sentait irrésistiblement porté vers les jardins d'en haut, jardins d'espoir et de désir où Ormuz, le dieu bon, accueille ses enfants qui ont souffert sur la terre, pour leur donner enfin la félicité d'un printemps radieux.

Il était si plongé dans sa tourmente intérieure qu'il entendit à peine les coups discrets qui étaient frappés à sa porte. Il se redressa lentement et marmonna quelque chose, le vantail grinça et Frederick entra dans la chambre.

Les deux jeunes gens s'étreignirent affectueusement et une bouffée de plaisir les envahit comme si un flot d'air vivifiant était entré dans la pièce. Frederick contempla longuement son ami, lui prit la main et le conduisit à son lit pour s'asseoir près de lui.

«Comment va Emma?» demanda Alexandre.

Les yeux de Frederick se mouillèrent et, détournant son regard, il lui glissa dans la main un billet soigneusement plié.

Alexandre décacheta le pli et le parcourut d'un trait.

Mon amour, disait Emma, *un désespoir sans fond habite mon cœur. Je n'ai même plus la force de me plaindre, de verser une larme, de desserrer l'étau de plomb qui me broie et j'ai tout essayé pour fléchir mon père.*

Ma mère et mes sœurs ont vainement tenté de venir à mon aide, mais depuis longtemps, un mauvais démon s'est emparé de son âme et il a refusé de m'entendre.

Le Dr Dickson est également contre moi. Il a exigé de mes parents de m'éloigner à jamais de toi, de m'embarquer pour l'Angleterre. Il m'accuse d'être folle et tourmentée par de mauvais instincts. Qui peut savoir ce qui est passion ou folie ? Qui connaîtra jamais l'amour que j'ai pour toi, mon bien-aimé, et le besoin de bonheur qui me consume ? Si je n'avais pas ton image adorable devant mes yeux et dans toutes mes pensées, je serai déjà morte de chagrin. D'ailleurs, puisque la terre refuse de nous donner l'un à l'autre, j'ai hâte de te retrouver dans cet autre monde où les âmes comme les nôtres peuvent enfin brûler de tous leurs feux, sans contrainte et sans limites.

Garde ta force, ton cœur et ta beauté, mon Alexandre, je sais maintenant que le moment est venu de notre inéluctable rencontre. Comme je t'aime et comme j'ai hâte d'être éternellement dans tes bras.

Alexandre serra le papier dans sa main et dit à Frederick :

« Je n'ai pas la force de répondre à Emma, mais tu lui diras que je suis heureux de ce mot qu'elle m'a envoyé et qu'elle m'a donné une fois de plus tout le bonheur du monde. Adieu Frederick, je t'aime comme mon propre frère et je ne trouve pas de mots assez tendres pour Jenny, pour Louisa et pour ta mère. Je n'ai pas de haine pour ton père, mais je sais qu'il est l'esprit du mal et que Dieu le punira pour son orgueil et sa cruauté. »

Frederick balbutia quelques mots maladroits, serra son ami dans ses bras et s'enfuit en pleurant.

Alexandre s'étendit sur sa couche et resta immobile. Au dehors, la tempête faisait rage et semblait vouloir ensevelir la ville sous des cendres brûlantes. La nuit fut étouffante et le jour qui lui succéda fut couleur de pain bis.

Une sorte de délire s'était maintenant emparé du jeune homme, il refusait toute boisson malgré la soif qui le dévorait, il chantonnait sur un ton monocorde une comptine de son enfance. Il revivait ses souvenirs d'Alep et répétait les mots d'enfant que sa sœur Isabelle avait inventés pour lui. Une sorte de sérénité gagnait peu à peu son visage, on le vit même sourire en murmurant le nom d'Emma.

À l'aube du 6 mars, le médecin du bagne le trouva si haletant et si affaibli qu'il voulut lui administrer un cordial, mais il refusa de desserrer les dents. Élisabeth et son mari, le frère Benedetto et le préfet apostolique, Fra Vicenzo d'Offague, vinrent à son chevet et lui parlèrent longuement de courage et d'espérance. Il ne sembla pas les entendre. À une heure de l'après-midi, le frère, qui le veillait, fut frappé par la fixité de ses grands yeux qui semblaient contempler l'infini. Il s'approcha de son visage et vit que sa bouche s'était entrouverte sur un dernier soupir. Plus aucun souffle ne soulevait sa poitrine. Il lui abaissa doucement les paupières et se signa, mais quand il voulut prendre ses mains pour les croiser sur sa poitrine, l'une d'elle était si fortement serrée sur le billet d'Emma qu'il ne put l'ouvrir pour la joindre à l'autre.

La nouvelle du décès se répandit instantanément dans la ville, et ceux qui avaient connu le séduisant jeune homme s'étonnèrent de ce malheur. Cette histoire d'amour, qui s'était maintenant ébruitée dans la collectivité chrétienne, était incompréhensible aux esprits les plus indulgents comme aux plus réalistes.

Mme Kork Van Breughel, qui était dans la confidence des Warrington et toujours sévère à l'égard des Français, n'hésita pas cependant à blâmer le colonel de son obstination.

Les âmes sensibles s'attendrirent et les Rousseau, qui avaient perdu à quelques années d'intervalle, leur fille aînée bien-aimée et leur fils préféré, maudissaient Dieu et les hommes et se croyaient victimes d'une conspiration satanique.

Les funérailles d'Alexandre eurent lieu deux jours plus tard et une assistance nombreuse suivit son cercueil jusqu'à la nouvelle église catholique où il fut inhumé.

Tous les consuls, à l'exception du colonel Warrington, furent présents, ainsi que les commerçants et nationaux français de la ville. Frederick et Jenny s'étaient échappés de la geôle paternelle pour un dernier adieu à leur inséparable compagnon et, un peu à l'écart, Elizabeth Dickson, un voile sombre posé sur sa chevelure blonde, s'était mêlée discrètement à la foule. Le pacha, d'une façon inhabituelle chez les musulmans, fit précéder le cortège par un piquet de cent soldats.

Sur la tombe de son fils infortuné, le chevalier Rousseau fit graver une plaque très émouvante dans sa simplicité pour rappeler qu'à l'aube de ses vingt et un ans, Alexandre Timoléon, qui était né sous les saules de Babylone, était mort, victime d'un amour insensé[1].

*

Au jardin anglais, malgré les bravades et les interdits du colonel Warrington, le deuil était entré dans la maison comme un poison subtil. Toute la famille fut consternée en apprenant la nouvelle, mais nul n'osa affronter la détresse d'Emma. Elle était devenue étrangement calme et lointaine et Jane Eliza ne pensait plus qu'à Deirdre,

1. Cette plaque, recueillie depuis, a été scellée dans les jardins de l'ambassade de France à Tripoli.

l'immortelle Deirdre, l'amante désespérée du beau Noïsi qui avait péri sous les coups du méchant roi Conchobar.

Comme Deirdre dans sa douleur, Emma ne souriait jamais, mangeait à peine et ne levait plus la tête au-dessus des genoux. Peut-être entendait-elle, comme sa mère, au fond de sa mémoire, le chant du désespoir : « Ô, Conchobar, que veux-tu ? Tu m'as donné le chagrin et les larmes. Celui qui fut pour moi le plus beau sous le ciel, celui qui me fut si cher, tu me l'as enlevé. Ne brise plus mon cœur, j'irai bientôt vers ma tombe. Ô Conchobar ! Le sais-tu, le chagrin est plus fort que la mer… »

Pas plus que du roi Conchobar, le colonel Warrington ne se souciait du sort des amoureux. Il éprouva un grand soulagement à la disparition d'Alexandre, et conçut aussitôt un projet diabolique.

Il convoqua le jeune consul Thomas Wood, dont il avait noté la fascination pour Emma et lui dit :

« Ma fille, qui est, comme vous le savez, la veuve du glorieux major Gordon Laing, a connu au cours de ces dernières années les plus cruelles épreuves qui ont porté atteinte à son moral et à sa santé. Elle a senti en vous l'homme de caractère et de sensibilité qui pourrait lui redonner goût à la vie. C'est la plus adorable des personnes et un cœur tendre et romantique qu'il faut savoir comprendre et apprivoiser. On m'a rapporté que vous n'étiez pas indifférent à sa beauté, et que malgré sa timidité et sa réserve naturelle, elle nourrit les mêmes sentiments à votre égard. Parlez-lui sans crainte et sachez que ma famille se sentirait très honorée d'être alliée à la vôtre. »

Le jeune homme, surpris et flatté de ces propos, ne douta pas un instant que la voie du bonheur lui fût offerte. Il rendit visite à Emma, qui le reçut avec une froideur méprisante. Elle ne répondit pas à ses déclarations enflammées et le laissa sans la moindre espérance. Dans sa fascination amoureuse, Thomas Wood mit ce comportement au compte de la pudeur, de la maladie ou d'un traumatisme profond. Il interpréta chaque geste de repli comme un acquiescement qu'il saurait transformer un jour en écho chaleureux.

Quand le colonel annonça à sa famille, sur un ton péremptoire, qu'il avait décidé d'unir les deux jeunes gens, Jane Eliza lui déclara, scandalisée, qu'elle ne se prêterait pas à cette inqualifiable sottise, qu'elle le méprisait et qu'elle se retirait définitivement à la Meshia avec ses enfants.

Le 14 avril 1829, en présence de quelques familiers, le colonel Warrington passa outre et procéda à l'union de sa fille Emma et de Thomas Wood et les embarqua le soir même sur un navire en partance pour Livourne. Un appartement leur avait été réservé chez des amis à Pise.

Emma, figée, sans volonté et évanescente dans sa robe d'organdi blanc qui flottait sur son buste amaigri, fut accompagnée au bateau par son père, ses deux sœurs, Frederick, Mme Kork Van Breughel, Elizabeth et John Dickson. Jane Eliza n'avait pas eu la force ni le courage, de se rendre au port.

Un profond malaise planait sur le petit groupe d'accompagnateurs. Louisa, qui avait apporté une poignée de riz, n'osa pas la jeter. Jenny sanglotait doucement. Frederick aurait juré qu'il y avait une présence à ses côtés, il la sentait depuis un moment rôder autour de lui et se refusait d'y penser de peur de la reconnaître. Thomas Wood s'affairait auprès d'Emma, mais elle ne regardait personne. Jenny la soutint avec une tendresse touchante et l'aida à gravir la coupée. Quand elle fut sur le pont, elle s'appuya au bastingage pour regarder les siens. Mais elle ne fit aucun geste et resta muette. Deux grosses larmes mouillèrent ses cils et coulèrent sur ses joues blêmes. Ce qui se passait dans son cœur était inexprimable. Elle ressentait une insondable tristesse, une sensation de naufrage dans une mer sans fond.

Le bâtiment leva l'ancre et s'écarta du rivage. Elle resta immobile à contempler le lent défilé des murailles de la ville, les minarets aigus, les façades aveugles et les frondaisons du jardin anglais, là-bas, sur la falaise. Toute sa vie lui sembla brusquement se détacher d'elle tandis que son corps vide s'éloignait vers le large. Les jours radieux de son adolescence, les folles chevauchées dans la Meshia, la plage de Sorman, le regard langoureux et les mots si tendres d'Alexandre appartenaient à jamais à cette terre d'Afrique qui s'estompait comme un mauvais rêve à l'approche de l'aube.

Une douleur sournoise s'éveilla au creux de sa poitrine, elle se laissa conduire à sa cabine et s'étendit sur sa couchette, le visage tourné vers la paroi. Les veines de la boiserie dessinaient une forêt de nervures et de lianes qui voulaient l'engloutir. Il n'y avait plus, dans sa mémoire, que le souvenir d'Alexandre et dans son cœur, la blessure douloureuse d'un amour torturant.

La traversée dura six jours et il sembla à Thomas Wood qu'il avait passé un siècle à veiller cette morte vivante qui ne se sustentait que de breuvages, restait de glace pendant de longues heures et ne répondait que par des soupirs consentis comme des aumônes. À l'approche de Livourne, elle dormit toutefois profondément, avala quelques nourritures solides et parut se ressaisir.

Tout au long du voyage en diligence à travers la campagne toscane, le spectacle des collines verdoyantes, des bassins minuscules plantés d'oliviers, de vignes et de champs de blé, lui tira quelques exclamations admiratives.

Après dix lieues de route cahoteuse, de haltes colorées et de claquements de fouet, la ville de Pise apparut au milieu de sa vaste plaine, avec ses clochers et ses dômes, ses vieilles maisons et ses rues calmes et odorantes.

La maison de Viti qui les accueillit était située sur la rive droite de l'Arno, à deux pas de l'église San Nicola et des bâtiments de l'université. Un large balcon d'où l'on apercevait les flots boueux du fleuve gonflé par la crue de printemps, courait en encorbellement sur la façade. Sur l'autre berge, les trois flèches de Santa Maria Della Spina se dressaient sur les frondaisons du Lungarno.

Un petit jardin attenant à l'immeuble abritait un pin parasol et deux cyprès en fuseau. Une fontaine jaillissante, un banc porté par deux dauphins de marbre, des allées bordées de romarin et de touffes de lavande complétaient ce refuge embaumé promis aux caresses du soleil.

Emma insista pour avoir une chambre seule au premier étage, pour jouir de la vue et se reposer en paix. Thomas Wood, qui avait tenté une nouvelle fois d'émouvoir le cœur de cette étrange épouse qui lui refusait toute intimité, fut fermement éconduit et contraint de se réfugier dans une pièce austère, à l'autre extrémité du couloir.

Le temps était détestable en cette fin d'avril, des giboulées tardives ne cessaient de noyer la ville et Emma fut submergée au rythme des averses par un nouveau flot de mélancolie. La lente procession des nuages d'ardoises assombrissait d'autant plus son esprit qu'elle ne pensait qu'au ciel de Tripoli, aux lumières ardentes de l'Afrique et à la mer de saphir. Elle se sentait désespérément seule et abandonnée, dans ce monde étranger qui n'éveillait en elle aucun écho rassurant. Ballottée comme une barque sans voile qui aurait rompu ses amarres, elles s'abandonnait aux caprices du vent. Ces façades de marbre aux lignes rigoureuses, ces églises aux frontons imagés, cette profusion de saints personnages figés dans leur niche de pierre, et jusqu'à la foule aux visages anonymes qui grouillait dans les rues, ne parvenaient à émouvoir ni son cœur ni ses sens.

Comme le chant du muezzin était beau, là-bas, dans les premiers feux de l'aurore, comme le jardin anglais était tiède et apaisant, comme le bourdonnement des ruelles de Tripoli qui montait jusqu'au consulat était rassurant et comme la chaleur du nid familial manquait à son âme fragile.

Elle restait désormais inerte dans un fauteuil d'osier, près de son lit défait, à ressasser sans fin son passé et sa peine.

Le Dr Girvanelli, qui était, par son oncle négociant à Tripoli, en relation avec John Dickson, avait reçu de celui-ci une lettre confidentielle lui exposant la névrose d'Emma et les ménagements qu'il convenait de prendre avec cette «nature étrange et romantique».

«Prenez garde, lui disait-il, de ne pas laisser à sa portée de potion dangereuse, elle serait capable, dans sa folie, de mettre fin à ses jours.»

Quand Girvanelli rendit visite à sa patiente, il fut frappé par sa beauté et par cette fascination qu'elle exerçait sur les hommes. La grâce de son visage et l'éclat de son regard ne pouvaient masquer toutefois la fragilité de son corps et la maigreur de ses membres. Il tenta de la mettre en confiance et lui parla, d'un ton rassurant, du climat généreux de la Toscane, des bienfaits du repos et des charmes de la ville. Elle opposa à toutes ces paroles de réconfort un sourire désabusé. Il la quitta, décontenancé, et fit de longues recommandations à ce pauvre Thomas Wood, qui ne savait que faire.

Au début de l'été, alors qu'elle était allongée sur le banc aux dauphins et qu'elle cherchait, dans les nuées éparses qui venaient de la mer, les traits de son bien-aimé parmi les images fugaces que son imagination assemblait, une douleur violente lui déchira l'estomac et une gorgée de sang lui remonta aux lèvres. Elle reconnut alors que l'heure de son départ avait sonné. Elle dissimula son mal et regagna sa chambre. Dans la nuit, une nouvelle crise l'écartela de douleur sur son lit et elle décida d'en finir. Elle descendit péniblement jusqu'aux cuisines, fouilla les armoires et découvrit une grande fiole de vinaigre des quatre voleurs dont elle connaissait la nuisance. Ce condiment était utilisé au jardin anglais pour les conserves et parfois, pour le nettoyage des cuivres. Elle en avala un verre, éprouva une violente brûlure et attendit la mort. Ses spasmes s'aggravèrent mais la vie restait tenacement accrochée à son corps.

Quelques jours plus tard, elle eut une nouvelle hémorragie et renouvela son geste. Le Dr Girvanelli, qui n'entendait rien à ses crises, la tira encore une fois d'affaire en lui administrant on ne sait quel calmant, mais son état déclinait lentement.

À la fin de septembre, une lettre de Jenny lui parvint de Tripoli. Sa sœur aînée lui parlait du vide que son départ avait laissé, de la tristesse de sa mère, du chagrin de ses frères, de la querelle de son père et du baron Rousseau qui venait de rentrer en France. Elle espérait que sous la surveillance de son charmant mari, sa santé se rétablissait. Un post-scriptum, ajouté hâtivement, mentionnait : «Je suis allée fleurir pour toi, et pour moi, la tombe d'Alexandre.»

Attendrissante et stupide Jenny qui croyait à la mort de son bien-aimé, alors qu'il n'avait jamais été aussi vivant, aussi tendre et aussi beau! Elle le sentait qui errait autour d'elle depuis quelques jours et le revoyait dans son élégant habit du bal de Sakkara-Lez. Elle lui parlait à mi-voix, l'enlaçait de ses bras, lui disait que sa petite Emma était trop malheureuse, qu'elle était dans sa main comme un oiseau blessé, que son corps n'était plus que douleur et que larmes, qu'il devait l'emmener avec lui pour l'étreindre à jamais et lui redire encore ces mots si caressants qui avaient bouleversé son âme.

Le premier jour d'octobre fut, en fait, le dernier de l'été. Une chaleur suffocante écrasait la campagne toscane et le soleil dardait sur les pampres de vigne qui rouillaient sur les pentes.

Le Dr Girvanelli ne quittait plus le chevet d'Emma, qui haletait, une mousse de sang au bord des lèvres. À l'approche du soir, elle s'assoupit et le médecin demanda de ne pas la déranger jusqu'au jour.

C'est alors que des nuées d'orage montèrent sur la ville et qu'éclata une de ces violentes tourmentes méditerranéennes qui déchaînent les éléments. Des bourrasques de vent, accompagnées d'éclairs et d'un grondement continu de tonnerre ébranlèrent le ciel et la terre. Dans la nuit couleur d'encre, la foudre faisait surgir comme autant de fantômes, le profil d'une tour, la flèche d'une église ou la façade irréelle d'un palais surpris dans son sommeil. Les chevaux de la pluie s'ébrouèrent bientôt du fond de l'horizon et déferlèrent à bride abattue sur la cité soumise.

Une bouffée rageuse força avec fracas la fenêtre d'Emma. Les deux vantaux claquèrent. Les rideaux battirent dans la tourmente. Une odeur de terre mouillée et de salpêtre pénétra dans la chambre. Elle se dressa sur son séant, hagarde dans les éblouissements de l'orage.

Quelqu'un était là, près de son lit, une ombre, une silhouette élégante à nulle autre pareille qui s'avançait vers elle.

« Alexandre, Alexandre, mon amour, s'écria-t-elle, pourquoi as-tu tant tardé à venir me chercher ? »

Elle lui tendit désespérément les bras et s'affaissa sur sa couche.

Au petit matin, Thomas Wood la découvrit les bras raidis, dans une ultime étreinte. Ses longs cheveux, répandus autour d'elle, faisaient à son visage apaisé de reine de légende, une auréole d'or.

ÉPILOGUE

Emma fut ensevelie au *campo santo* de Pise, dans le quartier des Anglais, non loin de la sépulture sans nom où Byron avait déposé les cendres de son ami Schelley.

À Tripoli, comme à Pise en ce matin d'octobre, le soleil s'était levé dans un ciel de saphir et la Méditerranée apaisée s'étendait jusqu'à l'horizon comme une laque bleue. Dans ce dernier sursaut de l'été finissant où flottaient les langueurs de l'automne, les grenadiers de la Meshia ployaient sous leurs fruits écarlates, les Bédouins poussaient leurs troupeaux vers les pâturages reverdis, la ville bruissait de chants et de cris. Le temps coulait comme un grand fleuve indifférent aux détresses des hommes.

Les cœurs d'Emma et d'Alexandre avaient cessé de battre et leurs yeux de pleurer. Qui se souviendrait jamais de leur amour, de leurs tourments, et de leurs rêves ? Leurs pères n'avaient en tête que leur dispute et que leur haine.

Quand la nouvelle de la mort de sa fille parvint à Tripoli, le colonel Warrington, qui l'avait sacrifiée délibérément à son despotisme et à ses ambitions, eut l'hypocrisie de la rapporter ainsi aux autorités anglaises :

... Nous sommes plongés dans la plus profonde affliction pour la perte de la plus tendre des filles, de la plus

vertueuse et aimable enfant qui n'ait jamais existé. Pourtant, les décrets de la Providence doivent être accomplis et nous devons nous soumettre aux volontés du ciel. Après le départ du Touat de ce pauvre Laing, toutes les communications avaient cessé durant une longue période et il est naturel que l'anxiété et l'incertitude aient miné sa pauvre épouse. Les jours d'attente et les nuits sans sommeil commencèrent à ruiner le tempérament le plus délicat jamais conçu par la nature et les tragiques événements qui suivirent déclenchèrent, progressivement, une véritable consomption qui a conduit ma fille adorée à une fin prématurée. Ainsi ce monstre d'iniquité qu'est le baron Rousseau a sacrifié deux victimes à ses intrigues diaboliques. Quant à moi, en mon âme et conscience et en dernière analyse, je croirai toujours qu'il était impliqué dans cette triste affaire.

Le chevalier Rousseau, devenu de son côté baron le 8 mai 1829, en récompense de ses bons services, n'était pas loin de penser que la Providence s'était montrée équitable en rappelant à elle la fille de son adversaire, après lui avoir ravi son propre fils.

Les disputes de ces deux personnages aussi égoïstes et obstinés l'un que l'autre continuèrent donc de plus belle. Les provocations succédèrent aux coups de théâtre, les accusations gratuites aux gestes inconsidérés.

Le pacha, toujours soucieux de ménager les grandes puissances, prit parti tour à tour pour l'un et l'autre camp. Warrington en vint à déclarer la guerre à la régence et Rousseau abattit son pavillon et se rendit en France. Hassouna D'Gheis s'enfuit sur un bateau américain pour échapper à la vindicte des Karamanli que sa duplicité exaspérait.

La cour de Saint James exigea l'envoi d'une mission d'enquête pour démêler l'inextricable écheveau d'intrigues et de calomnies qui s'était tissé au fil des ans.

L'enquête fut menée avec diligence par le baron Mounier, orientaliste de renom, qui, ne découvrant pas de preuve convaincante, innocenta le consul de France.

Celui-ci sortit de ce drame physiquement et moralement diminué. Une dernière lettre de Warrington, qui ne désarmait pas malgré le verdict des enquêteurs, lui apporta une ultime bouffée de haine :

Je ne voudrais pas déshonorer ma plume en m'adressant à un scélérat aussi avéré et je voudrais flétrir du sceau de l'infamie votre nom jusqu'au bout du monde. Qu'il plaise à Dieu de vous envoyer devant un tribunal où la tricherie et le mensonge ne vous serviront à rien et où vous répondrez de votre iniquité sans précédent.

Écœuré, le baron Rousseau sollicita son retour définitif en France et fut rappelé le 14 janvier 1830. Sans ressources et sans emploi, il vécut pendant plus d'une année un autre douloureux calvaire.

L'apurement des comptes consulaires était une opération si longue et si embrouillée qu'il lui fut impossible de recouvrer les maigres sommes qui lui étaient dues. Il eut néanmoins la satisfaction d'apprendre qu'une escadre française s'était présentée devant Tripoli et avait obtenu réparation des humiliations publiques qu'il avait subies du fait des retournements du pacha.

Repris par ses rhumatismes, il mourut à peine un an plus tard à Marseille, le 10 mars 1831, à l'âge de cinquante ans, dans la plus grande misère. Son ancien collaborateur, le vice-consul Guy, eut la bonté de lui payer ses funérailles.

George Hanmer Warrington, son ennemi inexpiable, resta encore à Tripoli dix-sept années, ponctuant son séjour de colères, de frasques et d'incidents grotesques, comme cette bastonnade qu'il infligea au consul de

Naples à propos de cigares commandés à Londres qu'il prétendait lui être destinés. L'incident fit tant de bruit que le Foreign Office, qui n'avait manifesté que trop d'indulgence à son égard, estima qu'il avait dépassé la mesure et lui conseilla de prendre sa retraite.

Écrasé de «tristesse et de surprise», le vieil homme, qui avait servi pendant trente-deux ans en Barbarie, sans avoir jamais revu l'Angleterre où les dettes de jeu de sa jeunesse l'empêchaient de retourner, donna sa démission et se rendit en Grèce, chez son gendre Thomas Wood, consul à Patras, pour y finir ses jours. Le mari de la pauvre Emma avait épousé, quelques mois après son veuvage, la bonne Jenny, qui, après avoir été amoureuse de tous les soupirants de sa sœur, n'avait pu s'empêcher de consoler le dernier.

L'élégant Hassouna D'Gheis, qui s'était réfugié en France, puis en Angleterre, par crainte de la vengeance du pacha, plaida habilement sa cause, et encouragé par les conclusions du rapport Mounier, publia un volumineux livre bleu où il malmena Warrington et tenta de se disculper. Quelques années plus tard, après l'abdication du vieux Youssouf Karamanli au profit de son fils Ali, le sémillant «Ouzbek voyageur» comme l'appelait *Le Sémaphore* de Marseille, retrouva la faveur du nouveau pacha dont il était le beau-frère et poursuivit d'une haine tenace le consul d'Angleterre, qui, par sa mythomanie, avait semé de si grands malheurs sur sa route.

Le vieux pacha, qui avait manigancé tant d'intrigues et commis tant de crimes au cours de ses trente-sept années de règne sur Tripoli, eut une fin misérable. Dépouillé de son trône et de ses richesses par son héritier, il mourut en 1835, abandonné de tous, affamé et couvert de haillons, dans une sentine du château.

Quant à Frederick Warrington, le compagnon intime d'Alexandre, il passa toute sa vie dans la Meshia avec son inséparable Faouzia, à quelques pas du jardin anglais qu'il avait vendu à l'administration ottomane. Dans sa villa plus modeste, qu'on appelait le Hosh Frederick, du turc *hos* qui signifie «bienvenue», il recevait les voyageurs de passage et ses amis avec une générosité inépuisable, au milieu des fleurs et des arbres fruitiers. N'étant jamais sorti de Tripoli depuis son enfance, il parlait l'arabe comme un Bédouin et s'habillait de préférence à la mode locale.

Après un bref séjour à Benghazi, comme représentant des intérêts anglais, il était revenu à Tripoli et tenait un commerce dans le bazar. Sa gentillesse et son hospitalité lui valurent une réputation des plus flatteuses.

«Ce digne Européen est, pour le voyageur en Afrique, le personnage le plus important qui soit à Tripoli», écrivit un jour, dans son carnet de voyage, l'explorateur allemand Heinrich Barth.

Il avait gardé un souvenir si vivace de sa jeunesse heureuse avec ses amis français qu'il resta toujours un familier de nos consuls. Il ne pouvait jamais, dit l'un d'eux, évoquer la tragique idylle d'Alexandre et de la tendre Emma sans verser quelques larmes.

Cet ouvrage a été composé
par les Éditions Flammarion